JN079605

DEAD RECKONING

Dick Lehr

アメリカが見た山本五十六 上

「撃墜計画」の秘められた真実

ディック・レイア
芝 瑞紀／三宅康雄／小金輝彦／飯塚久道 訳

原書房

アメリカが見た山本五十六

「撃墜計画」の秘められた真実

上

上巻目次

下巻目次

アメリカ海兵隊二等軍曹（グアム、一九四五―一九四七年）
ジョン・F・レイアに本書を捧ぐ

本書に登場する人物

◉山本撃墜作戦のパイロットたち

アングリン、エヴェレット・H――陸軍航空軍中尉、テキサス州アーリントン出身。直掩隊
ウィタカー、ゴードン――陸軍航空軍中尉、ノースカロライナ州ゴールズバラ出身。直掩隊
エイムズ、ロジャー・J――陸軍航空軍中尉、ワイオミング州ララミー出身。直掩隊
カニング、ダグラス・S――陸軍航空軍中尉、ネブラスカ州ウェイン出身。直掩隊
キッテル、ルイス・R――陸軍航空軍少佐、ノースダコタ州ファーゴ出身。直掩隊
グレーブナー、ローレンス・A――陸軍航空軍中尉、ミネソタ州セントポール出身。直掩隊
ゲールケ、デルトン・C――陸軍航空軍中尉、ニューヨーク州シラキュース出身。直掩隊
ジェイコブソン、ジュリアス・〝ジャック〟――陸軍航空軍中尉、カリフォルニア州サンディエゴ出身。直掩隊
ストラットン、エルドン・E――陸軍航空軍中尉、ミズーリ州アンダーソン出身。直掩隊
スミス、ウィリアム・E――陸軍航空軍中尉、カリフォルニア州グレンデール出身。直掩隊
ハイン、レイモンド・K――陸軍航空軍中尉、オハイオ州ハリソン出身。攻撃隊
バーバー、レックス・T――陸軍航空軍中尉、オレゴン州カルヴァー出身。攻撃隊
ホームズ、ベスビー・F――陸軍航空軍中尉、カリフォルニア州サンフランシスコ出身。攻撃隊
ミッチェル、ジョン・W――陸軍航空軍少佐、ミシシッピ州イーニッド出身。エースパイロット、作戦立案者、直掩隊指揮官
ランフィア・ジュニア、トーマス・G――陸軍航空軍大尉、ミシガン州デトロイト出身。攻撃隊
ロング、アルバート・R――陸軍航空軍中尉、テキサス州タフト出身。直掩隊

◉その他のおもな登場人物

ヴィッチェリオ、ヘンリー・〝ヴィック〟――陸軍航空軍大佐。ジョン・ミッチェルの指揮官
グロス、エラリー――陸軍航空軍中尉。ジョン・ミッチェルの友人、P－38ライトニングのテスト飛行中に死亡
ディン、ウォレス・L――陸軍航空軍中尉。ジョン・ミッチェルの友人、交戦中に死亡
ニミッツ、チェスター・W――アメリカ海軍大将。アメリカ太平洋艦隊司令長官
ハルゼー・ジュニア、ウィリアム・F・〝ブル〟――アメリカ海軍大将。南太平洋方面軍司令官
フィネガン、ジョセフ――アメリカ海軍少佐。真珠湾ハイポ支局の暗号解読者

ホームズ、ウィルフレッド・J――アメリカ海軍少佐。真珠湾ハイポ支局の暗号解読者
マクナラハン、ジェームズ――陸軍航空軍中尉。もともと山本撃墜作戦の攻撃隊に配置されたが、エンジントラブルのため出撃できなかった
ミッチェル、アニー・リー・ミラー――ジョン・ミッチェルの妻
ミッチェル、ノア・ブース――ジョン・ミッチェルの父
ミッチェル、ユーニス・マッセー――ジョン・ミッチェルの継母
ミッチェル、リリアン・フローレンス・ディキンソン――ジョン・ミッチェルの母
ミッチャー、マーク・〝ピート〟――アメリカ海軍少将。ソロモン諸島方面航空司令官
ムーア、ジョセフ――陸軍航空軍中尉。もともと山本撃墜作戦の攻撃隊に配置されたが、エンジントラブルのため途中で離脱した
ラスウェル、アルヴァ・〝レッド〟――アメリカ海兵隊少佐。真珠湾ハイポ支局の暗号解読者
レイトン、エドウィン・T――アメリカ海軍中佐。太平洋艦隊情報将校
ロシュフォート、ジョセフ・J――アメリカ海軍中佐。真珠奥湾ハイポ支局局長

宇垣纏――大日本帝国海軍中将。連合艦隊参謀長。一九四三年四月一八日に機番三二六の一式陸攻に搭乗
河合千代子――芸者、山本の愛人
杉田庄一――飛行兵長。一九四三年四月一八日にラバウルからブーゲンヴィル島へ向かう山本を直掩した六機の零戦パイロットのひとり
高野貞吉――山本五十六の父
南雲忠一――大日本帝国海軍中将。真珠湾攻撃を指揮監督した
柳谷謙治――飛行兵長。一九四三年四月一八日にラバウルからブーゲンヴィル島へ向かう山本を直掩した六機の零戦パイロットのひとり
山本五十六――大日本帝国海軍大将。連合艦隊司令長官。一九四三年四月一八日に機番三二三の一式陸攻に搭乗
山本礼子（旧姓三橋）――山本五十六の妻
渡辺安次――日本帝国海軍大佐。山本の長年の側近

プロローグ

あの日

　一機目はどこからともなく現れた。真っ青に晴れ渡った日曜日の朝。海軍兵と陸軍兵と軍属がちょうど起床したところだった。ある者は艦の上に、ある者は航空基地に、ある者は官舎や仮小屋のなかにいた。みな思い思いにひげを剃り、シャワーを浴び、食堂で朝食前のコーヒーをすすっていた。上陸休暇中、あるいは基地勤務の者の多くは二日酔いの頭を押さえていた。ウィーラー陸軍航空基地で夜通しのパーティーが開かれていたのだ。午前七時五一分、タキシード姿のままの男たちが将校クラブから出てきた。彼らはおぼつかない足取りで日差しの下へ出ると、笑いながら「まだまだいけるぞ」と気勢を上げた。空から聞こえた飛行機のエンジン音に注意を向ける者はいなかった。どうせ海軍の演習だろう——誰もがそう考えていた。

「パイロットたちに同情するよ。主日の、しかもこんな早い時間から飛ばなくちゃならないなんて」。真珠湾では男女合わせて数千人が働いていたが、その日はほとんどが非番だった。[1] だが、エンジン音が大きくなるにつれ、タキシード姿の男の何人かが怪訝な顔をした。「おれたちの知ってる海軍機の音じゃない」。まさにその瞬間、それまでのくつろいだ気分が一変する。近づいてくる航空機の翼に、はっきりと〝日の丸〟が見えた。数秒後、日本の急降下爆撃機が攻撃を開始した。機銃掃射が行われ、爆弾が降り注いだ。ほんの数秒前まで浮かれていたタキシード姿の将校たちは、ハワイ諸島オアフ島に駐留するほかのアメリカ兵たちと同じように、その場から一目散に逃げだした。ウィーラー基地を襲った衝撃と恐怖は、その後九分間にわたって周辺の航空基地や海軍基地でも同様に繰り返され、さらには真珠湾全体に停泊していたアメリカ太平洋艦隊にも広がっていった。

　海と空から展開された奇襲攻撃には一八三機にのぼる日本軍の戦闘機と爆撃機が参加し、それぞれが搭載していた徹甲爆弾、浅海域魚雷、機関銃が、地上と湾内の標的を瞬時に探し当てた。爆弾が風切り音とともに落ちてきた。格納庫が破壊され、幾筋もの黒い油煙が立ちのぼり、整列中のアメリカ軍戦闘機がなぎ倒された。男たちは先を争うように屋外へと走り出た。戸惑い、必死の形相で、ズボンとシャツを身につけながら、あるいはタオルだけを巻きながら、耳をつんざくような爆発や、銃弾や、砲弾の破片をよけるように逃げ惑った。安全な場所までたどり着いた者もいたが、間に合わない者もいた。彼らの体は爆風や砲弾で吹き飛ばされた。ヒッカム基地の食堂では爆弾が屋根を突き破り、朝食のメニューを思案中だった三五名が命を落とした。[2] 午前七時五五分、戦艦〈ネヴァダ〉の軍楽隊が「星条旗よ永遠なれ」の演奏を準備していたところに日本の軍用機二機が飛来した。甲板が機銃掃射を受け、アメリカ国旗は切り裂かれた。その直後の午前七時五八分には、フォード島司令部に詰めていた将校が、のちに史上もっとも有名な無線電となる一文を夢中で打っていた。「真珠湾空襲さる。演習にあらず」。[3] ちょうど同じころ、戦艦〈アリゾナ〉で哨戒中の少尉は、フォード島上空で一方的に爆弾を投下しつづけている日本の軍用機を双眼鏡で確認し、すぐに空襲を意味する三度の警報を鳴らした。[4] けたたましいサイレンが、全長一八〇メートル超の大型戦艦全体に鳴り響いた。ほかの艦船の乗組員たちも、航空基地を狙った空からの猛攻撃を呆然と眺めていたが、すぐに別の何かが彼らの視界に入る。黒くて細長い複数の物体が、まるで競うかのように、海中を彼らめがけて突進してきたのだ。[5] それが浅海域魚雷であることは、海軍兵たちにはすぐにわかった。日本の急降下爆撃機が低空から海中に放った魚雷は、戦艦〈オクラホマ〉〈ウェストヴァージニア〉〈ネヴァダ〉〈カリフォルニア〉そして〈アリゾナ〉に向けて猛烈な速さで近づいてきた。

魚雷は〈オクラホマ〉を直撃した。[6] 衝撃を受けた艦内では、テーブルや食器類から兵士や武器類まであらゆるものが吹き飛び、大型砲弾が通路に転がり落ちて船員をなぎ倒した。船体の裂け目から入り込んだ大量の海水が、換気装置を通じてあらゆる通路へと流れていった。やがて船は傾き、沈みはじめた。午前八時六分、日本の爆撃機が二七〇〇メートル以上の高空から〈アリゾナ〉の前部甲板めがけて投下した八〇〇キロ爆弾が、装甲された飛行甲板に命中した。[7] その真下に保管されていた総計四五〇トン以上の武器と弾薬が誘爆した。そのすさまじい衝撃によって、三万一四〇〇トンの巨体が海面から浮き上がり、崩れ落ち、粉々になった。焼け焦げた肉塊、人体の一部、真っ二つになった兵士の体とともに、炎が一五〇メートルあまりも吹き上がった。一〇〇〇人を超える兵士の命を奪うほどの、激しい爆発だった。午前八時五〇分には、甚大な被害をもたらした第一波の攻撃に続き、第二波がやってきた。[8] 一六七機の戦闘機と爆撃機が新たに飛来し、一切の容赦もなく真珠湾に恐怖を植えつけた。最初の攻撃から二時間一五分が経ち、ようやく奇襲が終わるまで、アメリカ側の死傷者数は増えつづけた。

一二月八日午後一二時三〇分、壊滅的な被害を受けた奇襲から二四時間と経たずして、首都ワシントンＤＣで開かれた上下両院の合同会議にアメリカ合衆国大統領が姿を現した。フランクリン・デラノ・ルーズヴェルトは、やつれた表情を見せながらマイクで埋め尽くされた演台に立った。演説は全米に向けてラジオで放送され、前日に日本軍の攻撃を受けた複数の地名を読み上げる大統領の声がパチパチというノイズのなかから聴こえた。香港、シンガポール、グアム、ウエーク島、マレーシア、フィリピン、そして真珠湾で起きた惨劇について、彼は次のように語った。「昨日、一九四一年一二月七日、屈辱の日。[9] アメリカ合衆国は突然、かつ意図的に、大日本帝国海軍および航空部隊による攻撃を受けた」

大統領は議会に対日宣戦布告を要請し、承認された。

一六カ月後

陸軍航空軍のジョン・W・ミッチェル少佐（同僚からは「ミッチ」と呼ばれていた）は、ファイター・ツー滑走路を眼下にのぞむ丘陵地で、少しでも心身を落ち着かせようとした。だが、簡単なことではなかった。ここガダルカナル島で、彼と仲間の兵士たちは、いつ終わるともしれない不快な気分と常に闘っていた。この島は、ある瞬間だけを切り取れば熱帯の楽園といえるかもしれない。雲ひとつない空、藍玉色（アクアマリン）の波、温暖で乾いた空気。ところが、強烈な悪臭を放つジャングルと湿地と泥地に囲まれたアメリカ軍基地においては、ほとんど毎日が熱帯の地獄だった。地面はどこもかしこも泥。それに加え、大量の蚊。ミッチェルは、基地よりも高所に設けられたキャンバス地のテントを宿舎にしていた。なかには折り畳み式の簡易ベッドが置かれ、蚊帳（かや）が吊ってあったが、マラリアを運んでくる蚊から身を守るにはおよそ頼りなかった。フランク・ノックス海軍長官は、先日ガダルカナルへの視察から戻ったあと、報道陣に対してこう語った。「われわれの最大の敵はマラリアだ」。[10] わずか一カ月のあいだに、二〇〇〇名近くの兵士がインフルエンザにも似た症状を呈するこの疾患で入院していた。[11] ジャングルにはほかにも目に見えない病が潜んでいる。島にいる兵士たち、とりわけ地上部隊は、腸の感染症や下痢、湿疹、関節痛をともなうデング熱、非常にやっかいな真菌性の感染症、足首が膿でただれてしまう皮膚病などにも注意が必要だった。[12]ジャングルのあちこちに、内部がじめじめした蛸壺壕（たこつぼごう）（人ひとりが入れる程度の小さな塹壕）もあった。すべての兵士は、日本軍による爆弾投下が始まったらすぐに避難できるよう、テントの内部や脇に蛸壺壕を掘っていたのだ。実際、爆弾はしょっちゅう落ちてきた。アメリカ軍が駐屯している海岸沿いの平原には、爆発によってできた穴がいくつもあり、ときにキャンバス地のテントを切り裂く爆弾の破片も貝殻と同じくらい大量に散らばっていた。

　ミッチェルはそうした不快なあれこれを無理やり頭から追い出すと、ペンを取り、「愛するきみ」に手紙を書きはじめた。[13]彼はずっと、はるか遠くの地に暮らす妻に手紙を送りつづけていた。「わかるかい」と、ミッチェルはアニー・リーに語りかけた。「ぼくはもう、一五カ月以上きみと会ってない。結婚してから一六カ月が経つのに、ぼくらが一緒にいられた期間は一カ月もなかったんだ」。戦争が自分の愛の邪魔をしている――そんな気がしていた。とにかく妻が恋しかった。「これまでにないほどきみを愛してる。本当だ。愛しい人（マイ・ラブ）」

　彼はていねいな筆記体で文字を書いた。生まれ育ったミシシッピ州北中部の小さな町で教わったのだ。故郷のイーニッドは鉄道の停車場沿いに広がる赤土の丘陵地帯で、大学都市のオックスフォードから六〇キロほど南方にあった。ミッチェルが生まれたのは一九一四年六月一四日、のちにアメリカ南部を代表する作家となるウィリアム・フォークナーがオックスフォードに住む一〇代の若者だったときだ。そしていま、中背で頑健、かつ素直な性格と黒いくせ毛の持ち主であるジョン・ウィリアム・ミッチェルは、あと二カ月で二九歳になろうとしていた。

ミッチェルの手紙はおおむね陽気な調子で綴られた。大半は他愛もない世間話で、戦争のことにはほとんど触れていない。短期間の休暇を終え、コードネーム「カクタス」、すなわち「ガダルカナル島」に戻ったばかりだったからだ。今回は予定されていた一時帰休だった。新型の高速戦闘機P－38ライトニングの配備数がまだ足りていなかったので、アメリカ陸軍航空軍に所属するパイロットたちが交代で休暇を取るには都合がよかった。ミッチェルたちの「フライト」(パイロットたちが所属する班)は、数週間の飛行任務をこなしたあと、第二フライトと交代して休みを取ることになっている。どちらのフライトにも一流の技量をもつパイロットたちが集められていた。エースパイロットのミッチェルは、つい先日第三三九戦闘機中隊の隊長に昇任しており、もうひとつのフライトもなかなかの凄腕ぞろいだ。たとえば、オレゴン州の農業地帯からやって来た猪首の若者、レックス・バーバー。軍人を親にもち、少年時代のほとんどをデトロイト郊外で過ごしたトム・ランフィア。サンフランシスコ出身で文武両道のベスビー・ホームズ。

アニー・リーへの手紙には、ニュージーランドで過ごした休暇のことはあまり書かなかった。休暇中、ミッチェルはたくさん酒を飲み、賭け事に興じ、少しばかりのんびりと過ごした。ドミノで勝ったことは自慢しておいた。なにしろ、最初の賭け金一八ドルを四三五ドルにまで増やしたのだ。それだけあれば、テキサス州サン・アントニオの自宅までの旅費になるうえに、「シャンパンパーティーが二回は開ける」と彼は言った。ただしそれは、近いうちに帰れればの話だ。ミッチェルは、「いつ家に帰れるのか」という問題に関する自身の見解を、そのあと五枚にわたって、歌のリフレインのように繰り返し綴った。「いますぐに、世界一愛している女性のもとへ飛んでいきたい」と、彼は妻に伝えた。「小耳に挟んだんだけど、帰任者リストにぼくの名前が載っているらしい。あくまで可能性の話だけど、六月中旬までには帰れるんじゃないかな」。彼は願望を込めてそう書いた。しかし戦争というものは、人々が口にする願望のひとつひとつを真逆の方向へと否応なく引っ張っていく。彼は、すべての兵士が直面する厳しい現実に言及し、「あまり期待しないでほしい」とアニー・リーに釘を刺した。「ここ最近の状況下では、一時間後に自分がどこにいるのかさえわからない。明日のことなんて、予想できっこないさ」

本当にそのとおりだった。どれほど切実にアニー・リーとの再会を願おうが、賭け事の臨時収入で開くシャンパンパーティーの情景を思い描こうが、ミッチェルが近いうちに自宅へ帰れる保証はどこにもなかった。その手紙を書いた一九四三年四月一六日金曜日、すでに準備は進んでいた。彼のテントからそう離れていない地下壕に設けられた司令部で、その作戦計画は練られていた。ミシシッピ州の田舎町から出てきたパイロットに――そしてそれ以上に当時の世界情勢に――劇的な変化をもたらすことになる計画だった。

ミッチェル少佐のテントから一〇〇〇キロほど北にあるニューブリテン島は、ニューギニア最大の島だ。南方にあるソロモン諸島の前線部隊を視察する計画を立てながら、ひとりの女性に思いをはせる軍人がここにもいた。その男の名は、日本の連合艦隊司令長官、山本五十六(やまもといそろく)。身長約一六〇センチと小柄ながら、つねに泰然自若(たいぜんじじゃく)とした提督から伸びる影は、巨人のそれにも見えた。日本でもっとも影響力のある海軍将校であり、もっとも知名度の高い軍事指導者である山本は、現在においても日本海軍の象徴的存在といえるだろう。あるアメリカ軍司令官は次のように語った。「山本は一個の人間ではない。日本海軍そのものであり、その強さと士気の象徴なのだ。日本が戦争初期に上げた勝利は、彼がいたからこそ成し遂げられた」[14]

叙勲受章者でもある山本提督は、二週間前の四月三日に飛行艇でラバウル基地に到着した。そこに臨時の司令部を設けるためだ。[15] 自身は基地から三〇〇メートルほど高地にある「官邸山」と呼ばれる丘陵地のコテージを独占していた。そこは下界に比べて静かで、何より涼しかった。到着の翌日、山本は静かに五九回目の誕生日を迎えた。ニューブリテン島の北東部に位置するラバウルには火山群がそびえており、山本のコテージを含むすべての住居がそのふもとに点在していた。山本の頭を離れない女性の名は、河合千代子。千代子は山本の正妻ではない。一九歳年下の、美しい芸者だった。その年の夏には、東京の料亭でふたりが初めて出会ってから一〇年という節目を迎える。それだけの年月が経っても、山本はまだ千代子に魅せられていた。見合い結婚をしてから二五年になる妻、三橋礼子に対しては、そのような感情を抱いたことはない。山本が生まれたのは、冬の厳しい寒さで知られる新潟県の長岡という町だ。礼子も長岡からそう遠くない地域の出身だったので、ふたりのあいだには共通項があった。だが、見合いのあとで山本が礼子について語ったことといえば、「身体頑健」「大抵の困苦に堪えそう」といったことだけだ。[16] 兄には事前に「一度会ってみて、とくに問題がないようであれば、彼女に決めるつもりです」とも伝えていた。結婚後は離れて暮らすことも多かった夫婦だが、ふたりの男の子とふたりの女の子に恵まれた。

　貧しい生活を送っていた長岡を離れてから、山本は人生の長い道のりを歩んできた。一八八四年四月四日に高野五十六として生まれた彼の姓が山本に変わったのは後年のことだ。二〇代後半で両親を亡くしたあと、山本家の養子になったのだ。[17] 当時の日本では、その年齢での縁組もめずらしいことではなかった。山本の軍歴は、一六歳のときに入学した海軍兵学校から始まった。その後、着実に昇進を重ね、一九四〇年には海軍の最高位である大将の座に就いた。イギリスとアメリカで積んだ幅広い国際経験と、「戦術の天才」と称されるほどの実績を買われたのだ。

その後一九四一年に、山本は一躍脚光を浴びる。この男こそ、現地時間の一二月七日に実行された真珠湾攻撃作戦を考案した人物だった。[18] 準備に一年近くかけ、二四〇〇名以上のアメリカ海軍兵、陸軍兵、航空隊員、海兵隊員、民間人を殺害し、一一七八名を負傷させ、八隻の戦艦を含む二一隻のアメリカ艦船を撃沈もしくは破壊した「空と海からの奇襲作戦」は、彼の手によるものだったのだ。その後帰国した山本は、日本の政治家や軍事指導者から惜しみない称賛を受けた。天皇は、新たに登場した英雄に個人的な祝意を伝えようと使者を派遣した。しかし彼は、アメリカではまさに正反対の評価を受けることになる。アメリカ人からすれば、山本五十六はアドルフ・ヒトラーと並ぶ極悪人(モンスター)だった。

そして、真珠湾攻撃から一六カ月が過ぎた。一九四三年四月一六日金曜日、山本提督は部隊視察の準備を終えたところだった。前線に赴(おもむ)けば戦闘に巻き込まれる危険があるため、側近たちは山本の身を案じて反対の声を上げたが、彼は耳を貸さなかった。山本は、その前週にガダルカナル島を、そしてアメリカが支配するその他の島々を爆撃した兵士たちを、個人的に慰労したいと考えたのだ。[19] 視察の行程が決まり、その詳細がラバウルの臨時司令部から各訪問先に無線で送られると、山本は戦闘報告書の確認や各種会議に忙殺された。

その後、出発のときが近づいてからも、参謀たちは山本が交戦地域を訪問することに否定的だった。あまりにもリスクが大きい、戦時中はいつ予想外のことが起きても不思議はないと主張し、視察を思いとどまらせようと試みた。しかし、それでも山本に迷いはなかった。彼は、自分はひとりで行くわけではないと言って側近たちをなだめた。日本でもっとも性能のよい戦闘機、三菱重工業製の零式艦上戦闘機（零戦）が六機も護衛につくのだ。

前線の兵士たちが彼の訪問を待ち望んでいる。「行かねばならんのだ」と彼は言った。[20]

その四八時間後、アメリカではパームサンデー（復活祭直前の日曜日）にあたる日に、ふたりの男、つまりアメリカ陸軍航空軍の戦闘機パイロットと大日本帝国海軍大将が初めて対峙（たいじ）し、ひとりだけが生き残る。それは宿命的な対決である以上に、ふたつの国家の戦争、ふたつの文化の衝突にまつわる運命的な瞬間だった。そして、外国人嫌悪（ゼノフォビア）、スパイ技術、特殊軍事作戦、戦争による犠牲、悲哀といったさまざまな要素が詰め込まれた瞬間でもあった。一九四三年四月一八日の日曜日、ジョン・ミッチェル少佐は、バラレ島に向かう途中の山本五十六提督を迎え撃つために、ガダルカナル島から一五名のパイロットを引き連れて飛び立った。交戦する敵の戦闘機は数十機にのぼると予測されていたので、ミッチェルが率いる「フライト」のメンバーの多くは、無事に帰還できるとは考えていなかった。

アメリカが企てたこの「標的殺害（ターゲテッド・キリング）」は歴史に残る大博打だったが、一度きりでは終わらなかった。その数十年後、アメリカはふたたび大規模な奇襲を受ける。数千人の死者を出し、この国をふたたび戦争へと駆り立てる流れは、真珠湾の一件と多くの点でよく似ていた。計画を立てた男は、まさに山本と同じように、その瞬間から憎悪すべき敵として知れ渡った。アメリカ人にはうまく発音できない名前が「悪」と同義になった点も、山本と同じだった。後日、スパイが立案者の正確な居場所を突き止めると、アメリカの指導者が隠密の「斬首作戦」の実行を承認し、軍の精鋭部隊に対してその男をできれば殺害、ないしは生け捕りにするよう命じた。[21] 新しい世紀に入って起きたあの恐ろしい事件――二〇〇一年九月一一日の奇襲攻撃。その後二〇一一年五月、その攻撃に対する隠密の斬首作戦、いわゆる「海神の槍作戦（ネプチューン・スピア）」がアメリカ海軍SEALのチーム6によって実行され、オサマ・ビンラディンは殺害された。

ビンラディンへの急襲は、「繰り返された歴史」だった。ジョン・ミッチェルと仲間のパイロットたちは、先の戦争で山本提督への報復（ヴェンジェンス）を命じられた。ヘビー級のボクサーが不意打ちを食らってよろめくように、アメリカ人が真珠湾攻撃を受けて動揺してから一六カ月が過ぎていた。その間も殴打は続いた。一九四一年の一二月だけでも、日本の陸軍と海軍は西太平洋方面への攻撃を繰り返した。アメリカは地域の戦時態勢移行を急いだ。男たちはこぞって無償の沿岸監視員に志願し、海沿いで配置について敵艦船の発見に努めた。ハワイやワシントンＤＣに勤務する情報担当者たちは罪悪感にさいなまれた。日本海軍がおもに使うＪＮ－25と呼ばれる暗号を部分的に解読していたにもかかわらず、山本率いる大艦隊がハワイ襲撃のために集結することを事前に察知できなかったからだ。暗号解読者たちは落胆し、今後はもっといい仕事をしなければだめだと自省していた。

　アメリカ中を黄禍論（白人の黄色人種警戒論）が覆った。[22]　真珠湾攻撃からの四日間で、ＦＢＩは一三七九名の日系移民を誰彼かまわず摘発し、「危険な敵国人」として拘束した。男であれ、女であれ、教師であれ、地域コミュニティのリーダーであれ、関係なかった。「ジャップ」あるいはニッポンを中傷的に縮めた「ニップ」に対する不信と嫌悪がむき出しになった。ワシントンＤＣにいたひとりの中国人新聞記者は、「中国人記者。日本人ではありません。お願いします」と書かれた大きなバッジを襟につけるようになった。[23]

　太平洋の上空、公海上、そして何より陸上における戦線で、相手民族への敵意が表面化しはじめた。アメリカ人と日本人との戦いは、ある海兵隊員いわく「残忍で粗暴な憎悪」に誘発された「無条件の狂暴殺人」の様相を呈していった。[24]　戦時下で「殺るか殺られるか」の残虐行為が横行した。[25]　山本五十六提督は、アメリカ人が強い憎しみを抱いたアジアの敵国の看板役者だった。
　一九四二年後半になって、ようやく全体の構図に変化が表れはじめた。最初の動きは、過酷で血に染まったガダルカナル島の奪還。その後島に駐留したジョン・ミッチェルは、年末から新たに配備されたP－38ライトニングに搭乗し、有名な日本の零戦と空中での対決を繰り返しながら、やがて太平洋戦線の潮目を変えることになるこの双発戦闘機の操縦に習熟していった。そして、彼が故郷への一時帰国を切望していたさなかの一九四三年四月一六日金曜日、歴史を変えるほど特殊で、危険な任務が与えられた。山本がラバウルを発つのは四月一八日日曜日の明け方だ。その瞬間こそ、日本が戦線を支配している状況に終止符を打つチャンスであり、アメリカが太平洋戦争の主導権を握るチャンスだった。真珠湾攻撃に成功した直後、山本は友人に宛てた手紙のなかで、成功の決め手は「不意討ち」にあったと語っている。「開戦と同時に勝利を飾れたのは、相手が無防備だったからだ」[26]
　今度はミッチェルと仲間たちが不意討ちを利用する番だった。無防備な日本の偶像と相まみえることを期待しつつ、彼らは海を越えて目的地へと飛んだ。

第一部　軍人の誕生

第一章

ジョニー・ビルと月

一九四三年春、ジョン・ミッチェルの帰りを待つのは妻のアニー・リーだけではなかった。ジョンの父、ノア・ブース・ミッチェルも、息子が太平洋戦争から戻るのを待ち望んでいた。アメリカ深南部(ディープサウス)、かつてジョンが暮らした家のなかで、ノアは自らの心情を一編の詩に綴った。そして、ロイヤル社製のタイプライターで書き上げたその詩に「わが心の虹」[1]というタイトルをつけ、アメリカから遠く離れたガダルカナル島に送った。それは次のような書き出しで始まる。

私の心に虹がかかっている
たもとの壺に入っているのは金(きん)ではない

壺には希望が詰まっている
愛しいわが子が帰ってくるように

韻を踏んだこの四行連（四行で構成される詩節）からは、愛する息子の帰還を願い、平和な日々を求めるノアの気持ちが伝わってくる。最後の節にはこう書かれている。

この残酷な戦争が終わったら
息子が無事に帰ってきたら
こんな希望をもちつづけよう
もうどんな戦争も起こらないと

未来の第二次世界大戦のパイロットであるジョン・ウィリアム・ミッチェルは、ミシシッピ州タラハチー郡にあるイーニッドという小さな町で育った（タラハチーはチョクトー族の言葉で「水の岩」の意）。ジョンは、ミシシッピ州民としては三代目である。一九世紀前半、ジョンの高祖父のワシントン・ミッチェルは、ノースカロライナ州からタラハチー川東部流域に移住した。当時、そこはまだ「名もなき荒地」だった。この土地の開拓のために調査員が送り込まれるのは、一八四〇年代にミシシッピ州とテネシー州を結ぶ鉄道の建設が始まってからだ。[2] まもなく成人を迎えようとしていたワシントン・ミッチェルは、家族とともに移住を終えたあと、アイルランド系の女性ジェーン・カーソンと結婚する。噂によれば、ジェーンは有名な開拓者であるキット・カーソンの親戚だったという。

ワシントンとジェーンは八人の子どもに恵まれた。一八四五年一〇月一日、ジョン・ミッチェルの祖父にあたる長男のウィリアム・カーソン・ミッチェルが誕生する。[3] やがてウィリアム・カーソンは、近郊の町サーディスに住むジョセフィーヌ・ウィルソンと結ばれた。その結婚によって、ミッチェル一族にふたたび「開拓者の血」が取り込まれる。ジョセフィーヌは、偉大な開拓者にして探検家のダニエル・ブーンの遠い親戚と言われていたからだ。これらの話が本当なら、ジョン・ミッチェルのなかにはアメリカを代表するふたりの英雄の血が流れていることになる。

ウィリアムは一〇代のときにアメリカ連合国陸軍（南軍）に入隊した。[4] 南部の州で二番目に合衆国からの離脱を宣言したミシシッピ州では、合計八万人近くの白人が徴兵された。彼らは「奴隷制度の存続」という目標を掲げ、いわゆる「南部の独立のための戦い」に身を投じた。ミッチェル一族の多くは商人か商店の店主だった。彼らが奴隷を所有していたかは定かではないが、綿業がさかんだったミシシッピ州では奴隷の存在が欠かせなかった。当時、ミシシッピ州に住む白人の数はおよそ三五万四〇〇〇人だったが、奴隷の数はおよそ四三万七〇〇〇人にのぼったという。[5] ウィリアムは、ミシシッピ州北部とテネシー州で戦った。彼の上官は、連合国軍中将のネイサン・ベッドフォード・フォレスト。[6] 騎兵隊を指揮する能力に長け、俊敏かつ的確な攻撃で敵を追い詰め、いつしか「鞍の魔術師」の異名を与えられた男だ。のちにフォレストは、秘密結社クー・クラックス・クラン（ＫＫＫ）のリーダーを務めることになる。

戦争が終わると、ウィリアムはミシシッピ州の家に帰ってきた。その二年後の一八六七年、ジョセフィーヌと結婚し、三人の男の子が生まれた。未来のジョン・ミッチェルの父、ノアは、一八八一年の夏に生まれた末っ子だった。ノアが一〇代のとき、一族が数十年間にわたって住みつづけてきた土地についに名前がつけられる。それまでさまざまな呼び方をされてきたその土地は、公式に「イーニッド」と呼ばれるようになった。イーニッドには鉄道の停車場が開設され、それにともない数々の施設がつくられた。製粉所、銀行、理髪店、商店、学校、郵便局、いくつかの社交場。ある住民は、めざましい発展を遂げるイーニッドを「繁栄の地」と呼んだ。[7] イーニッドの住民の多くは、南北戦争に従事した軍人、医者、そしてミッチェル家をはじめとする商人だ。ミッチェル家は町の中心にレンガ造りの店を構え、数十年にわたって商売を続けた。店の経営には一族のほとんどがかかわったという。町から十数キロ北にある小山では白土と赤土が採れたので、住民は列車を使ってそれらの土をアメリカ各地の市場に出荷できた。とはいえ、ほかの都市に比べれば、イーニッドはまだまだ未開の田舎町であり、しょせんは荒れ野のなかの「繁栄の地」にすぎなかった。国勢調査局のデータによると、一九〇〇年のイーニッドの人口はわずか一八〇〇人である。

ノアは、イーニッドから三〇〇キロ以上北に離れたハイスクール「ベル・バックル」に進学する。この学校の正式な名称は「ウェッブ・スクール」。ナッシュヴィル・アンド・チャタヌーガ鉄道の停車駅になっているテネシー州の町、ベル・バックルにある名門校だ。ウェッブ・スクールは、南北戦争で活躍したかつての軍人ウィリアム・ロバート・ウェッブ（ソーニー・ウェッブの名でも知られる）によって設立された。ウェッブは、ノースカロライナ大学出身の厳格な規律主義者で、古典の授業の一環としてギリシア語とラテン語も教えていた。彼と妻が最初に学校をつくったのは、テネシー州のカリーオカという町である。一八七〇年のことだ。しかし一八八六年、カリーオカで酒の販売が合法化されたのを受け、熱心な禁酒法支持者だったふたりは町を出ることに決める。そして、およそ五六キロ西に離れたベル・バックルに居を移した。

その翌年の一八八七年秋、ノア・ミッチェルは父にもらったお金で一学期ぶんの学費（三九ドル）を支払い、ウェッブ・スクールに入学した。ウェッブ夫妻が建てた校舎は、鉄道の駅からほど近いブナの森のなかにあった。ノアが入ったのは二年生のクラスで、生徒数は四七人。

そこにはノアと同じ寄宿生や通学生だけでなく、当時にしてはめずらしいことに地元の女生徒も何人かいた。だが、卒業を迎えた一九〇〇年には、クラスの人数はノアを含めて二六人に減っていた。ウェッブ・スクールの生活があまりに古風で、しかも過酷だったからだ。ソーニー・ウェッブには、「信頼」と「誠実」という確固たる教育理念があった。「欺瞞（ぎまん）」を何よりも嫌っていた彼は、ことあるごとに生徒たちにこう言い聞かせた。「けっしてずるをしてはならない（Noli Res Subdole Facere）」。この言葉はやがて、ウェッブ・スクールのモットーとして広く知られることになる。さらにウェッブは、うわべだけ取りつくろった人間を心から軽蔑していた。彼はウェッブ・スクールの使命を「勤勉で礼儀正しく、俗物根性とは無縁の若者を世に送り出す」ことだと述べた。

ほかの生徒に比べ、ノアは小柄な体つきだった。[8] 二年生のときに撮られたクラス写真のなかで、ノアは背の低いクラスメイトと並んでグラウンドに座っている。顔つきは真剣で、どこか悲しそうでさえある。だがよく見ると、そこに写っている生徒は誰ひとりとして笑っていない。その光景からは、息の詰まるような緊張感が漂ってくる。写真のなかのノアは、白いシャツの上にジャケットをはおり、ネクタイを締め、しっかりと組んだ手を膝の上に置いている。額の真ん中で分けられた茶色の髪と、ぼんやりと遠くを見つめる茶色の瞳。服装こそ前時代的ではあるが、その風貌は、未来の息子のジョンによく似ている。

父のウィリアムが南北戦争のあとでそうしたように、ノアはウェッブ・スクールを卒業するとイーニッドに帰ってきた。そのためジョンも、自らの一族が築き上げた質素な暮らしのなかで生まれることになる。[9] イーニッドに帰ってきてまもなく、ノアはテキサス州テンプル出身のリリアン・フローレンス・ディキンソンと出会い、やがてふたりは一九〇四年一二月二三日に結婚した。そのころ、ノアはセールスマンとして生計を立てていた。彼が売っていたのは、近くの鉱山で採れる粘土や、ミシシッピ州南部の林で伐採したマツの木だ。当時はアメリカ全土で鉄道の建設が行われていたので、ミシシッピ州では「木材ブーム」が巻き起こっていた。木材の生産量でミシシッピ州に勝るのはワシントン州とルイジアナ州だけだった。ノアは二〇代の若さにして、ニューヨークをはじめとする北部の町に出向いて商売を行った。さらに、大西洋を渡ってヨーロッパやイギリスを訪れ、鋳造所に粘土を売り歩くこともあったという。そんな生活のなかで、ノアとリリアンは家庭を築いた。結婚から一〇年が経つまでに男の子と女の子がふたりずつ生まれ、その後一九一四年六月一四日に、五人目の子どもとしてジョン・ウィリアム・ミッチェルが誕生した。父と同じ茶色の髪と瞳をもったその男の子を、人々は「ジョニー・ビル」と呼んだ。やがてジョニー・ビルは「ジョニー」になり、軍隊に入ってからは「ミッチ」という愛称で呼ばれるようになる。

ジョニー・ビル・ミッチェルはイーニッドで育った。そこに広がる風景は、彼が生まれる前とほとんど変わっていなかった（ノアは後年、イーニッドのことを「せせこましい村」[10]だったと語っている）。一方で、人口にはわずかに変化があった。国勢調査によると、一九〇〇年のイーニッドの住民の数は一八〇人だが、一九二〇年には一七四人に減少している。[11]ただし、タラハチー郡全体で見れば人口は増加の一途をたどっていた。一九〇〇年に一万九六〇〇人だった人口は、一九二〇年には三万五九五三人に増えている。イーニッド周辺の「大きな町」といえば、タラハチー川東部から二〇キロほど南に位置するチャールストンだ。チャールストンには、いくつかの教会と学校、裁判所、そして刑務所があった。住民の数も一八三四人と比較的多かったので、この町はタラハチーの商業の中心を担っていた。とはいえ、町から町へと移動するのは簡単ではなかった。タラハチーには舗装された道路などなく、ほとんどの道が泥や砂利に覆われていたからだ。冬はぬかるんだ泥道が人々の足を取り、夏になると砂埃が視界をさまたげた。ジョニー・ビルが生まれた一九一四年、ようやく政府の承認が下り、ミシシッピ州全土で舗装道路の建設が始まった。最初の道路は、北東部に位置するリー郡につくられた。約一八キロにわたるその道路は、のちに国道四五号線の一部となる。

ジョニー・ビルの家はイーニッドの中心部にあった。彼が育ったその木造の平屋は、父のノアが幼少期を過ごした場所でもある。線路から一〇〇メートルと離れていなかったので、列車が通るたびに走行音と汽笛の音が聞こえてきた。夜中に列車が通ると来客はきまって文句を言ったが、ジョニー・ビルと家族は騒音のなかでもぐっすり眠れたという。家の端から端まで続くフロントポーチに出れば、寝苦しい夏の夜でも快適に過ごせた。冬の寒さが押し寄せてきたときは、居間の暖炉が家中を暖めた。ベッドルームは玄関側にあり、ダイニングルームと大きなキッチンが裏口のほうにあった。裏口を出てすぐのところに掘られた井戸で、ジョニー・ビルと兄弟たちは料理や掃除に使うための水を汲んだ。井戸からさらに奥に行くと、汲み取り式の便所があった。この家に排水管が設置されるのは、ジョニー・ビルの誕生から三〇年が経ってからだ。

　彼らの家の広大な裏庭には、ペカン（クルミ科の木）とカエデが生えていた。当時、ノアは、テネシー州メンフィスにある企業「ガヨーソ・ランバー・カンパニー」の従業員であり、自身の会社「ミッチェル・クレイ・カンパニー」の経営者でもあった。そのうえ彼は、セールスマンとして世界中を飛び回る合間に、村の南にある果樹園でナシを育てていた。年間の収穫量はおよそ二万七〇〇〇キログラムにものぼったという。地元の新聞は、ノアのつくったナシを「おいしいうえによく実っている」[12]と評し、「一ブッシェル（約二七キログラム）につき一ドルという破格の安さ」とも書いた。ノアのナシを買いにイーニッドを訪れる人はあとを絶たなかった。また、彼らの家の裏庭には野菜や花も植えられていたので、それらを求めて数多くの鳥がやってきた。ノアは自らのエッセイ「わが家のこと」に誇らしげにこう書いている。「おそらく鳥は、自分に好意をもっている人間とそうでない人間を区別できるのだろう。そしてわが家には、よその家よりずっと多くの鳥がやってきているように思える」。[13] ノアと家族は、裏庭にやってくる鳥たちを観察して記録をつけた。よく姿を見せたのは、オウゴンヒワ、マネシツグミ、ムクドリモドキ、鮮やかな赤色のショウジョウコウカンチョウ、ハシボソキツツキといった鳥だ。一家はキバシカッコウの悲しげな鳴き声に耳を澄まし、一日の始まりと終わりをチャイロツグミモドキの叙情的な鳴き声とともに過ごした。ノアはツグミについて次のように書いている。「ツグミより美しい歌声をもつ鳥はどこにもいないだろう。ツグミたちの朝の歌声は、晴れやかで、澄んでいて、聴いているだけで気分がよくなってくる。ところが夜になると、彼らはどこか憂いを帯びた子守唄を聞かせてくれる。朝と夜に聴ける彼らの歌声は、この世界でもっとも美しいメロディーだ」

ジョニー・ビルの家は、そうした景色と音に囲まれていた。[14] すぐ隣には祖父のウィリアム・カーソンが住む小さな家があり、もう一方の隣には赤レンガ造りの建物があった。そこは雑貨店だったが、中は迷路のように複雑に入り組んでいた。壁四面には鉄製の手すりのついたバルコニーがあり、フロアの四隅にある階段を使ってそこに登ることができる。バルコニーのスペースのおかげで、店内には外観からは想像できないほど大量の商品が置かれていた。二階は貸し事務所になっていて、あるときは葬儀屋、あるときは床屋がそこで商売をしていた。その賑やかな雑貨屋は、何年ものあいだ親戚や町の人たちが切り盛りしていたので、ジョニー・ビルと兄弟はいつでもこころよく迎えられたという。一階にある小部屋とメインフロアにずらりと並んだ棚には、あらゆるものが詰め込まれていた。菓子、加工食品、小麦粉、干したレンズ豆、調理器具、馬の首当て、靴ひも、マッチ、機械油。店の奥にはガラスの仕切りがあり、その向こうで食肉の加工が行われていた。さらに、店のなかには女性服と紳士服の展示スペースもあった。フロアの中心に据えられたダルマ型のヒーターと、バルコニーにある小さな暖炉が、その奇妙な空間を優しく暖めていた。

イーニッドとその周辺地域——それがジョニー・ビルの世界のすべてだった。家族中心のこぢんまりとした町。それ以外の世界は、家のすぐそばにある線路でさえ、彼のそばをただ通り過ぎていくだけだった。自動車の発達、道路の整備、新たな線路の建設といった「進歩の証」はアメリカ中で見られたが、彼の家の裏庭にはなかったのだ。外の世界を知らずに育ったジョニー・ビルは、当時の世間の価値観にも染まらなかった。それはある意味、幸運と言えるかもしれない。一九一四年以来、ヨーロッパでは熾烈(しれつ)な戦争が繰り広げられていた。戦火は少しずつ広がり、一九一七年にはついにアメリカも参戦する。その年の春、アメリカ議会は「二一歳から三〇歳までのすべての男性の徴兵登録を義務づける」という法律を制定し、四月になるとウッドロウ・ウィルソン大統領が国民に軍隊への参加を呼びかけた。それはつまり、「情け容赦のない暴力性が国家のすみずみまで浸透し、議会、法廷、警官、そして民間人へと伝染する」[15]ことを意味した。ジョニー・ビルの父親も、その影響を受けたひとりだった。一九一八年九月一二日、ノア・ミッチェルは最寄りの徴兵登録所に赴いた。[16]その時期、ミシシッピ州では合計一五万七六〇六人の男性が徴兵登録をしたという。ノアは自分の職業を、ミッチェル・クレイ・カンパニーの「採掘師」と記載し、最近親者（親等のもっとも近い者）の欄には妻のリリアン・ミッチェルの名前を書いた。だが結果的に、リリアンと子どもたちは一家の大黒柱を戦争で失わずにすんだ。第一次世界大戦が終結する一九一八年一一月までに、ミシシッピ州に住む四万三三六二人の男性が兵役に服したが、そのなかにノアは含まれていない。彼は戦地に行きたがっていたが、最後まで声がかかることはなかった。三七歳のノアは、戦いに参加するには歳を取りすぎていたのだ。

ノアが徴兵登録をすませたのと同じ年に、インフルエンザの世界的大流行（パンデミック）が起こった。[17]肺細胞に感染するこの致死性のウイルスは、一五カ月のうちに全世界で五〇〇〇万人以上の死者を出した。アメリカ国内の死者数は計六七万五〇〇〇人で、ミシシッピ州だけだと六二一九人になる（その前年のミシシッピ州では、インフルエンザによる死者数は四四二人だった）。州内のあらゆる町で、日曜日の礼拝が中止になり、集会は延期され、学校は休校になった。なかでも、ミシシッピ川とヤズー川に挟まれた「ミシシッピ・デルタ」と呼ばれる地域の被害は深刻だった。しかし、ミシシッピ・デルタのはるか北に住むミッチェル一家は、どうにかウイルスの魔の手から逃れることができた。

ジョニー・ビルの幼少期には悲しい出来事もあった。[18] 一九一九年五月、ジョニー・ビルが五歳になる一月前、妹のエリザベスが生まれた。ノアとリリアンの六番目の子どもだ。だがエリザベスは、生まれてからわずか六カ月で死んでしまった。その後、ミッチェル一家にはさらなる悲劇が訪れる。一九二二年二月、リリアンが病気にかかったので、ノアは彼女をメンフィスの病院に連れていった。一一日間の入院生活を経て、リリアンは三〇代後半の若さでこの世を去った。死因は脳炎だった。めずらしい病気ではあるが、発症すると脳が腫れ上がる場合があり、そうなるとほぼ確実に死に至る。そのときジョニー・ビルは七歳で、一番上の姉が一六歳、一番歳の近い兄が九歳だった。その後、悲しみに満ちた葬儀が執り行われた。葬儀には親族のほとんどが集まったが、風邪をひいて寝込んでいたジョニー・ビルだけはその場にいなかった。リリアン・ディキンソン・ミッチェルは、一族の慣習に従い、村の中心部から一・五キロほど北にあるイーニッド・オークヒル墓地に埋葬された。

ノアは、幅広い仕事をこなす一方で育児にも追われるようになった。ジョニー・ビルの一六歳の姉、フローレンスも、父の負担を減らそうと家事を手伝った。だが、まもなく初老の黒人女性が乳母として家にやってきた。ミシシッピ州生まれのその女性の名は、エヴリン・ロット。歳は六〇代半ばで、未亡人だった。エヴリンは一八六〇年に奴隷として生まれたと考えられるが、彼女に関する情報はほとんど残っていない。一九三〇年の国勢調査の記録に残されているのは、エヴリンがミッチェル家に「使用人」として雇われた「黒人（ニグロ）」だったということだけだ。ところが、当時は黒人差別が顕著だったにもかかわらず、彼らの家にわずかに残されていた手紙や雑品は、一家がエヴリンに深い愛情を感じていたことを物語っている。南北戦争の終結から五〇年あまりが過ぎても、深南部の白人たちは「連邦再建（リコンストラクション）」に強い反発心を抱いていた。ジョニー・ビルが生まれた翌年の一九一五年、D・W・グリフィス監督の長編映画『國民の創生』が公開される。人種差別的な思想を前面に押し出したその三時間の映画は、初期のハリウッドを代表する大ヒット作となった。グリフィスは、南北戦争と連邦再建の時代を描きながら、クー・クラックス・クランを「英雄」として取り上げている。無法で、凶暴で、性欲旺盛な黒人解放奴隷たちのせいで混乱に陥った南部アメリカに、KKKがふたたび秩序をもたらすのだ。「白人こそが至高の存在だ」というグリフィスのメッセージは、多くの人の共感を呼んだ。アトランタを代表する日刊紙『アトランタ・コンスティテューション』に掲載された批評記事には、「古代ギリシアにホメロスがいたように、現代のアメリカにはデヴィッド・W・グリフィスがいる」[19]と書かれた。その時期のアメリカ南部では、白人が黒人をリンチするのは日常茶飯事であり、KKKの会員数も増える一方だった。ミシシッピ州では、「偉大な白人指導者（グレート・ホワイト・チーフ）」ことジェームズ・K・ヴァーダマンが大衆の人気を集めた。ヴァーダマンは上院議員だったが、黒人に対して強い偏見をもっていた。豊かな髪を長く伸ばし、白いスーツに身を包み、白い帽子をかぶり、白いブーツを履いた彼の姿は、まさに南部の白人の感情を体現していた。ヴァーダマンはこう述べた。「必要とあらば、ミシシッピ州のすべての黒人をリンチにかけてもいい。われわれ白人の優位性を守るためだ」[20]

ジョニー・ビルは黒人のことを冗談半分に「ニガー」と呼んでいたが、彼がヴァーダマンの思想に影響されることはなかった。ミッチェル一家が抱えていた独特の差別意識は、悪意ではなく、家父長的な思想に基づくものだった。彼らが長年使っていた八三二ページの聖書には、すっかり黄ばんだ新聞の切り抜きが挟まっていた。そこに書かれているのは、「ニグロ・マミー」[21] という詩だ。黒人の身分を軽視するような詩ではあるが、どこか優しさが感じられる。おそらく一家は、ジョニー・ビルを育てた乳母、エヴリン・ロットへの感謝の気持ちを忘れないためにその切り抜きを取っておいたのだろう。

「ニグロ・マミー」の一節には次のように書かれている。

黒人のママ（ニグロ・マミー）をおくれ

古きよき南部の町に住み
縮れたぼさぼさの髪を
赤いバンダナでまとめてる
手には布巾をもたせよう
格子柄の綿のシャツを着せよう
悲しげな歌を教えよう
彼女に会えないとさみしくなるように
そして喜んで彼女を迎えよう
この新しい西部の家に

やがて、ジョニー・ビルの父親はふたたび恋に落ちる。一九二七年一二月、ノアは自宅でディナーパーティーを開いた。客は男女合わせて一二人で、なかには女性教師が何人かいた。そのうちのひとりがユーニス・マッセーだった。ユーニスは、イーニッドから二四キロほど北にあるベイツヴィル・スクールで教えていた。ディナーは九時まで続き、二羽のガチョウと季節の野菜を使った料理が振る舞われた。食事のあとは音楽が流され、参加者たちは夜遅くまでダンスを楽しんだ。このパーティーは地元民の注目を集め、やがて地域の週刊紙で次のように取り上げられる。「参加者たちはみな、満足げな顔で『本物のパーティーだった』と語っていた」。[22] パーティーで意気投合したノアとユーニスは、すぐに恋人同士になり、その翌年に結婚した。結婚式での言葉を借りれば、「町が誇るハンサム、N・B・ミッチェル」は「かくも美しきユーニス・マッセー」と結ばれたのだ。[23] このときノアは四七歳で、ユーニスは彼よりも二〇歳若かった。ふたりにはこんな言葉が送られた。「彼らがこれから歩む道が、美しくかぐわしい花で彩られていることを願います」

ジョニー（いつしかジョニー・ビルとは呼ばれなくなった）は、義理の母のことをファーストネームで呼び、少しずつ彼女を受け入れていった。ただし、ジョニーはユーニスに対して完全に心を開いていたわけではない。そういう意味では、彼女は実の母リリアンとも、乳母のエヴリン・ロットとも異なる存在だった。父が再婚した一九二八年七月一四日、ジョニーはすでに一四歳の青年になっていた。ジョニーは毎日のようにスポーツと勉強とアウトドアに精を出した。[24] 運動神経のよかった彼は、どんなスポーツでもすぐにコツをつかんだ。野球もテニスも少し練習しただけであっという間にうまくなったという。だが、ジョニーが何よりも熱中したのはバスケットボールだ。彼は小柄だったが（二〇代のときの体重は約六〇キロ）、身軽さと熱意でその弱点を補った。またジョニーは、バスケットボールをするのと同じぐらい、森に行くのも好きだった。よく父とふたりの兄と一緒に森に出かけ、キャンプや狩りに夢中になった。ジョニーは、幼いころから父にライフルの撃ち方を習っていた。子どもの小さな手ではライフルを持てないので、最初は父の肩に銃身を乗せて引き金を引かなければならなかった。ジョニーが初めてひとりでハトを撃ち落としたとき、ノアは――まるでバスケットボールの試合でミッドコートからシュートを決めたかのように――歓声を上げたという。一二歳ごろから、ジョニーはひとりでキャンプに出かけるようになった。ブランケット、フライパン、塩と胡椒、少しばかりのベーコンだけをバッグに入れ、森のなかで何日も過ごした。そして魚を釣ったり、リスやウサギや鳥を狩ったりしながら、自分の力で生きていくすべを学んだ。ノアと家族にとって、「独立独歩」はあたりまえのことだった。のちにハーバート・フーヴァー大統領も、アメリカ人の国民性を「徹底した個人主義」と明言し、他人に頼らず生きていく姿勢の大切さを語っている。何度もキャンプに出かけるうちに、ジョニーは「空」に魅了されていた。とくに夜空を見上げ、月のかたちを観察するのが好きだった。ジョニーの方向感覚はとても優れていて、地図を持っていなくても、太陽や月や星を見るだけで家に帰る道を割り出せた。

ジョニーが初めて「空を飛ぶ」体験をしたのも一二歳ごろだ。当時のアメリカでは、「バーンストーミング」(飛行機を使って行われる曲芸)が人気を集めており、あるときイーニッドにも曲芸飛行士(「バーンストーマーズ」と呼ばれた)がやってきた。彼らは、第一次大戦後に不要になった複葉機を使い、牧草地で曲芸を披露した。一・五ドルを払えば飛行機に乗せてもらえたが、ジョニーはそのときお金を持っていなかった。そこで彼は、家の隣にある雑貨屋に足を運び、自分の家族の「ツケ」にするという名目でお金を借りて飛行士のもとへと向かった。そしてその日、ジョニーは初めて空を飛んだ。もっと飛んでいたい――そう思わずにはいられないほどすばらしい体験だった。

「それからは、バーンストーマーズが町に来るたびに父に小遣いをねだったよ。あの開放型のコックピットに乗りたかったから」とジョニーはのちに語っている。「いつも飛行機のことを考えてた」[25]

ノア・ミッチェルは、ウェッブ・スクールを卒業したあと大学には進まなかったが、ウェッブ・スクールで学んだ「学問のすばらしさ」と「気高い精神をもつことの大切さ」を忘れたことはなかった。そんな父のもとで、ジョニーも幼いころから真剣に学業に打ち込んだ。イーニッドには学校がひとつしかなく、一年生から一二年生までの生徒がそこに通っていた。ジョニーの成績はきわめて優秀で、七年生を終えたあとは飛び級して九年生になったほどだ。おそらく、彼がよい成績を取れたのは「自宅学習」のおかげだろう。自宅学習で、ノアはジョニーにラテン語の読み書きを教え、動詞の活用表を覚えさせた。家にはおびただしい数の本があり、ジョニーはノアの勧めでチャールズ・ディケンズの作品集を読むようになった。また、ノアは数学も教えた。そのためジョニーは数学の成績もよかったが、ほかの科目に比べるといささか苦戦していたようだ。結果的に、自宅学習の一番の成果は、ジョニーの文章力を向上させたことだった。

一九三一年、ジョニーはすばらしい成績を保ったまま、一七歳で学校を卒業する。その年の卒業生の数はわずか一〇人程度だった。ノアは、自分が大学に行けなかったという未練もあり、息子にはなんとしても大学に進学してほしいと思っていた。また彼は、仕事でアメリカ中をまわった経験から、進学するならニューヨークのコロンビア大学がいいだろうと考えていた。ジョニーはコロンビア大学の奨学金制度を調べ、二〇種類の奨学金のひとつに申し込んだ。まもなく申請は認められ、ジョニーには五〇〇ドルの奨学金が与えられることになった。[26]

こうして、その年の秋、ジョニーはついに生まれ育った深南部の町を出る。それはある意味、永遠の別れだった。ジョニーの祖父は、南北戦争が終わるとイーニッドに帰ってきた。ジョニーの父も、ハイスクールを卒業すると同じようにこの町に帰ってきた。だがジョニーは違った。わずかのあいだの帰省を除けば、彼が本当の意味でイーニッドに「帰ってくる」ことは二度となかった。

奨学金をもらえたとはいえ、ジョニーはすぐに金銭的な問題に悩まされた。彼はそれまで、大勢の家族とともに父のささやかな収入に頼って暮らしてきた。質素な倹約生活しか知らない彼にとって、都会での暮らしは苦労の連続だった。ジョニーは、以前から興味のあった経済学を専攻しながら、並行して生活費を稼がなければならなかった。まず、彼は大学のカフェテリアで働いた。ウェイターとして注文をとったり、カウンターで料理を出したりする仕事だ。カフェテリアの仕事だけでなく、臨時の仕事があればそれに飛びついた。どの仕事も五〇セント程度の時給しかもらえなかったが、それでも生活の足しにはなった。秋になると、大学のフットボールの試合で学生にチケットを売ったりもした。その合間に、ジョニーは大好きなスポーツにも時間を割いた。当時、ジョニーの心をつかんだのはボクシングだ。やがて彼は、学内で開催されるバンタム級の大会で優勝するほどの実力を身につける。またジョニーは、ボクシングにのめりこむ一方で、バスケットボールの試合にも参加しつづけた。学業であれ、仕事であれ、スポーツであれ、アイビー・リーグが学生に求めるレベルは非常に高い。彼は必死に毎日を過ごした。

　ジョニーはそうした生活を三年近く続けたが、とうとう貧しい生活に耐えられなくなった。すでに彼の目は、陸軍士官学校（ウエストポイント）に向けられていた。士官学校に入れたら生活費の心配をしなくてすむ――そこでジョニーはある計画を立てた。彼はまず、三年生の春にコロンビア大学を中退し、その後アメリカ陸軍に入隊した。士官学校の入学試験を突破するために、軍隊で一年ほど経験を積もうと考えたのだ。実際のところ、軍隊の仕事にはたいして興味がなかった。彼の望みは、お金をかけずに大学の学位を取得することだけだった。そして一九三四年春、二〇歳になったばかりのジョニーはハワイにあるアメリカ軍基地に派遣された。故郷からそれほど離れた場所に行くのは初めてだった。

だが、そこから先は計画どおりにはいかなかった。一年で士官学校に入学するどころか、四年間をハワイでの労働に費やすことになったのだ。のちに彼は、士官学校の試験についてこう語っている。「試験の結果は悪くなかったよ。でも、合格点には届かなかった。ぼくはどこにも行けなかった」。結局、ジョニーが学位を手にすることはなかった。

とはいえ、ハワイはけっして悪い場所ではなかった。むしろ楽園と言ってもいい。世界でも有数の美しいビーチは、二〇代前半の若者にとって最高の遊び場だった。また、当時は大恐慌の余波が残っていたが、ハワイにいれば生活に困らなかった。ジョニーのように将来の目標が定まっていない若者は、軍隊に入ればとことん面倒を見てもらえるのだ。ジョニーは、オアフ島のダイヤモンドヘッドにある「フォート・ルガー」に配属された。フォート・ルガーは、真珠湾から約四八キロ南東に位置する軍用地だ。彼はアメリカ陸軍沿岸砲兵隊に所属し、敵の侵攻を防ぐために最前線で戦うという役目を与えられた。沿岸砲兵隊の指揮官、アンドリュー・ヒーロー・ジュニア少将はこう述べた。「敵の兵士を上陸させないために、すべての沿岸砲兵は大砲と高射砲を使いこなさなければならない」。[27] ジョニーは、砲身およそ六メートルの

「一五五ミリカノン砲」を扱うチームの計算士(プロッター)だった。砲撃訓練では、船に引かれて沖合を移動する的に砲弾を放つ。そのとき、発射のタイミングを計算するのが彼の仕事だ。

やがて、ジョニーは伍長に昇進する。入隊時には一八・七五ドルだった月給は、いつしか四二ドルに上がっていた。毎日がこれ以上ないほど充実していた。基地での仕事に慣れ、生活に余裕ができると、ジョニーは空いた時間をスポーツに費やすようになった。わずかのあいだではあるが、軍務と並行して、ハワイで発行される新聞『ホノルル・アドバタイザー』のスポーツライターとして働いたこともある。彼はテニスの腕を磨いた。地元のプロのレッスンを受け、島内のあらゆるトーナメントに出場した。さらに、基地のバスケットボールチームにも加入し、ほかの基地のチームとリーグ戦を繰り広げた。オアフ島の美しい自然は、ジョニーの心に永遠に刻み込まれた。そこはまさに、「青々とした木と美しい花に囲まれた世界」[28]だった。三年間の兵役が終わると、ジョニーは延長を申し出た。[29]そうしない理由はどこにもなかった。士官学校に入れなくとも、彼にはハワイというすばらしい場所がある。ジョニーは軍務に励み、パーティーを楽しみ、スポーツに打ち込んだ。ところが、フォート・ルガーに配属されて四年目に、彼の考えは一転する。たしかにジョニーは、ハワイでの生活に心から満足していた。自分がこれからも、この太平洋の美しい島を愛しつづけるだろうと信じていた。だが、それはあくまでも「仮」の生活だ。彼は、自分がそろそろ現実に戻らなければならないことに気づいたのだ。その年のうちに、ジョニーはフォート・ルガーをあとにする。除隊には一五〇ドルほどの費用が必要だった。

一九三八年、ジョニー・ミッチェルはアメリカ本土に戻ってきた。今度こそ、自分の人生にしっかり向き合おうと決めていた。彼はイーニッドには帰らず、兄のフィリップが住む町、ジョージア州のアトランタに向かった。その後数ヶ月間、ジョニーはフィリップのアパートに滞在する。昼間は兄の酒屋で働き、夜はジョージア大学の公開講座を受講した。そんな生活のなかで、ジョニーには新たな友人ができた。同じアパートに住む若いカップルと、同じ酒屋で働く黒人だ。とくに後者のほうは、その後数年にわたって連絡を取り合う仲になった。後年、ジョニーは彼のことを「優しい黒人（ニガー・ポーター）」と呼んでいる。清潔で、頭がよく、親切な友人だったという。[30] だが、友人に恵まれたとはいえ、ジョニーの将来の展望は開けないままだった。同じような毎日を繰り返すばかりで、次の一歩がどうしても踏み出せずにいた。

だがある日、ジョニーは神の啓示を受ける。ジョニーとフィリップは、ときどき飛行機を見にアトランタ空港を訪れていた（当時、アトランタ空港は「キャンドラーフィールド」と呼ばれていた。寂れたレース場を取り壊して建設された空港で、旅客機の運行が始まってから一〇年と経っていなかった）。初めて「バーンストーマー」がイーニッドにやってきた日以来、ジョニーは飛行機に魅了されていた。暇さえあれば空を見上げ、星と月を眺め、飛行機のことを考えた。ジョニーとフィリップは、空港を行き来する数々の飛行機を眺めて時間を潰した。ふたりがとくに好きだったのは、当時大量生産されていた双発のプロペラ旅客機ダグラスＤＣ－３だったという。あるとき、ジョニーの口からこんな言葉がこぼれた――「ぼくも飛行機に乗りたい」。フィリップは本気にしなかった。自分の弟がパイロットになれるとは夢にも思わなかったのだ。だが、ジョニーの挑戦心は少しずつ熱を帯びていった。目の前の霧がようやく晴れた気がした。まもなく彼は、今度は真剣な顔で「パイロットを目指す」と宣言する。そのあとのジョニーの行動は早かった。数日と経たないうちにダウンタウンにあるアメリカ陸軍航空隊の求人窓口を訪れ、航空学校への入学を申し込んだ。すぐに申請は受理され、彼はテキサス州のサン・アントニオで新兵訓練を受けることになった。こうしてジョニーは、世話になった兄とアトランタの町に別れを告げる。一九三九年一〇月、ジョニー・ミッチェルは、二五歳にしてようやく自分の進路を決めたのだ。アメリカ陸軍のパイロットになる――それが彼の選んだ道だった。

パイロット候補生のジョニー・ミッチェルは、サン・アントニオのケリー陸軍航空基地で新たな生活を始めた。やがて彼は、美しい栗色の髪をもつ小柄な女性、アニー・リー・ミラーと出会う。アニー・リーは二三歳で、イースト・ウッドローン通りのアパートにいとこのジョセフィン（ジョシー）とふたりで住んでいた。昼間はおじのジョセフ・コペッキー医師（「ジョー先生」と呼ばれるのが好きだった）が経営する総合診療所で女性事務員（ギャル・フライデー）として働いていた。

アニー・リーは、サン・アントニオ東部から車で三時間のところにある田舎町、エル・カンポで生まれた。生まれてから一度も州境をまたいだことのない、生粋のテキサス州民（テキサン）だ。子どものころ、彼女はエル・カンポとサン・アントニオとオースティンを移り住んだ。ミラー家の血縁者は非常に多かったので、どの町に行っても必ず近所に親族の誰かが住んでいたという。アニー・リーの父方の祖父母はドイツ人だった。彼らは、テキサス州のテンプルに移住したのち農業を始め、一一人の子どもを育てた。そのうちのひとりがアニー・リーの父、アーミン・W・ミラーである。母方の祖父母はチェコスロヴァキアからの移民で、テキサス州のファイエットヴィル北部に住む農家だった。この夫婦のあいだにも一一人の子どもがいて、そのひとりがアニー・リーの母、テレサ・コペッキーだった。

アーミンとテレサの結婚から二年が経った一九一六年一一月二日、夫婦のふたりめの子どもであるアニー・リーが生まれた。[31] 当時、一家はエル・カンポの東部にある土地を借りて農業を営んでいたが、アニー・リーが生まれてすぐに引っ越しを検討しはじめる。アーミンが、町のはずれに理想的な農地を見つけたのだ。そこは、約三二万平方メートルの面積を誇る広大な土地だった。一九一八年秋、彼らは銀行からお金を借りて、その農地のひと区画を購入する。

アーミンはそこに井戸を掘り、納屋をつくり、部屋が四つあるバンガロー風の家を建てた。彼らはおもに綿花を育てた。やがてふたりの兄妹も、季節労働者のメキシコ移民に混じって綿の収穫を手伝うようになる。アニー・リーが六歳、兄のジョーが七歳のときだ。ふたりは、鍬の使い方、雑草の処理の仕方、間引きの仕方などを教わった。収穫期には、革の肩ひもがついたキャンバス地の袋を背負って収穫を行った。大人用の袋には一〇〇ポンドの種綿を入れられたが、アニー・リーとジョーが使うのは、彼らのために特別につくられた小さな袋だった。収穫した綿は畑の近くにある荷馬車に集められる。綿を積み終えると、アーミンは子どもたちを綿の山の上に乗せた。ふたりはその時間が大好きだった。アニー・リーとジョーは、荷馬車の上で転げ回りながら綿を袋に詰めた。その作業が終わると、アーミンは荷馬車に馬をつないで町に移動する。町にある綿繰り機を使い、綿を繊維と種子に分けるためだ。

アーミンが畑仕事に精を出す一方で、テレサは家事に勤しんだ。彼女は身長約一五〇センチと小柄ながら、とても気の強い女性だった。必要とあれば、夫や子どもたちを厳しく叱った。また、彼女はすばらしい料理の腕をもっていた。とくに、魚やカエルのフライ、チーズの載ったコラーチ（チェコの菓子パン）、ポピーシードケーキは絶品で、家族で集まって食事をするときは、よくそれらの皿が食卓に並んだ。テレサがクラバー（凝固した牛乳）と砂糖とシナモンを混ぜてつくるドリンクは、アニー・リーの大好物だった。さらに、テレサは広々としたフラワーガーデンの手入れもしていた。彼女はよく、アニー・リーに庭で花を摘ませてブーケをつくったという。紫のスミレ、白いシャスタ・デイジー、青いヤグルマギク、色とりどりのバラ。彼らの家は、そうした色鮮やかな花に囲まれていた。

テレサは学校に通ったことがなかったが、学業の大切さを理解していた。彼女の兄弟、つまりアニー・リーのおじとおばの多くはきちんとした教育を受けており、学校を卒業したあとも学業を生かせる仕事に就いていた。六歳になり、学校に通いはじめたアニー・リーに勉強を教えたのは、実のおじのジョン・コペッキーである。アニー・リーとジョーは、舗装されていない道路を歩いてトレス・パラシオス・スクールという小さな学校に通った。教室はひとつしかなく、生徒数は三〇人から四〇人。どの生徒も、近隣の小さな農場から通っていた。学校に行くために、アニー・リーとジョーは往復一三キロの距離を歩かなければならなかった。

毎年夏になると、アニー・リーは親戚と一緒にジョー先生の所有する牧場を訪れ、そこで週末を過ごした。彼らにとって、その場所はまさに「楽園」だった。[32] 牧場はサン・アントニオから二〇キロほど北に行ったところにあり、敷地には常緑のスギやカシが鬱蒼（うっそう）と茂っていた。グアダルーペ川に流れ込む湧水（ゆうすい）のなかには、バスやナマズやスズキといった魚の姿が見える。男たちはこぞって水辺に向かい、魚を釣ったり淵に飛び込んだりして遊んだ。また、牧場にはジョー先生が建てた小屋があり、薪ストーブと冷蔵庫と冷凍庫が備えてあった。小屋のポーチはいくつかのスペースに区切られていたので、彼らはそこで眠ることができた。上着を脱ぎ、ショーツを穿（は）き、探検帽（ピスヘルメット）をかぶり、片手に手巻き煙草、反対の手にビールを持ったジョー先生を中心に、誰もが週末のひとときを楽しんだ。食事の時間には、全員で集まってバーベキューをした。さまざまな種類の肉と自家製のチリコンカンがテーブルの上に並び、そのわきにあるバケツのなかには大量のビールが冷やしてあった。宴が進むと、ジョー先生のアコーディオンの演奏が始まる。チェコ人の血を引いていることに誇りをもつ彼は、よくスラヴ民謡風の曲を弾いた。

一三歳になったアニー・リーは、町のハイスクール「エル・カンポ高校」に進学する。高校に入ってからも、彼女は親戚に囲まれて過ごすことになった。家から高校まではかなりの距離があったので、ミラー家とコペッキー家はお金を出し合い、高校から二ブロック離れたところに部屋を借りた。そしてそこで、両家の子どもたちの共同生活が始まった。コペッキー家の男の子三人が同じ寝室を使い、別の部屋をアニー・リーと女の子たちが使った。もうひとつの寝室は、ジョーをはじめとする何人かの男の子で使っていた。キッチンは大家と共同だった。大家は未亡人で、部屋の賃料で生計を立てていた。週末になると、彼らは一四キロの距離を歩いて実家に帰る。曲がりくねった未舗装の道路ではなく、牧草地をまっすぐ横切るほうがずっと楽だった。

一九三三年六月、アニー・リーはわずか一六歳で高校を卒業する。その年の卒業生は彼女を含めて六〇人だった。学内で発刊されていた新聞『ライスバード』には、卒業生一人ひとりの粋な紹介文が掲載された。「チャーミングな王子」「しとやかな宣教師」「バスケットボールとテニスの名人」といったものだ。アニー・リーには、「神がわが校に贈りたもうた女性」という言葉が与えられた。[33] 兄のジョーは、高校卒業後すぐに実家の農業を手伝ったが、アニー・リーはテキサス大学に二年間通わせてもらえることになった。テキサス大学はオースティンにあったので、彼女は初めて「本当の」ひとり暮らしを経験する。ただし、アニー・リーの新居の近くには、テレサの妹のルドミラ(ルドマ)・コペッキーが住んでいた。ルドマはいわゆる「うわついたタイプ」の女性だ。歳は二〇代後半で、テキサス大学のヘルスセンターの看護婦として働いていた。誰もが、彼女の生活を「モダン」だと言った。ひとり暮らしで、自分の車を所有し、いつもしゃれた服を着ていた。スチールギターを弾くのが好きで、週末はよくナイトクラブで自慢の歌と演奏を披露した。親戚のひとりは、ルドマの生き方を「ずっと〝追い越し車線〟を走っているかのよう」だと言った。「ワインを飲んで、男をはべらせて、歌って踊って……明け方までずっとそんな感じさ」。大学に通いながら、アニー・リーは長い時間をルドマと一緒に過ごした。映画を観ることもあれば、ナイトクラブに連れていってもらうこともあった。ルドマのアパートに行けば、彼女の得意料理である鶏肉のハーブ焼きをごちそうしてもらえた

(レシピは教えてもらえなかった)。アニー・リーはルドマのことを、頭がよくて遊び慣れた「年の離れた姉」のように感じていた。

一九三五年、二年間の学士課程を終えたアニー・リーはサン・アントニオに引っ越した。そしていとこのジョシーと部屋を借り、おじのジョー先生のもとで働きはじめた。それからの四年間、彼女は自分でお金を稼ぎ、気の合ういとこと暮らし、一〇代後半から二〇代初めまでの独身生活を謳歌することになる。アニー・リーとジョシーは、よく友人と一緒に将校クラブを訪れた。将校クラブは基地の敷地内にある社交場で、週末は一般人もなかに入れるので、多くの女性が軍人とのデートを取りつけようとそこを訪れた。軍人にうつつを抜かしている友人は少なくなかったが、アニー・リーは違った。軍人とデートしたことは何度もあったが、本気になったことは一度もなかった。彼女にとって、軍人はちょっとした遊び相手にすぎなかったのだ。月日は流れ、一九四〇年の一月を迎えたある日、アニー・リーはジョシーにダブルデートに誘われる。相手はパイロット候補生だ、とジョシーは言った。ジョシーはその男性を知っているようだったが、アニー・リーにとってはブラインドデートだ。ジョシーはその男性のことを詳しく聞かせてくれた。ほかの軍人の男の子より少し年上の二五歳で、ミシシッピ州のイーニッド出身だという。「また飛行機乗り(フライボーイ)?」と、アニー・リーは心のなかでつぶやいた。[34] あまり気が進まなかったが、ジョシーがしつこく誘うので、彼女はしかたなくダブルデートに応じることにした。

最初のデートは二度目のデートにつながり、二度目のデートのあとは三度目のデートが待っていた。アニー・リー・ミラーとジョニー・ミッチェルは順調に仲を深めていった。四月の最初の日曜日、ジョニーは中古で買った車にアニー・リーとジョシーを乗せ、片道およそ一三〇キロのドライブに出かけた。オースティンに住むアニー・リーのおば、ルドマのもとを訪ねるためだ。そこにはもう、最初のブラインドデートのときのぎこちない空気は感じられなかった。アニー・リーとジョニーは、デートを重ねるうちに、自分たちの相性のよさを実感するようになった。うまく言葉にできなかったが、ふたりのあいだには何かしら相通じるものがあったのだ。彼らはすぐにお互いを好きになり、お互いの友人たちとも良好な関係を築いた。ふたりは映画の好みやユーモアの感覚がよく似ていた。傲慢な人間が嫌いなところもそっくりだった。だが、おそらくもっとも大きな共通点は、どちらも小さな町で生まれ、家族とその土地の住民に囲まれて育ったことだろう。

アニー・リーにとってその日曜日のドライブは、大好きなおばに新しいボーイフレンドを紹介する絶好の機会だった。ところが、ジョニーの運転はドライブというより「レース」に近いものだった。彼はアクセルを目一杯踏み込み、きれいに舗装された道路を時速一三〇キロのスピードで走り抜けた。ジョニーはただ、当時ランドルフ陸軍航空基地で受けていた飛行訓練でそうするように、少しでも早く目的地に着こうとしたのかもしれない。あるいは単に、新たなガールフレンドにかっこいい姿を見せたかったのかもしれない。だが、いずれにせよ逆効果だった。やがて彼は、テキサス・ハイウェイ・パトロールの警官に止められ、スピード違反の切符を切られてしまう。アニー・リーいわく、ジョニーは必死に平静を装おうとしていたという。のちに彼女はルドマにこう語った。「あのときジョニーは、『風と共に去りぬ』のスカーレット・オハラのセリフをまねて、『明日はきっといいことがあるさ』みたいなことを言ってた。でも、彼が明日のことを心配してるのは見え見えだった」。ジョニーが何よりショックを受けていたのは、新車を買うための貯金が罰金の支払いに消えてしまうことだったが、アニー・リーはそのことにも気づいていたようだ。結局彼らは、ルドマには違反切符のことを正直に話し、アニー・リーの両親には黙っておくことにした。ジョニーは、出会ってまもないガールフレンドの両親に悪い印象を与えたくなかったのだ。アニー・リーはルドマに言った。「パパとママに話したら、『馬鹿な子たちだ』って言って笑ったでしょうね」[35]

その後、彼らは違反切符のことなど忘れ、ルドマとともに「モダンな」午後の時間を楽しんだ。ジョニーはルドマの歌にすっかり聴きほれ、帰ってからもアニー・リーにその歌声のすばらしさについて延々と語ったという。その春、ふたりは幾度となくデートに出かけた。アニー・

リーとジョシーのアパートに友達を集めてパーティーを開くこともあった。彼らはみな、ジョニーウォーカーのレッドラベルを一パイントも飲み、とりとめもない話でひと晩中盛り上がった。あるときはサン・アントニオの町に出て、有名なレストラン〈クラインズ〉や、大通り沿いにあるさらに有名なレストラン〈アール・アベルズ〉でディナーを楽しんだ。〈アール・アベルズ〉は大恐慌の時期に創立されたレストランで、創立者のアール・アベルはもともと無声映画に伴奏をつけるオルガニストだった。フライドチキンで有名なこのレストランには、「食事の園」と呼ばれる屋外スペースがあった。付き合いたてのカップルが往々にしてそうであるように、ジョニーとアニー・リーもよく喧嘩をした。喧嘩の原因のほとんどはジョニーの嫉妬だった。アニー・リーには、ジョニーと出会う前にデートをした男が何人かいて、そのうちのふたりがいまだに彼女に言い寄っていたのだ。ひとりはスケリー、もうひとりはクレイという名前だった。ある日、ジョニーはきっぱりと言った。「ぼくは、誰かの引き立て役なんてまっぴらだ」。そうした一幕もあったものの、一九四〇年の夏までに、ジョニーとアニー・リーはりっぱな恋人同士になっていた。ふたりの世界は、美しい花に彩られ、笑顔があふれ、ロマンティックな空気に満ちていた。[36] そして、運命の七月二六日がやってきた。ジョン・ウィリアム・ミッチェルがパイロットの資格を手にし、アメリカ陸軍航空隊の少尉の座に就いた日だ。[37] 基地で執り行われた卒業式典には、二四〇人の新たなパイロットの姿があった。

ジョニーは父のノアと兄のひとりを式典に呼んだが、残念ながらふたりとも来られなかった。代わりに、青と白のストライプのドレスで着飾ったアニー・リー・ミラーが彼の晴れ舞台に立ち会った。ジョニーが陸軍航空隊のミラード・フィルモア・ハーモン・ジュニア大佐（ニックネームは「ミフ」だった）と握手を交わし、卒業証書とパイロットバッジを受け取る姿を、アニー・リーはじっと見つめていた。「初めてぼくにバッジをつけてくれたのはきみだった」[38]と、ジョニーはアニー・リーに宛てた手紙に書いている。「あのとき確信したんだ。この先何があろうと、ぼくはきみと結婚するって」

だが、卒業は別れを意味した。まもなくジョニーは、サンフランシスコ南部にあるモフェット連邦飛行場に行くことに決まる。出発まで四週間の猶予があったので、ジョニーはその間、できるかぎりの時間をアニー・リーと過ごした。ふたりの最後のひとときは、サン・アントニオを発つ日の昼食だった。のちにジョニーは、当時のことを振り返ってこう語っている。「あの日、ぼくらは最低限のことしか話さなかった。おかげで深刻な空気にならずにすんだよ」[39]。こうしてジョニーは、アニー・リーにしばしの別れを告げ、新たな道を歩きはじめた。ジョニーとパイロット仲間たちは、ひと晩かけてミシシッピ州のジャクソンまで車を走らせた。ジャクソンで仲間をひとり降ろすと、彼らはさらに北に進んだ。ジョニーがイーニッドに着いたのは明け方だった。彼は実家で何日か過ごしたあと、ノアを車に乗せ、九時間かけて兄の住むアトランタに向かった。アトランタには、もうひとりの兄が家族を連れて遊びにきていた。アトランタに着いてから、ジョニーはアニー・リーに手紙を書いた。ふたりの手紙のやりとりは、その後数年にわたって続くことになる。ジョニーはその手紙に家族のことを書いた。みんな朝の五時まで眠ろうとしないこと、久々の再会に父も兄たちも喜んでいること、毎晩酒を片手に思い出の歌を歌っていること。[40] 続けて、父にアニー・リーの話をしたときのことを書いた。[41] 実のところ、あまりいい話ではなかった。ジョニーは父にガールフレンドのことを話すのを楽しみにしていたが、ジョニーがアニー・リーの話をすると、慎重なノアはまず彼女の信仰と人種について尋ねてきた。ジョニーいわく、ノアは「カトリック教徒とドイツ人とユダヤ人に対して偏見をもっていた」のだという。ジョニーは正直に、父親のアーミン・ミラーは純血のドイツ人で、母親のテレサは純血のチェコ人だと伝えた。ノアは息を飲み、「なんてことだ(マイゴッド)」とこぼした。これにはさすがのジョニーも腹を立て、父にこう言った。「人種なんて関係ない。一度でも彼女に会えば、父さんは自分の言ったことを恥ずかしく思うはずだ」

一九四〇年八月一六日の金曜日、ジョニーはジョージア州を離れ、今度は大陸を西に横断した。アリゾナ州のペインテッド砂漠をひたすら走り、グランドキャニオンで足を止めて壮大な景色を眺め、ふたたび砂漠を進んだ。ジョニーは砂漠についてこう語った。「日陰でさえ四七度の暑さだって聞いてたけど……そもそも日陰なんてなかったよ」。一九四〇年は、フォークシンガーのウディ・ガスリーが「我が祖国」を書いた年でもある。アメリカを代表する有名なフォークソングだ。奇しくもこのとき、ジョニーも彼自身の「祖国」と向き合っていた。ちょうどガスリーの歌詞をなぞるかのように、「リボンのようなハイウェイ」を走りながら「果てしなく広がる空」を見上げていた。そこかしこに戦争の気配が漂っていた。一九三九年九月、ヒトラー率いるナチス・ドイツがポーランドに侵攻したときに生まれたその気配は、やがて海を渡り、いまやジョニーの足元まで迫っていた。一九四〇年五月、ルーズヴェルト大統領は年間五万機の航空機を生産するという目標を掲げ、数億ドルの予算を議会に要求した。同年一二月、ルーズヴェルトは炉辺談話（国民に向けて実施したラジオ演説）のなかで、「アメリカは『民主主義の兵器廠（アーセナル・オブ・デモクラシー）』にならねばならない」と断言する。ネヴァダ州のリノで、ジョニーはおびただしい数のカップルを目にした。彼らはみな、観光やギャンブルではなく結婚式を挙げるためにこの町を訪れていた。ジョニーはその光景に驚いたが、すぐに事情を理解した。来月から、アメリカで初めて平時における徴兵が始まるが、結婚したばかりの男性は一定期間の猶予を与えられるのだ。だがそれは、「ジョン・ミッチェル少尉」には関係のない話だった。彼はいま、急速に規模を拡大しつつある陸軍航空隊の一員として、厳しい訓練を受けるためにカリフォルニア州に向かっていた。テキサス州で受けた新兵訓練では、練習機のBT－13ヴァリアントを操縦した。扱いづらく、よくエンストを起こす機体だったが、ジョニーはすぐに乗りこなした。また彼は、操縦の腕だけでなく方向感覚も優れていた。子どものころに身についたんだ、とジョニーはのちに言った。「小さいころ、よく森のなかで太陽や月や星を眺めた。そのうち、空を見上げるだけで自分がどこにいるのかわかるようになった」[42]

モフェット飛行場に着いたのはジョージア州を出発してから七日後だった。到着から少しして、ふたたび飛行訓練が始まる。ジョニーは、自分が爆撃機に乗るものだと思っていたが、配属されたのは追撃部隊だった。それはつまり、彼がこれから戦闘機のパイロットとして訓練を受けることを意味した。さらに言えば、当時最速と謳われていた戦闘機カーチスP－36ホークに乗るチャンスを与えられたのだ。初めてP－36に乗った九月四日の水曜日、彼はアニー・リーに手紙を書かずにはいられなかった。「拝啓。今日、一時間と一〇分、太陽が輝くカリフォルニアの上空を飛んだよ。速度計は時速四三〇キロを指してた」[43]と、ジョニーはベッドに入る前に書いた。興奮がなかなか収まらなかった。「離陸の勢いがすごいんだ。尾翼からひっくり返るんじゃないかって気がした。でも少しずつ慣れて、上昇旋回にも成功した。操縦桿を引いて、また戻したときには、高度三〇〇〇メートルの上空を飛んでるんだ。あの小さなマシンは、ほとんど垂直に上昇できる」

一九四〇年の初秋、ジョニーはついに自分の居場所にたどり着いた。同時に彼は、アニー・リーが恋しかった。当時ジョニーが書いた何通もの手紙には、彼女に会えないさみしさが繰り返し綴られている。だが、それでもジョニーはたしかな幸せを感じていた。彼には空を飛ぶという使命があり、アニー・リー・ミラーという愛する女性がいた。そして頭上には月が光っていた。ジョニー・ビルのそばには、いつも月があった。P－36でカリフォルニアの空を飛んでから少し経った九月の終わりごろ、ジョニーは自分の気持ちを言葉で表そうとした。「とても美しい夜だ」。[44] 彼はアニー・リーに宛てた手紙に書いた。「さっき、ポーチに出て飛行機を眺めた。滑走路に着陸するものもあれば、美しい夜空に飛び立っていくものもある。雲ひとつない空に輝く月が、潮風が吹き抜ける海岸を明るく照らしてた。そんな光景を眺めながら、こう思ったんだ。生きていてよかった、人生はすばらしいものなんだって」

第二章

五十六・飛行機・芸者

山本五十六は、盤上に並んだ黒と白の石を見つめていた。囲碁は彼の生活に欠かせない娯楽だった。古来伝わるこのゲームは、チェスよりもはるかに複雑で、相手の数手先を読む能力が問われる。プレイヤーの目的は、自分の石で相手の石を囲い、その石を取ること。勝敗が決するまで、両者はひとつでも多くの石を取るために策をめぐらせる。山本は、碁石を片手に次の一手を考えていた。

この大日本帝国海軍の期待の星は、瓜生外吉男爵の邸宅に招待されていた。[1] ジョン・ウィリアム・ミッチェルが生まれた翌年、一九一五年のことだ。山本は三一歳で、階級は大尉だった。瓜生は、日露戦争の功績により叙勲を受けた海軍の英雄だ。一九〇四年、艦隊を率いて朝鮮の仁川港に入港し、ロシア艦隊に壊滅的な打撃を与え、開戦の口火を切ったのはこの男である。男爵であり海軍大将でもある彼は、山本のよき相談相手だった。

山本と瓜生家のひとりが対局を終えたとき、玄関のドアが開いた。見晴らしのよい高台に建つその家に、三人の人間が入ってきた。ひとりは男爵で、ひとりは男爵夫人。そしてもうひとりは見知らぬ外国人だった。山本が空気を読み、その場を離れようと腰を上げると、瓜生は「そのままでいい」と言った。「紹介しよう。こちらはアメリカから来た記者だ」。[2] 瓜生が山本を招いたのは、その男と引き合わせるためだった。

そのアメリカ人は世界各国を取材してまわる通信員で、名をウィラード・プライスといった。プライスは瓜生に会えたことを喜んでいた。彼は前々から、仁川沖海戦での活躍のことで瓜生を取材したがっており、言葉たくみに誘いをかけてようやく瓜生への独占インタビューを取りつけたのだ。だが、プライスが仁川沖の話を切り出すと、瓜生はそっけなくあしらった。「私は過去の人間だ」と瓜生は言い、まだ若い山本のほうに目をやった。「日本の未来を担うのはあの男だ。彼と話すのがいいだろう」

ふたりは別棟にある茶室に通され、そこで一時間以上話をした。プライスは不機嫌そうだった。彼が本当に聞きたかったのは瓜生の話であり、目の前の若造の話ではないのだ。プライスはノートにメモを取りながら山本の話を聞いていたが、途中でそれをわきに置き、そのあとはもう手を触れようとしなかった。しかし二七年後、真珠湾攻撃の首謀者として山本の名前が挙がったとき、ふたたびそのノートが開かれる。色あせたノートに記された山本の情報は、プライスの手で一本の記事にまとめられ、一九四二年四月号の『ハーパーズ・マガジン』に掲載された。そこには「アメリカの第二の敵」というタイトルがつけられた（第一の敵はヒトラーだった）。プライスはその記事のなかで、山本を「悪魔」に仕立て上げている。アメリカ国民の怒りを煽るための一種のプロパガンダだ。その内容は、多くの資料に残されている「機知に富み、思慮深く、愛嬌のある男」という山本のイメージとは大きくかけ離れていた。プライスが描いた山本は、「幼少期から性格が歪んでいた男」であり、「『白人優位の社会を破壊する』[3]ことをもくろんできた男」だった。だがそれでも、一九一五年のあの日の午後、街を一望できる茶室のなかで、プライスは山本五十六の少年時代の概要を明らかにした。数々の文献や資料が、彼の残した記録が真実だと証明している。

一八八四年四月四日、山本五十六は新潟県の長岡市で生まれた。長岡は、周囲から孤立した寂しげな町だ。冬になると吹雪が吹き荒れ、町全体を白く染めた。五十六はその地で、家族とともに木造の小さな家に暮らしていた。もともとの姓は「山本」ではなく「高野」だった。五十六は、当時五六歳だった高野貞吉の七番目の子どもである。貞吉は新たに生まれたわが子にあまり興味がなかったようで、生まれてからひと月が経っても赤ん坊の名前を考えなかった。早く名前がほしいと妻が頼むので、貞吉は自分の年齢にちなんで「五十六」という名をつけたという。

高野家の兄弟の年齢は幅広かった。[4] 長男の譲（ゆずる）と長女の嘉寿子（かずこ）は五十六より三〇歳以上も年上で、どちらも一八六〇年代後半の戊辰戦争を経験していた。貞吉はかつて、領地を守るために戦う「武士」だった。すべての武士は、勇気と忠誠心を大切にし、名誉を守るためなら死をもいとわない。彼らは、そうした「武士道」と呼ばれる道徳観に従い、主君のために戦った。ところが、一八七〇年代に武士制度が廃止され、貞吉を含む多くの者が職を失った。五十六が生まれたとき、貞吉は教師として必死に生計を立てていた。寂れた町、過酷な気候、厳格な父親、貧しい生活。それが五十六の少年時代だった。

一八九〇年代、当時中学生だった五十六は、学校行事の一環として、同級生とともに長い距離を歩かされた。その目的は、子どもたちの心身を鍛え、軍人としての素養を身につけさせること。天気は悪ければ悪いほど好ましかった。生徒はみな、本物の武器を持って行進を続けた（弾は入っていなかった）。年に一度行われるその「軍隊式の冒険」は、五十六の楽しみのひとつだった。学校ではときどきアメリカ人の宣教師が教壇に立ったので、五十六は少しずつアメリカの文化や英語の読み書きを学んでいった。[5] また彼は、クリスチャンになったことはないが、日頃から聖書を読んでいた。いつしか五十六は、アメリカやイギリスの国家としての仕組みに興味をもつようになった。彼はあらゆる意味で強い生徒だった。インフルエンザにかかり生死の境をさまよったときも、数週間の闘いの末に見事打ち勝っている。また、五十六は遊びにも精を出した。アメリカから日本に野球（ベースボール）が伝わったのはこの時期だ。彼はよく、学校の近くの空き地で友人と野球をプレーしたり、試合を観戦したりした。だが、五十六がもっとも得意としていたスポーツは体操だった。彼は体操にのめりこみ、さまざまな技を習得した。そのうち少しずつ肩幅が広がり、胸板が厚くなった。いつしか彼の上半身は、華奢（きゃしゃ）な体つきに不釣り合いなほど隆々（りゅうりゅう）となっていた。体操を始めて数年が経ち、すっかりたくましくなった彼は、船の手すりに飛び乗ったり、逆立ちを披露したりして自身のおとなしいイメージをくつがえし、友人たちを驚かせた。五十六は、生涯を通じて長岡に強い思い入れをもっていた。海軍の高い地位に就いてからも、彼はよく貴族や将校の前で「自分はしがない田舎者だ」と口にしたという。

とはいえ、長岡で過ごした時間は長くはなかった。一六歳になった五十六は、長岡から八〇〇キロ以上離れた広島県の江田島（えだじま）にある海軍兵学校を受験する。[6] 時代は二〇世紀に入り、日本政府は海軍の増員に力を入れていた。五十六の学術試験の成績は三〇〇人中二位とすばらしかったものの、入学が認められない可能性は十分にあった。彼の身長が、最低基準をわずかに上回る一六〇センチしかなかったからだ。無事に入学した五十六を待っていたのは、過酷な学校生活だった。生徒はみな、飲酒、喫煙、女子との交際、さらには甘いものまで禁じられたという。だが、長岡からやってきたこの若者は過酷な生活には慣れていた。海軍に入るという強い決意を胸に、彼はそこで三年間を過ごした。そして一九〇四年、五十六は同期のなかで七番目（一一番目という説もあり）の成績で兵学校を卒業し、少尉候補生として練習艦（士官教育のために使用される艦）に配属された。

五十六はこれ以上ないタイミングで兵学校を卒業した。一九〇四年は、日本が「噛ませ犬（アンダードッグ）」としてロシア相手に武器を取った年だ。そのころ、強大なロシア帝国は、さらなる覇権を握るためにシベリアから太平洋に勢力を拡大しようと考えており、自国の艦隊の駐留場所として中国の港湾に目をつけていた。ロシアの動きは日本に多大な脅威を与えたが、他国の専門家のほとんどは「ロシアと日本では勝負にならない」と考えた。ある歴史家は次のように書いている。「アジアのちっぽけな〝ダビデ〟が、サンクトペテルブルクの〝ゴリアテ〟に勝つのは不可能だろう」。[7] ところが、日本はそれをやってのけた。日本は開戦と同時に主導権を握り、ロシアに勝利したのだ。ダビデさながらに「先手必勝」を狙ったその戦術は、若き日の山本五十六の脳裏に焼きつけられた。一九〇四年初め、日本の連合艦隊（軍艦、巡洋艦、駆逐艦、水雷艇で編成された艦隊）はひっそりと黄海を進み、ロシアの太平洋艦隊が停泊している旅順口区（ポート・アーサー）に到着した。そして一九〇四年二月八日深夜、宣戦布告が行われることなく、日本海軍の魚雷攻撃が始まった（当時の国際法では事前の宣戦布告が義務づけられていなかった）。[8] 予想だにしなかった攻撃に、ロシア艦隊になすすべはなかった。こうして日露戦争が始まった。この作戦の指揮官だった東郷平八郎中将は、やがて英雄として全世界にその名を轟かせる。

兵学校を卒業してまもなく、五十六は装甲巡洋艦〈日進〉に配属された。東郷の座乗する旗艦〈三笠〉を守るのがその艦の役目だ。一九〇五年五月二七日から二八日にかけて行われた対馬沖海戦（日本海海戦）で、東郷率いる連合艦隊がロシア艦隊を文字どおり「壊滅」させたときも、五十六は〈日進〉に乗っていた。おかげで彼は、日露戦争のクライマックスを最前列で目撃することになる。東郷はまず、味方の士気を高めるために、〈三笠〉のマストに「Z旗」を掲揚した。高々と掲げられたZ旗には、「この戦いには大日本帝国の命運が懸かっている」という意味があった。その後日本海軍は、歴史に残る圧倒的な勝利を収めた。わずか一日の戦いだったが、連合艦隊が戦闘不能に追い込んだロシアの艦船は二三隻にものぼった。その前月に二一歳の誕生日を迎えた五十六は、戦いのあいだずっと〈日進〉の上にいた。「頭の上を砲弾が飛び交いはじめたとき、不思議と怖くはありませんでした」[9] と彼はのちに書いている。だが、五十六はこの戦いで重傷を負った。〈日進〉の主砲の膅発（砲身のなかにある砲弾が爆発すること）が原因という説もあるが、彼が両親に宛てた手紙にはこう書かれている。「敵の砲弾が〈日進〉に直撃して、いつの間にか気を失っていました。目が覚めたとき、右脚を負傷していることと、左手の指が二本なくなっていることに気づきました」

五十六の右脚の大腿部は、砲弾の炸裂を受けて激しく損傷していた。結果的に、彼はその後数カ月を病院のベッドで過ごすことになる。入院からしばらくして、順調に回復しつつあった五十六は、東郷とともにジノヴィー・ロジェストヴェンスキー少将の見舞いに行った。ロジェストヴェンスキー少将は、対馬沖の戦いで捕虜として捕らえられたロシア艦隊の司令官だ。重傷を負っていた彼も、同じ病院で治療を受けていたのだ。「予想外の勝者」である東郷は、「世界最高峰の海軍」の将校に敬意を表していた。ふたりの司令官が言葉を交わすさまは、戦争がもたらした非現実的な光景として五十六の目に映った。[10] 一九〇四年から一九〇五年にかけて行われたこの戦争は、日本の軍事力を向上させるうえでもきわめて重要な出来事となった。東郷が最初の攻撃をしかけたとき、宣戦布告は行われなかった。優れた奇襲は勝利をもたらす——それが若き日の五十六にとっての教訓だった。

退院後、五十六はいったん故郷の長岡に帰省し、その後ふたたび軍務に励んだ。やがて彼は、決断力があり、時間に正確な男としてその名を知られていく。また五十六は、古今東西の「軍事戦略」に並々ならぬ興味をもっていた。戦略的なボードゲームに熱中していたのもそのためだろう。一方で彼は、私生活ではまた違った一面を見せた。酒こそ飲まなかったが、大の博奕（ばくち）好きだったのだ。カードゲーム、ルーレット、囲碁、将棋、麻雀、ビリヤード……ほかにもあらゆる勝負事にのめりこんだ。実際のところ、ゲームの種類にはあまりこだわらなかった。彼の血をたぎらせるのは、戦略を立てて相手と勝負するという行為そのものであり、そこに生まれる緊張感とスリルだった。五十六は芸者遊びも好きで、よく東京にある茶屋を訪れていた。茶屋は、華やかな若い芸者たちが客をもてなす場所だ。彼女たちは茶を立て、歌い、踊り、ときどき客と夜をともにする。やがて五十六は、一六歳年下の鶴島正子（つるしままさこ）という芸者と親しくなった。[11] 五十六と正子は、生涯にわたって友人でありつづけた。三年か四年、ときには一〇年ほど会わない時期もあったが、ふたりは手紙のやりとりを続けた。旅行に出かけるたびに、五十六は彼女にささやかなプレゼントを買ったという。

ウィラード・プライスの取材を受けた一九一五年までに、五十六は――瓜生男爵がそう紹介したように――「日本の未来を担う男」として頭角を現していった。海軍砲術学校で教育を受け、海で実地経験を積み、一九一三年には海軍大学校に入学した。海軍大学校は、日本海軍の中枢で働くエリートを養成する機関だ。そこで並外れた才能を見せつけた五十六は、その後またたく間に出世の階段を駆け上がっていく。その一方で、一九一三年は彼の両親が亡くなった年でもあった。両親の死後、二九歳の高野五十六は、名家である山本家の養子として迎えられ、山本五十六となった。[12] 当時の日本では、家督（かとく）を継がせるために養子を迎えるのはめずらしいことではなかった。

ただし、アメリカ人記者ウィラード・プライスが「日本の未来を担う男」に抱いていたのは、まぎれもない敵意だった。真珠湾攻撃のあとにプライスが書いた記事からは、山本に対する偏見と嫌悪感がにじみ出ている。彼は山本の風貌を「なめし革のような顔と銃弾のような頭」[13]と描写した。また、日露戦争における山本を「アジア人がアーリア人に初めて勝利した瞬間の〝見物人〟」と呼び、「あの戦いで、未来の海軍大将は『黄色人種でも白人に勝てる』と学んだのだ」と書いている。プライスは、山本の経歴のいたるところに「反米主義（アンチ・アメリカニズム）」の片鱗を垣間見ていた。だが、彼を何よりも驚かせたのは、山本が発したある一言だった。「未来の戦争で決定的な役割を果たすのはどの艦船だと思いますか？」と尋ねたときのことだ。プライスは、日本海軍が有する戦艦や戦術の名前を具体的に挙げてもらうつもりだった。ところが山本は、現存する軍艦や駆逐艦の名前を挙げる代わりにこう答えた。「おそらく、未来の戦争でもっとも重要になるのは、**飛行機を搭載できる艦**でしょう」。プライスは唖然とした。後年、彼は次のように書いている。「一九一五年に実用化されていた飛行機は、小回りがきかず、お世辞にも戦闘向きの乗り物ではなかった。飛行機を搭載した艦など、他愛もない空想にすぎないと思った」。だが、一九四一年一二月七日、山本は航空母艦と戦闘機を用いて真珠湾攻撃を成功させることになる。

　空母の登場を予見していたことからもわかるように、山本は「先見の明」をもつ軍人だった。一九一五年当時、艦船から飛行機を飛ばす実験を行っていたのはイギリスやアメリカといった数カ国だけだったが、山本はそのアイデアに目をつけ、軍艦に飛行機を搭載できれば大きな戦力になると考えていた。「海軍は航空戦力に重きを置くべきだ」という彼の哲学は、二度のアメリカ駐在を経験したことで、より確固たるものになっていく。最初のアメリカ訪問は一九一九年の五月だった。[14] その九カ月前の一九一八年八月三一日、彼は一二歳年下の三橋礼子と結婚した。結婚式は、東京にある日本海軍の社交場「水交社」で執り行われた。山本はそのとき三四歳で、ほかの軍人に比べると晩婚だった。山本がなかなか身を固めなかったのは、芸者遊びに熱中していたせいでもある。彼は、二〇代のほとんどの時間を鶴島正子やほかの芸者たちと過ごしていた。だがあるとき、山本は友人の紹介で三橋礼子と知り合い、まもなく結婚する。周囲の誰もがふたりの結婚を「正しいこと」だと考えた。当時は、山本のように高い地位にいる軍人が独身でいることはめずらしかったからだ。ところが翌年の春、山本がアメリカ行きの船〈諏訪丸(すわまる)〉に乗り込んだとき、隣に礼子はいなかった。彼は結婚したばかりの妻を日本に残したまま、アメリカに二年間滞在した。この事実は、ふたりのあいだに愛情がなかったことを端的に示している。彼らの結婚生活においては、一緒にいた時間よりも離れていた時間のほうがずっと長かった。

アメリカでの最初の一年間は、学問中心の生活だった。山本はハーヴァード大学に留学し、経済学と外国人向けの集中的な英語の授業(「イングリッシュE」と呼ばれていた)を受講した。

ブルックラインの近くに家を借りていたので、彼はチャールズ川を渡ってケンブリッジにあるキャンパスに通った。あるとき山本は、第一六代大統領エイブラハム・リンカーンの伝記を読んだ。[15] そこに書かれていたのは、貧しい生まれでありながら大統領の座に就き、さまざまな闘いを経て「奴隷解放の父」としてその名を知らしめた男の話だ。いつしか彼は、リンカーンの人生に魅了されていた。山本はのちに部下にこう語っている。「リンカーンは人情に厚かった。人情がなければ、人を率いることはできない」

アメリカにいるあいだも、山本はひたすら「海軍航空隊」の構想を練った。イギリス海軍が世界初の空母〈アーガス〉を完成させたのはわずか一年前のことだ。一九一八年九月に建造されたその空母は、全通型飛行甲板（建造物のない飛行甲板）を備えていた。アメリカに来て一年が経ったころ、山本はハーヴァード大学を去り、ワシントンＤＣに向かった。日本大使館で海軍武官の補佐にあたるためだ。とはいえ、その後も山本の〝学問〟は続いた。彼の学び場は、蔦（つた）で覆われたハーヴァード大学のキャンパスではなく、アメリカという国そのものだった。山本はスポンジのごとく、あらゆるものを吸収していった。ポーカーをはじめとするゲームから最先端のテクノロジーまで、学ぶことはいくつもあった。

山本はひとつの場所にとどまろうとはせず、さまざまな地域に足を運んだ。そのうち彼は、アメリカという国の大きさと、その天然資源の豊富さを嫌というほど理解する。とくに、アメリカの石油事情は興味深かった。石油に関して、日本は完全に他国に依存している。軍隊の活動に不可欠な資源を自国でまかなえないという事実は、日本の指導者たちの悩みの種だった。山本は、あるときはデトロイトの自動車工場を訪れ、あるときは西部の石油精製工場を見学した。彼は会う人会う人に、石油産業のことや石油の埋蔵量のことを尋ねたという。当時はまだ日本とアメリカの関係が良好だったので、誰もが山本をあたたかく迎えてくれた。第一次世界大戦で、日本はアメリカとイギリスの同盟国だった。一九一八年一一月に大戦が終結すると、その翌年に調印されたヴェルサイユ条約に従い、日本にはドイツの支配下にあった南洋諸島の統治権が与えられた。だが、日本が手にしたのは「勝利の報酬」だけではなかった。大戦のあと、アメリカは海軍の軍備制限について協議するための国際会議を主催する。その会議を経て、各国の主力艦（戦艦や空母といった海軍の主力となる艦）の保有に関して制限を設ける「ワシントン海軍軍縮条約」が採択された。未来の戦争を回避するために成立したその条約は、アメリカ、イギリス、日本の主力艦の保有比率を五・五・三と定めていた。[16] つまり日本は、アメリカとイギリスの六割の主力艦しか保有できないということになる。当然、山本を含む日本海軍の将校たちは、その不利な条約に納得しなかった。

その条約が採択される前年の一九二一年、山本は日本に帰ってきた。その後、妻の礼子はふたりの子どもを産んだ。ひとりは一九二二年の秋に生まれた男の子で、もうひとりは一九二五年の春に生まれた女の子だ（最終的に、五十六と礼子のあいだには四人の子どもが生まれることになる）。子どもが生まれてからも、山本はあいかわらず家族を置いて旅行や出張に出かけていた。あるとき彼は、上官とともに九カ月間の海外視察に赴く。ヨーロッパ諸国をまわり、その後アメリカを訪問するのがおもな要件だったが、「モナコのカジノで遊ぶ」というささやかな目的もあった。そして山本は、初めて訪れたカジノで伝説的な勝ちっぷりを見せた。[17] ルーレットで儲けすぎたせいで、カジノの支配人に「出入り禁止」を告げられたとまで言われている。いくらか誇張されたところはあるかもしれないが、山本が上官にこう言ったのは事実だ。「ヨーロッパで何年か遊ばせてもらえれば、少なくとも軍艦一、二隻ぶんの金を稼いでみせますよ」。アメリカに着くと、彼は上官とともにテキサス州にある油田を見学した。アメリカでは、開発中の戦闘機の燃料にするために、石炭ではなく石油やガソリンのエネルギーが求められるようになっていた。アメリカで進められている「航空戦力への移行」は、山本が日本でやろうとしてきたことそのものだった。

一九二四年九月、山本は新設されたばかりの霞ヶ浦海軍航空隊の教頭兼副長に就任する。[18] 東京からおよそ六〇キロ北東に位置する飛行場で、未来の海軍のパイロットを育成するのが彼の仕事だ。山本が航空部隊の教官の座に就いたのは、「海軍は今後、艦隊に頼るのをやめ、ガソリンと空母と航空機に重きを置かなければならない」という自身の考えを広めるためでもあった。彼は「夜間飛行」の訓練を重視した。夜間の飛行はきわめて危険だが、相手の意表を突くにはうってつけだ。山本は常に「奇襲」をかけることを想定していた。彼が描く作戦においては、暗闇での攻撃が不可欠だったのだ。結果的に、航空部隊の教官を経験したことで、山本の考えはより説得力をもつことになる。それまで彼は、海軍航空隊の構想を力説していながら、飛行機の乗り方を知らなかったからだ。山本は部下とともに飛行機の操縦を学んだ。そのとき彼は四〇歳で、操縦幹を握るには歳を取りすぎていたが、一日のうち数時間を練習にあて、やがてひとりで飛べるようになった。山本の人柄や、日本と海軍と航空隊への熱い思いは、部下たちの心をつかんだ。一九二五年一二月、山本はふたたびアメリカに行くよう命じられる。出発の日、航空隊の部下たちは、山本が乗った船の上で編隊を組んで彼を見送った。ともに過ごした時間は一年あまりと短かったが、誰もが山本に尊敬の念を抱いていた。

その後二年間、山本は駐米大使館付武官として、ワシントンDCのマサチューセッツ通りにある日本大使館の近くに滞在した。山本には、情報収集（あるいは「スパイ活動」）という重要な任務があった。「国籍にかかわらず、すべての大使はスパイである」というのは、外交界における暗黙の了解だ。彼は、アメリカ海軍の考え方を探るために、毎晩のように軍人を誘って遅くまでトランプに興じた。参加者のひとりだったエリス・M・ザカライアス大佐は、のちにこう書いている。「彼はポーカーが好きだった。決断が早く、大胆に攻めてきた」。[19] 山本はまたしても妻を連れてこなかったので、ひとりで寝泊まりしている部屋にゲストを集めた。こうして山本は、大好きなポーカーを通じて少しずつスパイ活動を行った。「いきなり賭け金を上げたり、ブラフをかけたりして相手を揺さぶりながら、遠回しに海軍のことを聞いてきた」とザカライアスは言った。彼は当時、幾度となく山本の相手をしたという。ザカライアスは日本語が話せた。また、過去に海軍武官の補佐役として日本に滞在したこともあり、そのころから山本とは面識があった。しかし、ポーカーテーブルを挟んで向き合うまで、彼は山本のことを知らないも同然だった。アメリカ海軍情報局の機密文書に「並外れて有能で、力強く、頭の回転が速い」[20] と書かれた男のことを、ザカライアスはようやく理解したのだ。

今後、日本海軍は太平洋でどのように戦えばいいか――山本はそのことだけを考えていた。あるとき、日本とアメリカの戦争を描いた小説が話題を集め、山本の考えはいっそう具体的なものになる。著者のヘクター・C・バイウォーターは、ロンドンの『デイリー・テレグラフ』紙の特派員だったが、のちにイギリス秘密情報部のスパイでもあったと判明する。バイウォーターは変わった記者で、早くから日本海軍の動向に興味をもっていた。さらに、一九二〇年代にはすでに「海軍は最新の科学技術を活用すべきだ」と指摘している。彼が書いた小説のタイトルは、『太平洋大戦争』[21] といった。日本の艦隊の攻撃をきっかけに大規模な戦争が始まるというプロットは、未来の戦争を予期していたかのようだ。そこに描かれた日本の「奇襲」は山本の興味を引いた。小説のなかで、日本はグアムとフィリピンに侵攻するために奇襲をしかける。最終目標は、西太平洋に無敵の日本帝国を打ち立てることだ。ところが、戦局はすぐにひっくり返る。手痛い打撃を受けたアメリカは、その後反撃に出て、日本を完膚なきまでに叩きのめすことになる。

『太平洋大戦争』は一九二五年七月に刊行された。この作品はたちまち話題になり、とくに軍人のあいだで大きな反響を呼んだ。[22]『ニューヨーク・タイムズ』は、別刷の『ニューヨーク・タイムズ・ブックレビュー』の表紙でこの作品を紹介した。その号には、ニコラス・ルーズヴェルト（のちの大統領フランクリン・デラノ・ルーズヴェルトの従兄弟）の書評が掲載された。彼はこの作品を絶賛し、次のように語った。「もし日本と戦争をすることになれば、この本に書かれている出来事のいくつかは現実に起こるだろう」。一方で、日本人はこの作品を読むと怒りを露わにした。フィクションの世界の戦争とはいえ、日本が負けることが許せなかったのだ。かつて日本に存在した政府系新聞『國民新聞』の記者は、『太平洋大戦争』のプロットを「思い違いをしている」と批判し、その結末を「非論理的」だとこき下ろした。また、なかには作品の前提そのものを否定する読者もいた。日本の指導者たちは、軍事力でも資源の豊富さでも敵わないアメリカに戦争をしかけるほど愚かではない、と彼らは言った。バイウォーターはそうした批判に対し、日露戦争を引き合いに出して反論した。東郷率いる日本海軍は、強大なロシア帝国を相手に「大番狂わせ」をやってのけたのだ、と。当然、山本たちもその小説を読んでいたので、日本大使館では議論が絶えなかった。[23]

『太平洋大戦争』にはおもしろい部分もあったが、結局バイウォーターは、海軍の戦力の要を「戦艦」と「駆逐艦」とする旧時代的な考え方から抜け出せていなかった。二度目のアメリカ滞在中、山本の興味は「航空学」だけに向けられていた。ザカライアスはこう述べた。「空母のことと、海上で航空機を活用すること。彼の頭にはそのふたつしかなかった」。[24] そのころ日本は、山本の構想を一歩先に推し進めていた。一九二七年までに四隻の空母を完成させ、連合艦隊に加えたのだ。同年五月には、チャールズ・リンドバーグが史上初の「アメリカ・フランス間の大西洋単独横断飛行」[25]に成功する。現地に使者を送っていたので、山本はその飛行に関する報告書を手に入れた。そこに書かれていたのは、リンドバーグを成功に導いたのが特殊な「航空計器」だということ。当時、アメリカは精密機器の製造に力を入れていた。「パイロットの判断に頼った飛行から精密機器を活用する飛行に移行しなければ、日本の航空隊はいずれ行き詰まる」と、その報告書は語っていた。空母から発艦する飛行機であれば、なおさら精密な飛行が必要とされるだろう。山本は報告書を日本に送り、すぐさま精密機器を導入するよう海軍の上層部に勧告した。山本は常に、大局を見据えていた。新しい技術や戦術に敏感な一方で、長期的な視点から海軍の未来について考えていた。やがてアメリカ人も、だんだんと山本の考えに気づきはじめる。ザカライアスは言った。「結局、あの海軍武官の関心はもっと大きなこと……つまり戦争に向けられていたんだ」[26]

一九二八年三月、山本は日本に帰ってきた。バイウォーターの小説が刊行されて以来、日本では「アメリカとの戦争」についての議論が白熱していた。山本も、帰国と同時にその議論に加わることになる。あるとき彼は、海軍水雷学校の訓練兵に向けて講義を行った。彼の話にはバイウォーターの考えと重なる部分も多かった。山本は、つい先日アメリカで目にしたことをありのままに伝えた。アメリカ海軍がハワイの真珠湾で大規模な浚渫（しゅんせつ）作業を進めていること。最終的におよそ七〇〇万立方メートルものサンゴを取り除こうとしていること。数年以内に、真珠湾には巨大な基地が建設され、そこがアメリカ海軍の主力艦の母港になるだろうということ。そうした状況を踏まえ、山本は訓練兵たちに「勝つためには、日本から六五〇〇キロ離れた真珠湾に攻め込む必要がある」と語った。さらに彼は、真珠湾攻撃は「奇襲」かつ「先制攻撃」になるだろうとつけ加えた。つまり日本は、自分たちの戦略の土台となっている「領土を守るのが第一」という考え方から脱却しなければならない。ある海軍将校は、その日の山本の言葉をいまだに覚えているという。「これまでのように守りに徹していては、日本は負ける」。[27] 山本の頭にあった作戦は、バイウォーターが描いたそれよりもはるかに高度だ。小説のなかでは、日本は戦艦と駆逐艦を用いて攻撃を行った。だが山本は、日本の攻撃の要は航空母艦だと考えていた。空母を駆使すれば、遠く離れた真珠湾への総攻撃が可能になる。[28] その後も彼は、真珠湾攻撃の構想を少しずつ発展させていった。

帰国後、山本はわずかのあいだ軽巡洋艦〈五十鈴(いすず)〉の艦長を務めたあと、完成したばかりの大型空母〈赤城(あかぎ)〉の艦長に就任した。〈赤城〉はまさに、山本が長年思い浮かべてきた空母そのものだった。全通型の飛行甲板を備えた、排水量三万六五〇〇トンの巨体を目の当たりにして、山本の考えに賛同する者も増えてきた。つまり多くの同僚が、雷撃機、あるいは機動力のある戦闘機で編成された航空部隊が必要だと思うようになったのだ。航空機を製造している三菱重工に声がかかったのもこの時期のことだ。のちにこの企業は、もっとも恐れられた日本の戦闘機、零式艦上戦闘機(零戦)を開発することになる。当時、ワシントン海軍軍縮条約の「五・五・三」の制約が山本たちを苛立たせていた裏で、軍需企業のあいだでは、制限数を超えない範囲での空母や駆逐艦の開発競争が続いていた。[29] 日本の駆逐艦にはすでに「一五センチ砲」が搭載されていた。アメリカの駆逐艦がそれを採用するより一〇年以上も前のことだ。

一九三〇年、山本は軍縮条約の制約を緩めるべく腰を上げた。イギリスで開催された「ロンドン軍縮会議」に随員として参加したのだ。[30] 日本のほかには、アメリカ、イギリス、フランス、イタリアが招集され、各国はワシントン海軍軍縮条約の制限について話し合った。日本はもともとの「五・五・三」の比率に異議を唱え、制約を一部緩和することを認めさせた。要求がすべて通ったわけではなかったが、何の収穫もなしに帰国するよりはずっとましだった。

ロンドン軍縮会議から戻ったあと、山本は海軍少将と兼任して海軍航空本部技術部長の座に就いた。その役職は、山本の構想を実行に移すのに理想的だった。それから三年間、山本は航空戦力の強化に力を注いだ。だが、山本に疑いの目——あるいは敵意——を向ける者もいた。航空戦力を信用せず、艦隊による攻撃を重視する同僚は少なくなかったのだ。さらに彼は、古くから存在する「海軍と陸軍の対立」にも巻き込まれる。陸軍は、海軍が多額の予算を使っていることに不満を感じており、さらに陸軍の上層部の何人かは「山本は海軍に大きな権力を握らせようとしている」と懸念していた。ただし、当の山本はそんなことに興味はなかった。日本の軍人、とりわけ陸軍の上層部のほとんどはアメリカに行ったことがない。だが山本は、二度の大使館駐在を含め、何度もアメリカを訪問している。彼はアメリカ以外にもさまざまな国を訪れ、それぞれの国がもつ力（パワー）を肌で感じてきた。各国の指導者たちの考え方を学び、咀嚼（そしゃく）し、自分のものにしてきた。さらに、海軍航空隊の発展に尽力するかたわら、海外の要人たちとも積極的にかかわった。山本は、話をしたアメリカ人全員に強烈な印象を与えたという。山本に感銘を受けた人物として真っ先に名前が挙がるのは、アメリカ海軍のエドウィン・T・レイトン大尉だろう。レイトンは、東京にある在日アメリカ大使館に駐在しながら日本語を学んでいた。日本で数年過ごすあいだに、レイトンは山本と親交を深めた。あるときは大使館で仕事をともにし、あるときは山本に誘われて観劇に行った。朝から晩まで鴨猟に出かけたこともあれば、一緒になって芸者遊びを楽しんだこともあった。レイトンは、山本のことを「人情に厚く、飾らず、誠実」だと言った。「日本の役人のほとんどは無愛想で、変によそよそしかった。誰もが自分の役割にふさわしい〝仮面〟を被ってるように思えた」と彼は述べている。だが山本は違ったという。「彼は公の場でも〝仮面〟を被らなかった」。[31] レイトンにとって山本は、「公私ともに友人と呼べる男」だった。

ただし、山本に対して「友情」を感じたのはレイトンだけだ。一九三〇年代初頭、東京にはアメリカ海軍の駐在員が何人もいて、そのうちのひとりが暗号解析を専門とするジョセフ・ロシュフォート大尉だった。[32] 彼は、海軍のプログラムの一環として日本を訪れていた。優れた暗号解読技術をもつ者を数年間日本に派遣し、日本の文化と言語を習得させるというプログラムだ。当時のアメリカは、暗号解読技術を発展させることを何よりも重視していた。アメリカの指導者たちは、力を増しつつある大日本帝国海軍に脅威を感じていたのだ。そのわずか数年後、ロシュフォートはハワイにある無線通信傍受支局「ハイポ」をレイトンとともに率いることになる。

ロシュフォートは、山本のなかに「炎」を見て取った。レイトンはそれを「温かみ」だと思っていたが、ロシュフォートにとっては違った。何度か顔を合わせるうちに、彼は山本を「危険な男」と見なすようになる。「いざとなれば、この男は自らの上官の許可を得ることなく、武力に訴えるだろう」。アメリカ人であるロシュフォートからすれば、山本はまぎれもない〝脅威〟であり、まだ本性を現していない〝戦争屋〟だった。しかし――あとになってわかることだが――彼の判断は間違っていた。たしかに山本は強い意志をもっていたが、争いを好んではいなかった。一九三〇年代、政府の支配下にあったメディアが国民の感情を煽ったために日本中で「戦争熱」が高まっていたが、彼はそれを鎮めようとさえしていた。一九三一年、大日本帝国陸軍が満州を侵略したときも、山本は公式に反対の意を示している。「日本は安易に軍事力を行使すべきではない」という山本の考えは、血の気の多いほかの軍人たちの反感を買うことになった。[33] 山本は長いあいだ、日本の軍隊、とくに海軍の戦力を強化しようとしていたが、それは彼が〝戦争屋〟だったからではない。暗号破りのジョー・ロシュフォートには知る由もなかったが、山本のねらいは戦争をすることではなく、自分のすべてをかけて戦争を未然に防ぐことだった。

海軍航空本部技術部長の座に就いてから、山本はふたたび家族とともに過ごすようになった。山本と礼子のあいだには、一九二九年の五月に生まれた次女と一九三三年の一一月に生まれた次男を含め、四人の子どもがいた。四人目の子どもが生まれたとき、一番上の長男はまだ一〇歳にもなっていなかったので、礼子には育児と家事の負担がのしかかった。一方で山本は、一家の大黒柱としての義務こそ果たしていたが、家族に対してどこか事務的に接した。「父は感情を表に出さなかったし、ぼくらにあまり関心を示さなかった」[34]と、息子のひとりがのちに書いている。「でもその裏で、いつも家族のことを考えてくれていた」。山本と礼子は、なるべく夫婦喧嘩をしないよう努めた。口論になりかけると、山本のほうが寝室に逃げ込み、布団を耳までひっぱり上げて寝てしまった。また彼は、妻を人前に出そうとしなかった。あるとき、部下のひとりが妻と仲睦(なかむつ)まじげなのを見て、こんな言葉をこぼしたという。「女房と愛し合ってるなんて羨ましいよ。おれはもう、ずっと昔に諦めた」[35]

結婚から一五年が経った一九三三年、夫婦の仲はすっかり冷え切っていた。だがその年、山本はひとりの女性と出会う。最初はそうと気づかなかったが、それはまさに運命の出会いだった。その年の夏、山本は礼子を家に残したまま、東京の築地にある〈錦水(きんすい)〉で開かれた食事会に出席した。〈錦水〉は、海軍将校、政府高官、マスコミの上層部といった地位の高い人々がひいきにしている料亭だ。いつもどおり髪を短く刈り込み、黒と白のストライプのスーツを着た山本は、店に着くとすぐに客席に案内された。出席者のなかに、河合千代子という芸者がいた。[36] まだ若かったが、過酷な幼少期を送ってきた女性だった。千代子が生まれたのは一九〇三年、一九歳の山本が海軍兵学校を卒業した年だ。貧しい家庭に生まれた彼女は、大人になるにつれて、男性優位の日本社会で生きていく道を模索しはじめる。そして二〇代の初め、似たような境遇の女性の多くがそうするように、地位の高い男の愛人になるために東京に出てきた。だが、上京して少し経ったころ、父と母が立てつづけにこの世を去った。愛する両親を失ったことで、千代子は耐えがたい悲しみに襲われた。深い孤独のなかで、自らの命を絶とうとまで考えたという。だがその後、なんとか立ち直った千代子は芸者として新たな人生を歩きはじめ、一九三三年の夏を迎えた。

千代子は美しい女性だったが、山本は彼女に関心を示さなかった。彼はその日、有力者たちとの雑談に夢中になっていたので、周囲に目を向ける余裕がなかったのだ。そのうち、千代子のほうが山本に興味をもった。その場にいた人のなかで、山本だけが酒を飲まなかったからだ。だがそれ以上に、千代子は山本の強烈な存在感と社交的な態度に惹かれていた。山本からは、軍人特有の厳格さではなく、温かみが感じられた。また、彼の左手には指が三本しかなかった。吸物椀のふたを取れずに苦労している山本を見て、千代子は手伝おうと声をかけた。ところが山本は、ぶっきらぼうにこう返した。「自分のことは自分でする」。さっきまでほかの出席者に向けられていたのとは違う、冷たい声だった。ふたりの初めての会話は、気まずい空気とともに終わりを迎えた。だがその翌年、山本と千代子はふたたび顔を合わせることになる。そして運命は、出会ったときには想像もできなかった方向にふたりを運んでいく。

次に千代子に会うまでのあいだ、山本は第一航空戦隊の司令官として長い時間を海の上で過ごした。しかし一九三四年、軍令部出仕を命じられた山本は東京に戻り、かつてないほどの混乱を迎えている日本政府のために働いた。軍縮条約の制約は依然として日本を苦しめており、陸海軍の上層部、政府高官、そして国民の不満は募る一方だった。だが、軍国主義者たちが不平等な制約にしびれを切らしかけたころ、ようやくある知らせが届く。翌年の秋、第二次ロンドン軍縮会議が開かれるという内容だった。予備交渉の海軍側主席代表には山本が選ばれた。一九三〇年のロンドン軍縮会議をはじめとする、海外での数々の実績が評価されたのだ。

名誉ある大役を与えられた山本は、来たる交渉に備えて綿密な準備を始めた。とはいえ彼は、仕事のあとの芸者遊びも忘れなかった。そんな日々のなか、ある晩の宴席で、山本はふたたび河合千代子と顔を合わせる。千代子は山本に声をかけ、昨年の夏にあった吸物椀の一件をもち出した。だが、山本の反応はまたしてもそっけなかった。「悪いが、吸物椀のこともきみのことも覚えてない」。[37] 山本の態度に変化が見られたのは、それから数日後のことだ。そのときも、千代子は山本がいる宴席に呼ばれていた。山本の隣には、彼の同期であり、のちに海軍大臣となる吉田善吾（よしだぜんご）の姿があった。すでに面識のあった千代子と吉田は、山本の前で他愛もない話をした。テーブルに並んだ食材を眺めながら、吉田はふと「お前、チーズは好きか？」と尋ねた。千代子が「ええ、大好き」と答えると、それまで黙っていた山本が突然口を開いた。

「そうか。じゃあご馳走しよう」

　山本のなかに不思議な感情が芽生えていた。彼は千代子に、明日の正午に帝国ホテルに来るよう伝えた。[38] それを聞いた吉田は、驚いた顔をして千代子に言った。「この男がこんなことを口にするなんてめったにないんだ。行ってこい」。翌日、千代子が言われたとおり帝国ホテルに向かうと、ほかに誰もいない食堂で山本が待っていた。彼は約束どおり、皿いっぱいに盛られたチーズとカクテルを彼女にご馳走した。山本と千代子の逢瀬はその後も続き、夏が終わるころにはふたりは愛し合っていた。この三一歳の美しい芸者は、五〇歳の山本がそれまで知らなかった感情を強く揺さぶった。一九三四年九月下旬、ロンドンへの長い旅に出る山本の心を占めていたのは、日本への思いと、千代子への思いだった。「この国の運命を担うことに、強い熱意と覚悟をもっています」[39] と、山本は千代子に宛てた手紙に記した。だが、もうひとつ大事なことが書かれていた。「あなたとの距離が急速に縮まっていくのを感じながら、私はずっと、血の燃えるような感動を味わっていました」

第三章

イーニッドの飛行機乗り(フライボーイ)

ここ数日鼻風邪をひいていたジョン・ミッチェル少尉は、眼下にハミルトン陸軍航空基地の滑走路が見えると安堵の息をついた。二時間、単葉の戦闘機カーチスP－36ホークに乗ってさまざまな機動で飛行していた。この機体の最高速度は時速四八〇キロだったが、時速四〇〇キロでもっとも効率よく巡航した。彼は高度六〇〇〇メートルまで上昇し、そこからさらに高度を上げた（単葉機が上昇できる限度は九〇〇〇メートル）。空気が薄い上空に到達すると、かつてないほど頭が痛んだ。その日はおそらく飛ぶべきではなかったのだ。いまは一刻も早く地上に降りたかった。だが、急激に高度を下げてしまったせいで、降下中に右側頭部に痛みが走り、こめかみを貫いた。かろうじて叫び声を上げるのを堪え、ふたたび三〇〇〇メートルまで高度を上げた。痛みが治まるまでその高度で飛行し、息を整える。落ち着くと、ふたたび降下を試みた。今度はかなりゆっくりと機体を降下させた。空で過ごすには向かない日だった。のちに彼はアニー・リーに次のように語った。「ひどい風邪のせいで、飛んでいても少しも楽しくなかった」[1]

飛ぶことを楽しめなかったのは初めてだった。入隊してからずっと、彼は飛行機に乗っているときは飛ぶことを目一杯楽しんでおり、一瞬たりとも気を抜くことはなかった。一九四〇年九月初め、ミッチ（仲間たちは彼をそう呼んだ）はモフェット連邦飛行場からハミルトン陸軍航空基地に転属した。その後六カ月間、サンフランシスコから三〇キロほど北方に位置するその基地にある陸軍航空隊の滑走路で訓練を受けた。この基地を見下ろす丘の上には独身士官用兵舎（ＢＯＱ）が建っている。ミッチは、雪のように白い漆喰（しっくい）が塗られたその建物で寝泊まりしていた。彼が住む兵舎二階の小さなベランダからは、三面ある士官専用のテニスコート、基地の野外スイミングプール、そして遠くにはサンフランシスコ湾が見えた。歩いてすぐのところにある将校クラブには、バー、娯楽室、卓球台、広々とした食堂などがある。「たいしたものだよ」[2]と、ミッチはアニー・リーに宛てた手紙に書いた。「言葉にできないほどすばらしい」基地での生活は、テキサス州のランドルフ陸軍航空基地のそれに比べてはるかに上等で、彼にハワイでの生活を思い起こさせた。「そこら中に花が咲いてるんだ」と彼は書いた。

しかしミッチがそこにいるのは飛ぶためだった。彼は、第二〇追撃群を編成するいくつかの中隊のひとつ、第五五戦闘機中隊に所属していた。陸軍航空隊が短期間のうちにパイロットを増やす方針をとったために、ほかの飛行大隊に配属された新人パイロットがハミルトン基地に集まりつづけ、いつしか基地はパイロットであふれかえっていた。さらに、新型戦闘機の開発が急激に進行していた。ミッチはわずかのあいだP－36を操縦したことがあったが、一九四〇年一〇月半ばまでに、主力機はカーチスP－40ウォーホークに切り替えられた。低中高度での戦闘ではP－40のほうがすばやく動けると考えられていたので、政府がこの機の大規模生産に取りかかっていたのだ。戦争が迫っているのを感じながら、彼は少しでも訓練時間を積もうと必死だった。月を追うごとに、海外の戦闘で連合国側に甚大な被害が出ていると明らかになった。一九四〇年五月上旬、オランダがドイツに降伏した。五月下旬には、イギリス軍がフランスの港湾都市ダンケルクに追いつめられ、その全面撤退を支援するために八五〇隻以上の民間船がイギリス海峡を渡った。歴史上類を見ないほど大規模な撤退だ。ベルギーは五月末までにナチスの手に落ちた。その一方で、アメリカ政府はさらなる軍備増強に数百万ドルを割り当てた。その後、六月にノルウェーが陥落。八月にドイツ空軍がイギリス爆撃を開始し、九月にはロンドンを標的とした。九月末、ミッチがハミルトン基地に転属になったころ、ドイツとイタリアと日本が三国同盟を結んだ。この同盟では、同盟国のいずれか一国の敵は同盟三国の敵であると明記された。ハミルトン基地内では戦争に関する噂でもちきりだった。「ぼくらを取り巻く状況は日ごとに深刻になってる」。[3] 三国同盟が締結された数日後、ミッチはアニー・リーに宛てた手紙でそう書いている。「これから先、ぼくも戦場に行くかもしれない」。[4] もはやアメリカの参戦は避けられないだろう。問題は、それがいつになるかということだ。

　ミッチは大量に雇われた新兵のうちのひとりだった。彼はハミルトン基地で戦いの準備に取り組みながら、注意深く周囲を観察した。やがて彼は、訓練中にときおり起こる人為的な――あるいは機械による――不具合に気づいた。飛ぶことは、リスクをともなう危険な行為になりうる。数百人の不慣れなパイロットが、導入されてまもない飛行機であわただしく訓練を受けているとなれば、それが顕著だった。そしてある日、仲間のひとりであるジャック・ジェンキンスというパイロットがトラブルに見舞われた。操縦するP-40のエンジンが離陸直後に止まったのだ。ジェンキンスは森のなかの草原に不時着せざるをえなかった。幸いにも彼は怪我を負わなかったが、のちにミッチはアニー・リーに宛てた手紙にこう記した。「これは、最近では二度目のモーターの不具合だ」。[5] 別の中隊のパイロットにも運よく難を逃れた事故があった。そのパイロットは、着陸のあと機体がグラウンドループ（滑走中に機体が左右いずれかに旋回すること）したので、機体の姿勢を正そうとしてエンジンを吹かした。ところが、体勢を立て直す代わりに、機体は機首を下に倒立した。[6] おそらく急ブレーキをかけたせいだろう。幸いにもパイロットは無傷で、機体も少し損傷しただけですんだ。また、着陸時に低く進入しすぎたパイロットもいた。[7] 滑走路端の盛り土にぶつかり、着陸装置(ランディングギア)が取れてしまったのだ。そのパイロットは飛行を続け、車輪がなくても着陸可能なサクラメントの比較的広い飛行場まで飛ばざるをえなかった。ミッチにも危ない瞬間があった。あるとき、彼はP－40に乗って高度六〇〇〇メートルまで上昇し、その高度で一時間ほど飛びつづけた。外気温はマイナス三四度、凍える寒さのなか、エンジンが突然止まった。[8] キャブレター内で着氷したようだった。不時着しなければならないのではないかと心配したが、機体の高度を下げると、運よくエンジンが復活した。

ハミルトン基地の別中隊のパイロットには、運が悪いとしか言いようのない事故が起こった。そのパイロットが乗ったP－40が高度三七〇〇メートルで失速して急降下し、きりもみ状態に陥ったのだ。[9] パイロットはパラシュートで飛び出したが、コックピットから脱出したあとで機体の尾翼に激突した。パイロットは複数の外傷を負い、六週間入院した。だが、もっと不運な事故は何件もあった。一〇月末、ミッチは行方不明になったふたりのパイロットを探すために「航空捜索隊」[10] に参加した。どちらもオークランドの飛行場から飛び立ったあと、モンテレーに向かう途上で行方不明になっていた。捜索隊の飛行機は、地上約六メートルの地表すれすれを飛んで探したが、何も見つけられなかった。最終的に、行方不明のふたりが発見されることはなかった。その数カ月後、P－40で飛行訓練をしていたふたりの新人パイロットが空中で衝突して即死した。どちらも相手を見ていなかったのだ。ミッチはアニー・リーに手紙を書き、事故のことを伝えた。「もう、新聞で読んだかもしれないけどね」[11]

ミッチは、そうした不運な事故にある程度は同情した。「飛行中のトラブルの大半は人為的なものだ」というのが彼の信条だったのだ。ミッチは次のように語っている。「基本的に、飛行中に事故が起こるのは、飛行機の不具合じゃなくてパイロットの操縦のせいだ。仲間のパイロットが常に気を引き締めていれば、ぼくは飛ぶことを危険だとは思わない。ぶち壊すのは油断してるやつらだ」。[12]彼はハミルトン基地にいるベテランパイロットをとくに警戒していた。彼らは二日酔いのときでもためらうことなく飛んだ。ミッチはこう語る。「クラブで飲み明かしたベテランたちと同じ飛行機に乗るのは、本当に嫌だった。みんな、まったく飛べない状態だっていうのに、それでも飛ぶんだ」。[13]ミッチはけっして堅物（かたぶつ）ではないが、飛ぶことに関しては恐ろしく真剣で、「飛行前の二四時間は酒を飲まない」という古くからの規則を忠実に守っていた。

不運な事故が起こることもあったが、ミッチは練習を楽しんでいた。自分の操縦の腕がみるみる上がっていくのがよくわかった。訓練期間中の一日の流れは、午前中は飛行訓練で、午後は座学だった。ハミルトン基地に着任してまもないある日、「曲技飛行（アクロバティックス）」の訓練を受けるパイロットのリストに自分の名前があるのを見つけた。この訓練では、宙返り（ループ）、緩横転（スローロール）、急横転（スナップロール）、きりもみ回転などの訓練を行う。空中戦で生き残る、もっと言えば空中戦に「勝つ」ために、戦闘機のパイロットは曲技機動を覚える必要があった。ミッチは、リストに書かれた自分の名前を見て動揺した。P－36でも、P－40でも、曲技飛行をしたことなどなかったからだ。翌日彼は、不安な気持ちで目を覚ました。ところが、訓練を始めて一週間が経つころには、当初の不安は遠い昔の記憶になっていた。ミッチはすっかり曲技飛行にのめりこんだ。一〇月一日火曜日の午前中、ほかのふたりのパイロットとともに行った編隊飛行訓練でも、ミッチはおおいに楽しんでいたようだ。彼がアニー・リーに送った手紙を読めば、その興奮のほどがよくわかる。「ループ、スローロール、イメルマンターン（宙返り反転）、シャンデル（急上昇反転）[14]を三人で同時にやるんだ。壮観だったよ」。訓練のあと、編隊長が「いままでで最高の編隊飛行だった」と言ってミッチを称賛した。ミッチは、ほかのパイロットと編隊で行う機動の訓練が楽しみでしかたなかった。そのなかに「ラットレース」と呼ばれる編隊での曲技飛行があった。その訓練に参加したのは、ミッチを含め六名のパイロットだ。機体と機体の距離をあまり空けずに空中で一列に並び、編隊長のあとを追いかけるという訓練だった。[15]彼はアニー・リーに次のように説明している。「編隊長機が何らかの機動を行うと、後続機は編隊長について行くために同じ動きをしなければならない」。ミッチはまるで、遊びに夢中になる子どものようだった。

また、午前中の訓練でミッチがよく行っていたことがある。戦闘機を六〇〇〇メートルまで上昇させ、そこからさらに高く、視界から消えるほどの上空まで飛び、機関銃が正常に作動するかを確かめるのだ。氷点下では機関銃が正常に作動しない恐れがあったが、幸いにもほとんどの機関銃は使えると確認できた。また、パイロットが急激に高度を下げたときに発症することがある、副鼻腔と耳の障害に自分がかかるかどうかも確認した。ミッチは、高度六〇〇〇メートルから三〇〇〇メートルまで、最高速度で一気に降下した。座学ではそうした急降下を回避するよう指導されたが、彼には関係なかった。高速で一気に急降下しても「まったく何ともなかった」[16]と彼はアニー・リーに宛てた手紙に書いた。広大な空からさまざまなものが見渡せるので、彼は高い高度を飛ぶのが好きだった。長距離飛行訓練でカリフォルニア内陸部の上空を飛んだときは、空に向かってそびえる標高三〇〇〇メートルの雪をかぶった山々の上を通り過ぎた。続いて同じ日に、広大な荒涼とした砂漠の上を巡航速度で飛行した。「この長距離飛行は、最初から最後まですごく楽しかった」[17]と、彼は手紙に書いている。カリフォルニアの海岸線上空を飛んでいるとき、ミッチは海軍の駆逐艦、もしくは航空母艦がハワイに向かっているのを目撃した。ハワイでは真珠湾海軍基地の建設が完了間近だった。陸軍航空隊専用の新しい基地としてヒッカム基地が建設された一方で、海軍はフォード島を管轄下に置いた。そして一九四〇年、ハワイ沖で行われた艦隊演習のあとで、海軍は太平洋艦隊をすべて真珠湾に常駐させることを決定した。

曲技飛行の訓練が終わると、模擬空中戦が待っていた。[18] ミッチは新兵なりに模擬空中戦を楽しんだが、中隊長を相手にしたあとは、自分の腕が未熟だと認めざるをえなかった。中隊長は模擬空中戦開始から数分でミッチの背後をとった。ミッチは中隊長機を振り切ろうと機体を動かしたが、中隊長はミッチの機を照準に捉えながらぴたりと後ろについた。ミッチがどんな機動を試みても、その裏をかかれた。「もちろん、中隊長はぼくよりずっと経験が豊富だ」とミッチは認めている。一〇月末、ミッチがP－40を操縦する機会を得たとき、機体に慣れるために数時間でも搭乗したいところだったが、そんなぜいたくは許されなかった。彼は、慣れない機体でハミルトン基地のベテランパイロットと模擬空中戦をするよう命じられたのだ。彼はふたたび経験不足を露呈することとなった。ミッチは当時のようすを次のように語っている。

「最初は相手が勝って、その次はぼくが勝った。それで、三回戦目が行われることになったんだ。最初はぼくが相手を捉えたけど、ほんの数分油断した隙に背後をとられた。そのあとは、もう振り切れなかったよ」[19]

当初、ミッチはP－40によい印象をもっていなかった。彼はこの待望の戦闘機を「アメリカ政府（アンクル・サム）の虎の子」[20]と呼んだ。P－40は操縦性がよく速度も増していたが、「P－36とP－40が戦うと、必ずP－36が勝利した」と彼はアニー・リーに書き送っている。とはいえミッチは、ハミルトン基地での残り訓練期間中、おもにP－40に乗った。いつしか彼はP－40の操縦に習熟し、自信もつけた。あるとき彼は、基地から六〇〇キロ離れたミューロック乾湖で行われた一〇日におよぶ飛行訓練で「限界を突破する経験」を味わった。訓練の場としては、ミューロックの環境は理想的だった。約二四キロの長大な乾湖の底に向かっていくらでも爆撃や機銃掃射を行えたからだ。だが生活するうえでは、ミューロックはあまりに過酷な場所だった。ミッチはアニー・リーにこんな冗談を言っている。「どこもかしこも埃まみれで、ガラガラヘビやらなんやら、たちの悪い動物がいて……テキサスよりひどかったよ」。ミューロックでは、日中の気温は三〇度台に達するが、夜になると一気に冷え込む。ミッチとほかの四名のパイロットは、ひとつのせまいテントのなかで過ごした。テントのなかには暖をとるための小さなストーブがあった。ストーブの煙突を突き出せるように、テントはアイスクリームのコーンを逆さにしたようなかたちをしていた。一九四〇年一一月五日の大統領選挙当日、ミッチはテントのなかで体を小さく丸め、仲間のパイロットが持っていた受信状態の悪いラジオを通して開票結果を聴いた。フランクリン・ルーズヴェルト大統領は、共和党候補のウェンデル・ウィルキーを楽々と引き離し、前例のない「三期目の大統領就任」を果たそうとしていた。ミッチは興味を示していたが、どちらが勝つかは気にしていなかった。彼は膝を机がわりにしてアニー・リーに手紙を書いた。「ぼくは、選挙そのものにはあまり関心がない。でも、ルーズヴェルトが勝ったとしたら、ぼくらを待っているのはきっと戦争だ」[21]

一〇日間の訓練中、ミッチはハミルトン基地での毎日の義務から解放された。ひげも剃らず、ネクタイもせず、好きな格好で出歩けた。ただし、訓練は厳しかった。夜明け前に起床し、朝五時までに飛び立って機動の練習をする。その後、気温が上がりきる前に射撃練習を行う。気温が高くなると、空気が膨張して的がよく見えなくなるからだ。そのときの訓練について、ミッチは次のように語っている。「航空隊に配属されてからこれまで、あれほど飛ぶのを楽しめた時間はなかったよ」。[22] 彼は毎日キャンプの上を飛んだ。「キャンプから一五キロほど離れたところでは列車が走ってた。しかも、そこら中にコヨーテや野ウサギがいた」。機銃掃射の〝正規訓練〟と言えるようなものはなかったので、どのパイロットも基本的に実践で学んでいた。[23] ミッチは直感を信じ、来る日も来る日も砂漠の標的に向けてP－40に搭載した五〇口径重機関銃を撃った。やがて彼は機銃掃射のコツをつかみ、最終的に飛行中隊で二番目に高い射撃スコアを記録した。彼はアニー・リーに言った。「自慢できるスコアだよ。一緒に訓練を受けた同僚のなかには、何年も前から飛行機を操縦してる人もいる。その人たちは毎年、あるいは年に数回は機銃掃射の練習をしてるわけだから、二番になれただけでも充分さ」。[24] 楽しくなってきたところでミッチの訓練は終わった。その後彼は次のように語っている。「ようやく飛び方がわかってきた気がする。訓練も終わったことだし、これからは一人前のパイロットとして扱ってもらえると思う」

訓練が終わってからは、ミッチに注目する上官が増えはじめた。そのうちのひとりが、ミッチと同じ南部人で、ヴァージニア州出身のヘンリー・〝ヴィック〟・ヴィッチェリオだった。ミッチの祖父と同じように、ヴィッチェリオの祖父も南軍で戦っていた。ミッチがハミルトン基地に配属されてまもなく、ふたりは顔見知りになった。ヴィッチェリオ大佐はミッチより三歳年上で、一九三四年に一兵卒として入隊したあと、しばらく前からこの基地にいた。それと同じ年、ミッチは陸軍士官学校（ウェストポイント）に入るためにハワイの陸軍沿岸砲兵隊に入隊していたが、結局、士官学校への入学はかなわなかった。ヴィッチェリオはもともとハミルトン基地の第二〇追撃群で軍務についていたが、最近になって、編成されたばかりの第三五追撃群の戦闘機中隊の隊長に昇進した。ヴィッチェリオは、ミッチが訓練に励むようすを遠くから見て、イーニッド出身のこのパイロットに「リーダーに不可欠な資質」[25]があることに気づく。実際、一九四一年初旬、ハミルトン基地に新人パイロットが次々と配属されたとき、ミッチは新兵の指導をするパイロットのひとりに選ばれた。ミッチ自身、訓練を始めてから四カ月しか経っていなかった。彼は手紙で、アニー・リーにこんな愚痴をこぼしている。「新入りはみんな、飛行機の扱いがうまくない。かつてのぼくたちほどではないけどね」。[26] だがそれは、心からの愚痴ではなかった。ミッチは以前よりも成長しており、昇進するためには任務を果たさなければならないと理解していた。

ジョン・ミッチェルがこれまでもっとも複雑な演習に参加したのも一九四一年一月の初め

だ。その演習は、彼にとって忘れられないものになった。ミッチは一二機編成の編隊の一員として演習に参加し、「領空を侵した敵の爆撃機を見つけて撃墜する」という任務を与えられた。[27] やっかいなことに、爆撃機は護衛の戦闘機に守られて飛んでいる。だがミッチの編隊はいとも簡単に爆撃機を見つけ、一二機がそれぞれ僚機のすぐ後ろについて円陣をつくった。敵機が自分たちの背後に来るのを避け、撃墜を防ぐためだ。まもなくミッチは、編隊を組むことの難しさと、その意義を理解する。編隊飛行においては、各自が自分の役割をきちんと果たさなければ、全員の努力が水の泡となる。[28] その演習では、敵の戦闘機が襲ってきても、円陣を崩さずに陣形を維持することになっていた。さらに、ミッチがいる編隊はあまり円陣から外れずに敵機を攻撃しなければならない。数分間、誰もがそれぞれの役割どおりに立ち回った。その後、ミッチは編隊長が攻撃に転じたことに気づき、爆撃機を捉えるために円陣から外れた。ミッチは躊躇しなかった。「すぐに編隊長のあとに続いた」と彼は語っている。ミッチと編隊長は敵の機体を照準に捉え、攻撃した。発射したのはもちろん模擬弾だ。すると二機の敵機もミッチと編隊長に襲いかかってきた。相手に模擬弾を当てようと、四機の飛行機が宙を踊った。空中戦は数分にわたって繰り広げられ、やがて終わりを迎えた。だがミッチはやめなかった。ほかの機体が攻撃をやめても、彼は戦いつづけたのだ。ミッチのP－40は、敵の一機と背後を取り合った。無線からは演習終了を告げるひび割れた声が聞こえたが、ミッチはなお、敵機より優位に立とうと曲技飛行を行った。気づけば、その場にいるのは自分とその敵機だけになっていた。彼は呆然としながらも基地へと戻った。

ミッチは空中戦のときの高ぶった感情を思い出し、自分でも驚いた。「演習をやめ、基地に帰還せよ」という無線連絡があったことはあとから知った。要するに、ミッチは我を忘れていたのだ。「無線連絡なんて聞こえなかった。だから空中戦を続けたんだ」[29]と、彼はアニー・リーへの手紙に書いた。そうした出来事はあったものの、ミッチは最終的にこう決意した。「いつの日か、ぼくは戦闘機中隊の最高のパイロットになる」。当時のミッチには知る由もないが、彼が参加した演習は、数年後に待ち受ける任務を暗に示すものだった。

本当は飛ぶはずだったのに地上にいなければならなくなる——それ以上に不愉快なことはなかった。[30] 予想外の悪天候、インフルエンザの罹患(りかん)、プロペラの不具合……理由はさまざまだ。どんな理由であれ、飛行機に乗れなくなったとき、ミッチはひどくみじめな気分に襲われた。格納庫のなかをぶらついたり、物資や装備を点検したり、任務に必要な書類をチェックして時間を潰しても、気持ちは晴れない。午後四時に兵舎に戻っても、誰かと話す気にさえなれなかった。

とはいえ、非番の日であれば飛ぶ以外の楽しみもあった。ミッチは自由時間を目一杯楽しんだ。彼はハミルトン基地でバドミントンを覚えた。イーニッドのテニスコートで習得したスマッシュのスイングを改良し、シャトルを打った。だが、もっともよくプレーしていたのはバスケットボールだ。基地にきて数週間が経つころには、彼はほぼ毎晩バスケットコートに顔を出すようになった。チームをふたつ発足させ、第五五戦闘機中隊チームのコーチ役となり、サン・ラファエル近郊のタウンリーグの審判まで務めた。また、スポーツキャスターのように、試合の勝敗やタウンリーグの大会に自分のチームが参加したようすをアニー・リーに随時報告した。[31] 第五五戦闘機中隊の士官チームを率いて、第七七戦闘機中隊の士官チームに楽勝したときは、得意げに次のように書いた。「うちのチームの選手たちが連中を叩きのめした。二〇対四で勝ったよ。もう一日ぶんの運動はしたはずだけど、今夜はサン・ラファエルのタウンリーグで二試合も審判をしなくちゃならない」

カリフォルニアの天気が快晴のときは、ミッチは中古のオープンカーでよくドライブに出かけた。[32] 銀行でローンを組んで購入したその車で、彼は野山を越えてハミルトン基地に通っていた。車の幌（ほろ）を畳み、沿岸道路を疾走するのが好きだった。土曜日には、将校クラブで豪華な食事を楽しんだ。ローストした子牛の肉、フライドチキン、帆立のフライ、ジャガイモ、エンドウ豆、ギブレットグレービー、セロリ、トマト、海老が並べられたバイキング形式の夕食だ。アニー・リーのおじ、ジョーの家のバーベキューで食べた彼女の母親の得意料理を思い出し、

「もちろんフライドチキンを真っ先に食べた」[33]とミッチは語っている。酒を飲むのはたいてい非番の日にしていた。彼のお気に入りは、基地から五キロほど離れた、サンフランシスコに向かう途中にあるロードハウス(バーがある食堂)だった。土曜の夜、基地で二、三杯飲んでから、友人と連れ立ってロードハウスに向かうこともあった。「宵の口には、みんなで酔っ払ってそこら中をうろついた」と彼はアニー・リーに宛てた手紙に記している。そうした夜はよくどんちゃん騒ぎになり、ときには女性も出入りし、翌朝はひどい二日酔いが待っている。あるときミッチは手紙にこんなことを書いた。「しばらく、酒は控えることにするよ」[34]

ミッチはできるだけ毎日を楽しもうとしたが(実際のところ楽しんでいた)、仲間たちと騒いでいるとき、何かにつけてアニー・リーが恋しくなった。きっかけはいつも月だった。これまでずっと、月はジョニー・ビルのためにあった。しかし、テキサス州エル・カンポ生まれのアニー・リーと恋に落ちて以来、月はふたりのために光っていた。半月の夜、彼はアニー・リーへの手紙に次のように書いた。「今夜は下限の月だ。半分になった月が輝いてる」。[35]そして続けた。「大の男が月を見ただけでこんなに切ない気持ちになるなんて、変なものだよ」。月が見えない夜にはこんなことを書いた。[36]「雨のせいで月が見えなくなった。でも、その前にしっかりと目に焼きつけておいた。きみのことを思いながらね」。新月の夜も、ミッチはアニー・リーのことを想った。[37]「月が満ちはじめている。こういう夜はいつもきみのことを考える」。

そして満月の夜。[38]「月が煌々と輝いてる。こんな夜はきみと一緒にいたい」

アニー・リーは、ミッチの心をひとときも離れなかった。

カリフォルニアに到着するとすぐに、ミッチはアニー・リーに写真を送ってほしいと頼んだ。「急いできみの写真を送ってほしいんだ」[39]と、彼は手紙の末尾に記している。その二日後、「写真を待ってる」と記した手紙を送り、翌週にはとうとう我慢しきれずに、「これ以上待てない」とまで書いた。アニー・リーは、「写真は撮ってあるからもう少し待って」と返事をした。そしてある日、大きな封筒が届いた。ミッチは、最愛の女性の写真にすっかり夢中になった。「ぼくはいま、神がつくり出したもっとも美しい存在の前に座ってる。あごの先のくぼみも、魅惑的な目も、本当にすてきだ」

ミッチとアニー・リーは、恋に夢中になっているティーンエイジャーのカップルのように、何通もの手紙を書いた。たった数日手紙が途絶えるだけで、ミッチは、アニー・リーが病気になったのではないか、ひょっとして心変わりしたのではないかと不安になり、愚痴をこぼした。あるとき、やきもきしている彼のところに手紙が届き、ジョニーは次のような返事を書いた。「ぼくのことをもう愛していないんじゃないかって不安になりはじめたときに、きみから愛おしい手紙が届いたんだ」。[40]ミッチの手紙にはさまざまなことが書かれていた。飛んだときのこと、スポーツのこと、酒を飲んだときのこと、そして、アニー・リーへの愛。ふたりは互いに読んだ本や観た映画を教え合った。ミッチは、ファッション誌の編集長役でマーナ・ロイが主演を務めた新作のロマンティック・コメディー映画『左手の薬指［*Third Finger, Left Hand*］』をアニー・リーに勧めた。彼は次のように記している。「本当におもしろかった。登場人物の悪ふざけに笑いが止まらなかったよ」。ミッチは、ウォレス・ビアリー主演の『ワイオミング［*Wyoming*］』には批判的で、ルー・エアーズとライオネル・バリモアとラレイン・デイ主演の『ドクター・キルデア・ゴーズ・ホーム［*Dr. Kildare Goes Home*］』にはさらに辛辣だった。

たいていの場合、ミッチはルームメイトのパイロットであるベン・ボウエンと一緒にサン・ラファエルに映画を観に行った。ところが、ある日ボウエンが海兵隊大尉の娘と付き合いはじめたのを機に、三人で出かけるようになった。すっかり邪魔者になってしまったミッチは、アニー・リーのことを考えながら、ひとりで暗い映画館に座ることが増えた。だが、よかったこともひとつある。ミッチはボウエンのガールフレンドのことを気に入っていたので、ふたりが一緒にいるのを見ながらアニー・リーに思いをはせることができた。ミッチはアニー・リーへの手紙に、ボウエンのガールフレンドの「地に足がついていて、少しも気取らなくて、とてもかわいらしいところが気に入った」と書いた。そして、こうつけ加えた。「ぼくがこんなにもきみを愛してるのは、きみが飾らず、気さくで、かわいらしくて、高飛車なところがなくて、誰とでも仲良くしようとするからなんだ」[41]

とはいえ、遠距離恋愛は簡単ではなかった。[42] ミッチとアニー・リーは、出会ってから数カ月しか経っていない。ふたりは春に激しい恋に落ち、夏の中旬には離れ離れになった。数百キロの距離を隔てながらも、ふたりは互いの気持ちを確かめようとした。その関係は、ジェットコースターに乗っているかのように目まぐるしく変化した。ミッチが気にしていたのは、ハミルトン基地にいる親友のうちふたりがまもなく結婚しそうなことだった。そのうちのひとり、ベン・ブラウンは、長いあいだガールフレンドと付き合っていた。そのためミッチは、彼らの結婚式が一九四一年一月になるという発表を聞いても驚かなかった。その後、ミッチは新郎の介添人を務めるよう頼まれている。しかし、ルームメイトのベン・ボウエンと大尉の娘の急な展開には唖然とさせられた。彼らは、一二月初旬の週末にデートに出かけ、そのまま結婚式を挙げようとリノまで車を走らせたのだ。いつものように三人で映画を見たあと、ミッチもふたりに同行してネヴァダ州に行き、介添人を務めた（ミッチは友人たちから頼りにされていた）。彼は後日、アニー・リーへの手紙にこう書いている。「幸せになってほしいと思うけど、展開が早すぎるような気がする」

それでも、ミッチは少しずつ手紙で結婚の話題に触れるようになった。いつになるかはさておき、結婚の話はふたりをわくわくさせた。カリフォルニア州からの最初の手紙には「ぼくのなかで、結婚生活を望む気持ちが日ごとに大きくなってる」[43]と記されていた。このことから、ミッチが結婚に前のめりになっていたのがわかる。一九四〇年一〇月、彼は車で町に出かけ、一一月二日のアニー・リーの誕生日のためにプレゼントを買った。さらにミッチは、その足で宝石店に立ち寄り、結婚指輪の代金を支払った。いつ渡すことになるかは決まっておらず、そもそも結婚するかどうかさえわからなかったが、そのときに備えて用意しておきたかったのだ。一方、彼女に誕生日プレゼントを渡す計画はあまり順調ではなかった。アニー・リーが、自分がもうすぐ誕生日を迎えるということを手紙に書かなかったからだ。[44]ミッチにはその理由がわからなかった。あとでわかることだが、彼女はミッチが自分の誕生日を覚えてくれているかどうかを試していた。ミッチは彼女の期待に応えた。彼はアニー・リーに内緒で基地から宅配便を手配した。彼女の二四歳の誕生日、土曜日の朝一番に、一七個の宝石を散りばめたウォルサムの金の腕時計が彼女のもとに届くように。午前八時に小包を受け取ったアニー・リーは、うれしそうな顔でおばのルドマに言った。「よくあるやり方だけど、とても気に入ったわ」。ミッチは見事にテストをパスしたのだ。おかげで「人生で一番幸せな誕生日」になったとアニー・リーは語っている。

しかし、結婚の話はそう簡単には進まなかった。離れているあいだ、ふたりはほかの異性と会うこともあった。ミッチもアニー・リーも、自分がした「デート」については正直に手紙に書いていた。アニー・リーといとこのジョシーが暮らすアパートには、よくサン・アントニオ周辺の基地にいる陸軍や海軍のパイロットが訪ねてきた。アニー・リーは、ジョシーと一緒にダブルデートをすることもあれば、ひとりでパイロットとのデートに出かけることもあった。それを知ったミッチはぶつぶつと文句を言ったが、彼女を非難することはできなかった。彼自身、よくほかの女性と遊んでいたからだ。非番の日は、よく友人と連れ立って独身の女性に声をかけ、遊びに出かけたり、酒を飲んだり、踊ったりしていた。ちょっと遊ぶだけだよ、とミッチは言い張った。アニー・リーがあらぬ疑いを抱くのを避けたかった。「ぼくはきみを裏切ったりしない」[45]と彼は手紙に書いている。愛する人がそばにいないさみしさを紛らわすためには、ほかの相手とデートするのもしかたがない——ミッチは一時期そう考えていた。[46]「彼女はときどきほかの男とデートをしてるけど、浮気はしていない」。それがミッチの至った結論だった。こうしてアニー・リーのデートに目をつぶったミッチだが、一方でなんとか結婚の約束をしようと手紙でほのめかすようになった。「そろそろ、真剣に将来のことを考えてほしい。ぼくはいま、これまでにないぐらいきみを愛してる」

アニー・リーに会おうと手を尽くしても、思うように事は運ばなかった。そんな状況のなかで、ミッチはひどく苦しんでいた。一一月下旬、彼はサン・アントニオまでの「クロスカントリー飛行」[47]を希望したが、通らなかった。結局、彼が感謝祭の時期に飛行機に乗れたのは、ミューロック乾湖に郵便物を届けてすぐ戻るという任務のときだけだった。感謝祭の日、アニー・リーが多くの親族と一緒にエル・カンポの両親の家を訪れていた一方で、ミッチは平凡な一日を送っていた。ミッチはその日、森のはずれに小屋を所有している友人と、午後に二時間ほどドライブに出かけた。ふたりはビールとサンドウィッチを持って森の小道を歩き、二二口径拳銃で木の上に取りつけた標的を撃って時間を潰した。

クリスマスはもっと悲惨だった。一〇月下旬、ミッチはアニー・リーに手紙を書き、クリスマスは短い休暇を取って、何人かのパイロットと一緒にサン・アントニオ行きの飛行機に乗せてもらうつもりだと知らせた。ミッチの手紙にはたいてい、クリスマスのことが興奮気味に書かれていた。ところが一二月初旬になると、それまでの調子が一転し、自信のない言葉が目立つようになった。嫌な仕事が回ってきたのだ。そして、クリスマスの前の週、ミッチはクリスマス当日も勤務と決まる。追い打ちをかけるように、クリスマス期間中はハミルトン基地から三二〇キロ以上離れてはならないという命令が部隊長から下された。つまり、たとえミッチがほかの士官に勤務を代わってもらえたとしても、テキサス州に行けないことに変わりはない。[48] 彼は中隊長と口論になったが、状況は何ひとつ変わらなかった。「こんな軍隊に愛着なんてないけど、まだ追い出されるつもりはない」と、彼はアニー・リーに宛てた手紙に書いた。彼女に会ってプレゼント（白いバスローブとそれに合わせたスリッパ）を渡すことがかなわなかったので、ミッチは急いでプレゼントを送った。[49] アニー・リーから送られてきたのは、シャツとネクタイと革財布だった。ふたりは電話越しに話をしたが、クリスマスを一緒に過ごせない悲しみが癒えることはなかった。[50] 中途半端に期待させてしまったぶん、アニー・リーは失望していた。電話のあと、ミッチは彼女にこんな手紙を書いた。「きみはさっき、ぼくのほうに責任があるって言ったけど、がっかりしてるのはこっちだって同じだ」。彼は台無しになったクリスマスに苛立ち、それまで一度たりともはっきりと書かなかった言葉をついに記した。「どうしても伝えたいことがある。結婚しよう！」[51]

ミッチはアニー・リーの返事を求めたが、彼女の態度ははっきりしなかった。そのため彼は、冬のあいだずっと落ち着かない気分で過ごすことになった。しかし、一九四一年三月初旬のある夜、ついにその状況に変化が訪れる。アニー・リーは、昔のボーイフレンドに誘われてデートに出かけていた。その相手も軍人で、しばらく町を離れていたが、たまたまサン・アントニオに戻ってきていたのだ。ところがその日、アニー・リーははっきりとあることに気づいた。デートのあと、彼女はおばに次のように語っている。「ジョニーがとても恋しくなった。私が必要としているのはジョニーなんだって、はっきりわかったの」。[52] その後、ふたりの関係はもとに戻った。クリスマスの日に生じた溝はすっかり過去のものになっていた。アニー・リーを元気づけようと、ミッチは手紙のなかで『風と共に去りぬ』のセリフを引用した。「明日は必ず来るんだ。スカーレット・オハラみたいに考えよう」。[53] 彼は、ようやく夏に休暇が取れるだろうと伝えた。だが、ミッチはこのとき、アニー・リーへの「サプライズ」も用意していた。彼女には教えなかったが、彼はイースターに合わせて一〇日間の外出許可をとり、サクラメントからサン・アントニオに向かう輸送機に乗せてもらう手配をしていたのだ。その日が待ちきれなかった。

ところが、運命はまたしても彼らの邪魔をする。一九四一年四月の第一金曜日、ミッチは指揮官たちに呼び出され、重大なことを告げられた。それは、彼がこれから特別任務で海外に派遣されるということだった。ハミルトン基地からは、ミッチのほかに三人のパイロットが選ばれていた。派遣先は知らされなかったが、イギリスか中国のいずれかであることは確実だった。「すぐにでも派遣される可能性があるため、基地を離れてはならない。しばらくは飛ぶことも禁止だ」。ミッチたちはそう告げられた。

「本当に名誉なことだよ」と彼は手紙に記している。

イースターの計画は頓挫したが、このときミッチは抗議しなかった。計画していたサプライズが「台無し」になったことを含め、彼はすぐにアニー・リーに海外派遣のことを打ち明けた。ある意味、彼はこのために訓練に精を出してきたのであり、すべては「戦争の現実の一端」だと彼は書いた。ミッチは、アニー・リーが理解してくれることを願った。ふたりが再会するのはずっと先になるだろう。[54] 彼は手紙に次のように記している。「前にも言ったけど、ぼくたちは、何が起こるかわからない世界に生きてる。今日、まさにそのとおりなんだってわかったよ」

第四章　尋常ならざる戦略

一九三四年九月二〇日の午後、山本五十六海軍少将は、横浜を出港する〈日枝丸〉でアメリカに向かった。[1] 最初の目的地であるシアトルに着くと、一行はグレートノーザン鉄道が運行するシカゴ行きの大陸横断鉄道に乗り込んだ。山本は、以前にも同じ旅路をたどったことがある。一〇年前にアメリカ各地をまわり、その広大な国土と豊富な天然資源を目の当たりにしたときだ。当時、彼はまだ日本の中堅軍人にすぎず、ワシントンの軍関係者や外交関係者以外にはその名を知られていなかった。だが今回は違う。山本はこれから、軍縮に関する三国間の予備交渉の日本側首席代表としてイギリスを訪れる。その交渉で、日本は長年悩まされてきた問題に決着をつける予定だった。イギリスとアメリカは、一九三〇年に採択されたロンドン海軍軍縮条約の継続を目指していたが、日本はその条約で定められた「五・五・三」の比率を平等にするよう主張していた。

この任務で、山本は初めて世界的な注目を浴びることとなった。さまざまなメディアが、この五〇歳の司令官の動向を追った。山本は移動中の取材を拒み、人前に出ることを避けたので、人々はいっそう好奇の目を向けるようになった。彼はたいてい、列車のコンパートメントに閉じこもってブリッジやポーカーや将棋に熱中していたが、シカゴに数日間滞在したときはカレッジフットボールの試合を観るために外に出た。一〇月六日の日曜日、シカゴのすぐ北、郊外に位置する町エヴァンストンにあるダイチェ・スタジアムで、山本は数千人のファンとともに観戦を楽しんだ。その試合では、ノースウェスタン大学の「ワイルドキャッツ」が、ビジターであるアイオワ大学の「ホークアイズ」に二〇対七で敗北を喫した。その人混みのなかでさえ、山本は報道陣に何も語らなかった。

ニューヨークに到着し、高級ホテル〈アスター〉にチェックインした翌日からは、山本は取材を断らなくなった。彼の発言は、報道陣の憶測を裏づけるものだった。これから締結する条約では、日本とアメリカとイギリスの条件を対等にする必要があると山本は語った。さらに、日本が「柔軟な考え」をもっているとも主張した。足し算ではなく引き算によって対等な条件にすることもできる、というのが彼の考えだ。言い換えれば、新たに主力艦保有比率を「五・五・三」から「五・五・五」に改定する代わりに、各国が既存の海軍軍備を廃棄してはどうかという提案だった。「すべての国は、自国の安全を実感する権利を有している」[2]と山本は語った。大事なのは、平等に至る方法ではなかった。

豪華なスイートルームと広いダンスホール、そして「ポンペイ様式」のスイミングプールを備えた豪華客船〈ベレンガリア〉号でイギリスのサウサンプトンに向けて出発する前に、山本は三日間ニューヨークであわただしく過ごした。昼間の数時間、彼は部屋にこもって随行員と打ち合わせをした。随行員のなかには、山本に会うためだけにワシントンから列車に乗って駆けつけた日本大使館付海軍武官もいた。打ち合わせが終わったあと、初日の夜はアッパーイーストサイドにある日本の総領事のタウンハウスで夕食を食べ、二日目の夜は、西九三丁目にある民間の〈日本倶楽部〉でニューヨークで暮らす大勢の日本人から歓待された。報道陣は山本の一挙一動を追いかけ、彼を褒めたたえる記事を書いている。「（山本は）日本でもっとも優秀な海軍将校として知られている。その昇進の早さは目を瞠るほどだ」[3]

ニューヨークに滞在して二日目、山本はワシントンで報道されたニュースに反論する必要性を感じた。退役陸軍准将ウィリアム・〝ビリー〟・ミッチェルが「将来、日本とは対立することになるだろう」と発言し、物議を醸していたのだ。率直な物言いをする空軍独立論者のミッチェルは、ミシシッピ州イーニッド出身の若き軍人、ジョニー・ミッチェルの親戚ではない（ジョニーは一九三四年の春にコロンビア大学を中退し、新人陸軍下士官としてハワイに配属されていた）。ビリー・ミッチェルは、議会の委員会で次のように主張した。「日本の絶え間ない軍備増強、とくに大日本帝国海軍の増強は脅威であり、いまや太平洋の覇権争いでアメリカ最大の脅威と認識すべきだ」。日本の飛行機がアラスカに着陸し、「ニューヨークやほかの主要都市に破滅的な結果をもたらす」可能性は十分にあると彼は述べた。そして、こうつけ加えた。
「アメリカは、早急に航空戦力の強化に全力を注がなければならない」

ビリー・ミッチェルの発言の翌日、報道陣はそれについて山本の意見を求めた。ワシントンの人々を安心させようと、山本は落ち着いた口調でこう語った。「アメリカとの関係について、私の意見はミッチェル将軍のそれとは異なっています。私はアメリカを〝潜在的な敵〟と見なしたことはありません。日本海軍の計画にも、アメリカとの戦争は含まれていません」[4]

山本の発言は、この時点では本当だった。だが、のちにこの言葉は、山本が「卑劣で不誠実な男」であり、「笑顔の裏で戦争の計画を練っていた卑怯者」である証拠として引き合いに出されることになった。

東京を出発してから二七日後、一九三四年一〇月一六日、山本は〈グロヴナーハウス〉の六階のスイートルームにチェックインした。その後三カ月間、彼はそのホテルで寝泊まりすることになる。日本の代表団はよくこのホテルを使っていたので、山本が到着すると、従業員たちは日の丸を掲げて丁重に迎え入れた。公式な会談が始まるまでに一週間ほどの猶予があったが、山本はすぐに活動を始め、西洋列強の代表団と親交を重ねた。予備交渉の目的は、ロンドン海軍軍縮条約の期限が切れる前に、延長に向けて根回しを行うこと。ただし、条約の延長を望んでいたとはいえ、山本たちには譲れない点があった。彼は報道陣の前で「日本は、五・五・三の比率を継続するつもりはない」と語り、日本側の要求をはっきりと示した。「妥協する気はありません。日本はこの比率に反対すると同時に、比率という考え方そのものを廃止することを望みます」[5]と山本は述べた。こうした強硬な発言から、報道陣は山本のことを「歯に衣着せぬ海軍将校」[6]と呼ぶようになった。

その後の数週間、山本は目まぐるしく動き回り、外交交渉を重ねた。最初はアメリカ代表団、次にイギリス代表団、ふたたびアメリカ代表団という具合に、山本は協議に数日間を費やした。国際報道機関は連日のように、「実質的に何も進展はない」というニュースを報じた。「行き詰まり(デッドロック)」や「沈滞(インアクション)」といった言葉が、新聞の見出しや記事に頻出した。三カ国の代表団は、協力する姿勢を示し、妥協する用意があると表明していたものの、実際は一歩も譲らずに自国が優位に立てるよう画策していた。[7]アメリカとイギリスは現状維持、つまり三国の主力艦保有比率を五・五・三のままにすべきだと主張し、それに対して山本はあらゆる手を尽くして異議を唱えた。たとえば、こんな冗談を言うこともあった。「私は小柄ですが、みなさんは私に『皿の上の料理を五分の三だけ食べなさい』とは要求しないでしょう？」こんな冗談が言えて、英語が理解できるにもかかわらず、山本は通訳をともなって熱心に日中の会議に出席を続けた。[8] 通訳をともなう理由について、彼は同僚に次のように説明した。「通訳を使うと二倍の時間がかかる。そのあいだに交渉相手を観察し、次の手を考える時間が稼げる」。多少の障害はあったが、交渉は和やかに進んだ。「われわれ海軍はうまくやってるよ」[9] と山本はあるとき記者に語った。夜になると、晩餐会や堅苦しくないカクテルパーティーによく出席し、相手国との交流を図った。山本は下戸だったが、物怖じする性格ではなかったので、アメリカのウィリアム・H・スタンドレー海軍作戦部長やイギリスのアーンリ・チャットフィールド第一海軍卿とよくポーカーやブリッジに興じた。[10] ある晩、彼はチャットフィールドから勝ち取った二〇ポンドを手にホテルに帰ってきたという。

一一月一五日、山本は海軍中将に昇進する。交渉における彼の権限は強まり、とりわけ海軍力の割り当てに反対する際におおいに役立った。ただし、一貫しているように思われた日本側の意見は、実は複雑だった。山本がロンドン海軍軍縮条約の比率主義に断固として反対していたのは事実だ。山本はこの条約が不平等であることに不満を抱いており、そのために日本では、いわゆる「軍国主義者」に同調していると見なされていた。軍国主義者のほとんどは陸軍に所属していたが、彼らに賛同する若い海軍士官も少なくなかった。だが、彼らの考えと山本の考えは違っていた。山本は、現行の条約には反対していたものの、条約の本来の目的である「軍縮」と「世界平和」を実現するための新たな方法を本気で考えていた。[11] ロンドンでの交渉で、彼は断固とした口調で話したが、タカ派的な発言はしなかった。むしろ山本は、三カ国が駆逐艦や巡洋艦を退役させ、海軍力を縮小し、軍備平等を達成するのはどうかと提案した。さらに、現在の比率主義の代替案として、「共通最大限度」を規定することを提案した。この提案は、三カ国がそれぞれ保有する艦隊の総トン数が合意した数字を超えないようにするというものだ。山本にとって、強力な海軍——彼はとくに海軍の航空能力の増強を提唱していた——をつくる目的は、あくまでも「防衛」であり、太平洋での覇権拡大をもくろむアメリカなどの国への抑止力とすることだった。しかし、この予備交渉に対する軍国主義者たちの認識はまったく違った。彼らは、日本国民を侮辱する屈辱的な五・五・三の比率の撤回を求めただけではなく、すべての条約の破棄を主張したのだ。彼らの目的は、日本の足枷(あしかせ)を外して自由に艦船を建造し、軍事力を見せつけ、ほかの列強諸国に対峙することだった。

山本は内心では、自分がもともと軍国主義者にとって捨て駒であり、都合よく利用されていると感じていた。[12] のちに彼は、愛人の千代子に宛てた手紙で次のような疑念を漏らしている。「自分がただの道具として使われただけのような気がして、不愉快でたまりません」。それでも、山本は日本の代表として力を尽くした。母国で湧き上がる主戦論を警戒しながらも、母国への忠誠心を忘れなかった。だがロンドンにいるあいだ、山本はにっちもさっちもいかないジレンマに陥ってしまう。数年前からずっと、山本は日本海軍を近代的かつ強大なものにしようと尽力してきた。しかし、彼が海軍を「平和維持のための抑止力」と見なす一方で、軍国主義者たちは「アメリカを攻撃するための資産」と考えているのが明らかになった。つまり、いまや山本の任務は、日本海軍を「攻撃力」と見なしたうえで今後の計画を立てることだった。ここ数年間、彼はアメリカとの戦争に備えて策を練っており、一九二八年に行った士官候補生への講義では、初めて自身の構想を語っている。真珠湾に駐留するアメリカの艦隊を撃破することこそ、日本がアメリカに勝つ唯一の道であると。

一二月初旬のある晩、ひとりの記者の取材を受けたとき、山本の考えは——遠回しではあったが——裏づけられる。山本を取材した記者の名は、ヘクター・C・バイウォーター。イギリスの日刊紙『デイリー・テレグラフ』で働く非凡な記者であり、一九二五年のベストセラー小説『太平洋大戦争』で高い評価を受けた作家でもあった。彼の小説では、帝国の建設をもくろむ日本が、無防備なアメリカに対して海軍による奇襲攻撃をしかけるという架空の物語が描かれていた。

山本はこの記者を自分が泊まっている〈グロヴナーハウス〉のスイートルームに歓迎した。ふたりが安楽椅子に座ると、執事が飲み物を運んできた。バイウォーターにはスコッチ、山本には炭酸水が出された。『太平洋大戦争』の出版から一〇年近く経ち、「仮説としての太平洋戦争」に関するバイウォーターの考え方はわずかに変化していた。[13] 実はこのとき、バイウォーターは学術雑誌『パシフィック・アフェアーズ』に向けた記事を執筆中であり、太平洋戦争に関する最新の分析を求められていた。取材の数週間後に発表された記事のなかで、バイウォーターは、小説に描いた日米戦争の大枠――「日本の奇襲」に始まり「アメリカの勝利」で終わるという流れ――は変わらないだろうと語った。ただし、彼の分析には変化も見られた。バイウォーターは、日本は先制攻撃の手段を根本的に変え、これまでの戦艦の代わりに航空母艦と爆撃機から編成された艦隊を増強して攻撃を行うだろうと述べたのだ。バイウォーターの新たな見解は、日本海軍の航空戦力を強化しようとしてきた山本を喜ばせたことだろう。またバイウォーターは、フィリピンとグアムが「おそらく開戦後、最初の数週間で日本に占領される」と記している。それは、山本の見解とおおむね同じだった。

山本とバイウォーターが『太平洋大戦争』に関してどのような議論を行ったのかは明らかになっていない。一二月三日の取材記録で残されているものは、バイウォーターが新聞向けに書いた記事だけだ。当然、記事では条約交渉に焦点が当てられ、きわめて悲観的な展望を映し出した。山本は日本が断固として比率主義の撤廃要求をすることにほとんど疑いをもっていなかったので、バイウォーターは条約交渉が徒労に終わると確信した。[14] 条約交渉は三国の関係をさらに悪化させ、軍備拡張競走の引き金となり、しだいに好戦的になっている日本が有利な立場に立つと彼は予測した。

悲観的な見通しは日が経つごとに色濃くなった。交渉の成果がないことにうんざりしたアメリカ代表団は、クリスマスの数日後に引き上げた。アメリカの特使ノーマン・H・デイヴィスは、「一九二二年のワシントン海軍軍縮条約に始まり、ロンドン海軍軍縮条約へと続き、世界の安定に貢献してきた海軍軍縮条約がついに終焉を迎える」と非難した。彼は日本に対してこう語った。「これまで守ってきた原則をここで破棄すれば、世界的な不安が生じ、各国が疑心暗鬼に陥るだろう。どの国にとっても利益にはならない」。[15] 山本は、外面的には友好を維持しようとした。スタンドレー海軍作戦部長がロンドンを発つ前に、わざわざ蒸気船〈ワシントン〉号で彼と会い、和やかに昼食をともにしたのだ。しかし、予備交渉が徒労に終わったのは明らかだった。振り返って考えてみると、一〇月に山本が来たときからずっと、交渉は実質的に無駄だったといえる。ある記者によると、「昼食会そのものは楽しかった。ふたりの提督は、海軍軍縮問題について異なる見解をもっていたにもかかわらず、個人的にはとても親しい仲にあった。とはいえ、コーヒーを飲んだあとふたりは三〇分ほど話をしたが、日本とアメリカの見解の違いがふたたび露わになっただけだった」[16]

一九三五年一月下旬、列車でロンドンを出発する山本のもとに、ドイツ当局から連絡が入る。ヨーロッパを通過する際にアドルフ・ヒトラーに会わないか、という打診だった。[17] 前年の夏、ヒトラーは大統領と首相の職を廃止し、自らがドイツの「総統」であると宣言して権力を掌握していた。山本との会談の目的は、失敗に終わったロンドンでの軍縮交渉や日本とドイツの相互利益について意見を交わすことだった。しかし、この会談が行われる見込みはなかった。山本は、アメリカやイギリスの軍当局者には友情の念を示していたが、ナチスの独裁者にはそのような気持ちをまるで抱いていなかったのだ。ベルリンで一泊した際には日本大使館で夕食をとり、ドイツの外務大臣とは会談をしたが、ヒトラーと今後の同盟について話し合うことは辞退した。翌朝一番に出発すると、ポーランドを通過し、モスクワでシベリア横断鉄道に乗り換えた。冬の真っただなかにシベリアを横断する、長い最後の行程だ。列車での移動中、山本はお気に入りの煙草である「チェリー」をひっきりなしに吸いながら、ブリッジやポーカーで時間を潰した。

東京に到着したのは二月一二日の午後だった。五カ月間離れていた日本に戻ると、ロンドンでの予備交渉で見せた断固とした姿勢が評価され、山本は新たな名声を得た。いまや、日本の偉大さと強さを体現する存在と見なされた彼は、駅で群衆に迎えられた。その二日後、海軍大臣に提出した公式報告には、三カ国の意見が食い違っているため、「合意に至ることは不可能」[18] だと記されている。軍部、報道機関、国民の大多数は交渉決裂に声を上げて喜んだが、山本は違った。「イギリスとアメリカに帝国政府の主張を受け入れさせることができなかったことは誠に遺憾であり、今後もさらなる尽力が必要だと確信している」と、彼は報告書に記した。この報告書の結びにある言葉は、国民が抱く軍の実力者としての山本のイメージからは想像できないものだった。[19] 端的に言えば、彼は戦争よりも軍縮を望んだのだ。多くの者がそのことに気づかなかったものの、軍国主義者だけは山本に対してあからさまに冷淡な態度をとるようになった。彼らは山本の評価が高まるようすを目にしていたが、彼が自分たちの同志ではないとわかっていた。

国民の見解とは別に、軍の指導部は数年前からふたつの派閥に分裂していた。[20] ひとつは、山本と志を同じくする海軍の将校が属している、いわゆる「条約派」。もうひとつはタカ派の人々からなる「艦隊派」で、その影響力は陸軍そして海軍の一部におよんだ（実際は著者の記述とは若干違い、これは海軍内部の対立で、ロンドン海軍軍縮条約を「妥結やむなし」とする「条約派（海軍省）」と、それに反対する「艦隊派（軍令部）」という対立構造だった）。一九三〇年代に二派閥の力の均衡は崩れ、好戦的な艦隊派が徐々に力を増しつつあった。そうしたことから、山本の帰国から数週間のうちに、艦隊派の幹部たちは山本を閑職に追いやった。その後彼は、東京にある海軍省軍務局に配属され、ほとんど仕事を与えられずに過ごすことになる。艦隊派の上層部のねらいは、山本が海軍を辞めることだった。

山本は海軍軍人としての将来に希望がもてなくなっていた。不当な扱いに慣れていなかったせいもあり、本気で辞職を考えてもいた。彼は親しい友人に、もしかしたら「モナコに行って博奕打ちになる」ほうがましなのではないかと語っている。一九三五年春、気持ちの整理をつけようと、山本は故郷である長岡の僻村を訪れる。両親はすでに亡くなっていたが、兄と姉がまだその村で暮らしていた。兄たちは、末っ子の五十六を親しみを込めて「五十さ（いそさ）」と呼んだ。この帰省で彼は英気を養った。深く降り積もった雪が溶け、加治（かじ）川沿いの桜が咲いていた。山本は幼少期の友人と再会し、小舟で川下りをして日がな一日過ごした。村の商店で売っている、好物の酒まんじゅうも味わった。彼は四月の最初の帰省で二週間滞在し、その後、夏が終わるまでにさらに二度も帰省している。その一方で東京では、出会ってから一年足らずの愛人、千代子と逢瀬を重ねていた。彼女にはこんな不満を漏らしたという。「正直なところ、東京での仕事が誠に不愉快です」。さらに、彼女のことを「魅惑的で美しい」[21]と熱っぽく言い表したこともある。一九三五年の春から夏にかけて、東京と長岡を行き来していたとき、自由になれる時間はいつも千代子と過ごし、妻の礼子とはほとんど会わなかった。彼は千代子に宛てた手紙にこんなことを書いた。「自分を恋しく思い、信じてくれているのが本当なら、私は心から幸運だと思います」。別の手紙では、自分が見た夢について書いている。「フランス南部、ニースの海岸沿いを車で走る夢を見ました。この夢が本当だったらどれほど幸せだろうと思いました」[22]

艦隊派の友人や支持者は、山本がいなければ海軍は舵を失うと主張し、彼を復帰させるべく奔走した。そして、その年の暮れには、なんとか山本を海軍航空本部長に任命することができた。[23] いわゆる中間管理職だが、まさに山本が望んでいた要職だった。海軍航空本部は、航空母艦、水上飛行機、陸上飛行機といった、海軍の航空に関する政策のすべてを担当した。日本は急速に軍備を拡張しており、この職に就けば自分の計画を推し進めることができる。彼はその職を拝命した。

日本海軍の指導者たちのあいだでは、艦隊の目的を「攻撃」にするのか「防衛」にするのかという議論こそ交わされてはいたが、いずれにしても大多数が海軍の増強に賛成していた。海軍のヒエラルキーのなかで職務をこなしながら、山本は航空機を搭載する艦船からなる艦隊をつくろうとした。[24] 一九三〇年代初頭には、新型の攻撃機、とくに零戦の開発に関与していたが、今度は三菱重工と中島飛行機という主要な航空機製造会社に、戦闘機、雷撃機、長距離爆撃機といったさまざまな新型飛行機を開発させた。また、山本は戦闘機のパイロットに厳しい訓練を課した。戦闘機パイロットは空母への着艦を習得するだけでは不十分だった。発艦、着艦、各種飛行の訓練を繰り返せば、いずれ世界各国の羨望の的になる――山本はパイロットに常に高みを目指して訓練を続けるよう命じた。しかし、山本のそうした主張は「大艦巨砲主義者」のそれと衝突することになる。大艦巨砲主義者たちは、いまだに海上での戦闘力は排水トンや巨砲の有無、戦艦の大きさで決まると考えていた。そして、海軍首脳部はすでに動きはじめていた。新型巨大戦艦〈大和（やまと）〉と〈武蔵（むさし）〉を建造する計画が進んでいたのだ。総重量七万二〇〇〇トン、定員およそ三〇〇〇人を誇る〈大和〉は、日本海軍の誇りとなり、連合艦隊の旗艦を務める予定だった。山本は、海軍の未来を担う主力は航空機だと主張したが、海軍首脳部にとって航空機は、あくまで不沈と信じた新型巨大戦艦を補完するものでしかなかった。

一九三六年一二月、山本は航空本部長を一年務めたあと、海軍次官就任を要請された。これは名誉ある地位であり、これまでよりも強い権限が与えられる。しかし彼は、おもに政治的な役割が求められる海軍次官就任に乗り気ではなかった。「海軍軍人として、海軍の航空部隊を育てようと一生懸命やってきたときに、急に政務に移されて何がめでたいものか」[25]と、不満を口にしている。しかし、昇進を断ることは軍の慣例に違反する行為だったので、山本は要請を受け入れ、その後二年九カ月間、一九三九年の夏の終わりまで海軍次官を務めた。

このころの山本は東京にいることがほとんどだった。基本的に習慣を守る性格だったので、毎日が決まったことの繰り返しだった。早朝に仕事を始めるのを好み、ほかの職員が来る前に海軍省に出勤した。午前中ずっと仕事をしたあとは、よく米内光政（よないみつまさ）海軍大臣と打ち合わせをした。この古参の提督はいわば中道の立場をとっていた。山本と同様、米内は軍国主義者の国粋主義的で戦争を挑発するような姿勢に懸念を抱いていたが、山本が航空戦力の充実に情熱を傾けているのとは対照的に、米内は巨大戦艦の建造を支持していた。

山本は朝早くから仕事を始め、ほかの職員よりも前に仕事を終えて海軍省を出た。省内の人間に夜の予定をめったに明かさなかったので、行き先は謎に包まれていた(ときどき「水交社」で将棋を指す姿が見られた)。彼が慎重だったのは、千代子の存在と彼女との情事を周囲に悟られまいとしたからだ。ふたりは銀座にある千代子の茶屋で決まって落ち合った。夕食をともにしたあとで、おそらく美術展などに行ったのだろう。山本が千代子に入れ込むにつれて、葛藤が生まれた。「自分は千代子にとって唯一の男ではない」[26]ということがわかったのだ。東京の不動産関係の有力者が千代子に夢中だった。その男は山本がまかないきれないほどの大金を千代子につぎ込んでいた。千代子は、自分にのめりこむ相手を手玉にとってパトロンにするすべを身につけていた。茶屋の人間によると、彼女は「身と心を分けていた」ようだ。既婚者であり、芸者の鶴島正子とも長く関係をもっていた山本には、千代子にそのパトロンとの関係を問いただすことはできない。彼はその関係を受け入れた。

海軍次官になったことで、山本は保守的な国家主義者たちの標的となる。国家主義者たちは、日本の軍事政策や軍事行動の統制権を手にしようとしていた。そして一九三六年までに、陸軍が政権内で勢力を拡大した。彼らの関心は、太平洋地域を支配する(つまり最初に中国、その後東南アジア全域を征服する）ために戦う準備を整えることに向けられていた。[27] 目的は、他国の豊富な天然資源、とくに石油を手に入れること。日本には石油がなかったので、経済的に自立して国力を強めるためには石油が必要だったのだ。ある歴史家によると、「石油を手に入れないかぎり、日本が帝国となる野望は砂上の楼閣（ろうかく）だった」。数年のうちに、陸軍は師団数を二〇から五〇と二倍以上に増やし、飛行中隊数を五〇から一五〇と三倍にした。[28] 日本の新聞やラジオは、しだいに政府の支配下に入り、戦争の気運をかき立てた。一九三七年に日本が日中戦争を引き起こすと、ラジオ番組はその戦線について戦意を高揚させるニュースを毎日のように報道した。[29] また、対外強行論を唱える異常なまでに愛国主義的な内容で、ニュースというよりはむしろプロパガンダのような『日本ニュース』というニュース映画が映画館で毎晩上映された。

山本が態度をやわらげることはなかった。海軍は増強されたが、山本にとって最善の方策が取られていたわけではなかったからだ。山本は臆することなく、海軍首脳部と激しい議論を続けた。[30] 海軍首脳部は航空戦力を過小評価し、「戦艦を沈められるのは戦艦だけ」という主張を頑として譲らなかった。それに対して彼は、「いかにりっぱな大蛇であれ蟻の大群には敵わない」と古いことわざを引用して反論し、航空母艦から飛び立つ飛行中隊を育成することの重要性を力説した。さらに、反論するだけでは足りず、巨艦建造に固執する海軍首脳部を「愚鈍で時代遅れ」だと嘲笑した。山本の見解では、「巨艦は、老人たちが自宅に吊るしている手の込んだ仏画の掛け軸のようなものだ。ある種の信仰であり、現実的とはいえない」。そして、「現代の戦争においては、戦艦は日本刀程度にしか役に立たないだろう」と断言した。

このような発言を繰り返したことで、山本の敵は増えていった。たとえば、山本は中国での戦争にあからさまに反対していた。[31] この戦争では、軍隊の「消耗」ではなく「増強」を重視していた時期に、急速に軍隊を投入していたのだ。すぐさまアメリカは、日本の侵略を非難して中国から軍隊を完全に撤退させるよう要求した。一方ヨーロッパでは、ヒトラーが戦争に向けて軍備を増強し、さらにイタリアの支配者ベニート・ムッソリーニとともに三国同盟の締結を日本に呼びかけた。[32] 山本と米内海軍大臣はこの同盟締結に抵抗し、ナチス・ドイツおよびイタリアと手を組むことは、日本がアメリカを敵と見なすと布告するようなものだと主張した。その同盟によって、アメリカとの戦争はますます現実味を帯びるだろうと山本は考えた。陸軍、そして山本の敵対者たちは同盟を歓迎するかもしれないが、破滅的な事態を引き起こすのは目に見えていた。山本は次のように記している。「数年前から（中国と）戦争をしている状態でこの同盟を締結すれば、さらに強大な敵をつくることになる。それは日本にとってきわめて危険な事態だ。どんな理由があれ、日本はドイツと同盟を結ぶべきではない」。報道機関は、日本の指導層が中国との戦争やドイツとの同盟に向けて一枚岩になっているような報道を繰り返し、裏で深刻な対立が高まっていることをほとんど国民に知らせなかった。山本はその事実を嘆き、次のように記している。「この国で実際に起こっていることについて、国民は新聞などの出版物から情報を得ることができない。現在、この国を脅かしている危機は、非常に憂慮すべきものだと私は考えている」[33]

一九三九年の春ごろには、山本自身の安全も深刻な問題になる。国内には山本の敵が数多くいたので、命を狙われる可能性が十分にあったのだ。一九三〇年代の初めに陸軍青年将校の一団が起こしたクーデターは失敗に終わり、反逆罪で一三人が処刑されていた。いまや同盟反対派の代弁者となっていた山本の身を案じ、米内海軍大臣は彼に護衛をつけようと考えた。山本は脅しに怯むような男ではなく、秘密にしている私生活をどうしても守りたかったこともあって護衛を嫌がったが、米内が押し切った。だが、護衛をつけたことで山本は以前よりも目立つようになり、世間では彼に関するさまざまな噂が飛び交うようになった。[34] 嫌がらせの手紙、さらには殺害を予告する脅迫状が送りつけられた。夏のなかごろ、海軍首脳部のもとに「橋を爆破して山本を暗殺する」計画が進行中だという情報が届いた。それを信じた米内はすぐに行動を起こし、山本の転任を手配し、連合艦隊司令長官に任命した。山本を東京――つまり暗殺の可能性がある場所――から引き離して、安全な外海に移すという判断からだった。

この昇進は大きなニュースだった。新聞には次の見出しが躍った。「六年ぶりにふたたび七つの海へ出港。厳格な軍人山本、沈黙の提督」。[35]海軍省で開かれた記者会見のあと、ある記者は山本の姿を次のように報じた。「真っ白な制服を身にまとったたくましい体。勇ましい顔つき、決然たる厳粛な表情。自信に満ちた足取り」。この記者会見で、この新たな職は「この上ない名誉」であり、「微力ながらも天皇陛下にお仕えする」ことを約束すると山本は語った。だが、その後すぐに、彼はその約束の履行を迫られることになる。

一九三九年八月三一日、山本が連合艦隊に合流するために列車で東京を出発した翌日、ドイツがポーランドに侵攻する。その電撃戦は第二次世界大戦開始の合図となった。

東京を出発した日、山本はちょうど二一回目の結婚記念日を迎えた。[36]しかし、妻の礼子は東京を離れていたので、見送りに来なかった。山本のそばには千代子がいたが、ふたりの関係を知らない人々は彼女のことを「女中」だと思っていたという。武運長久を願って山本を見送る友人、軍や政府関係者、記者たちにまぎれて千代子は立っていた。彼女は目立たないように列車に乗り込み、山本とともに大阪に向かった。大阪に着くと、今度は南西に移動した。目的地は、連合艦隊の全艦が停泊している和歌浦湾(わかのうら)だ。七〇隻以上の艦船で編成された、世界で三番目に強大な艦隊が、新しい司令長官を待っていた。

司令長官になってから、山本は基本的に船の上で生活するようになった。[37]その後数カ月のうちに仕事で何度か東京を訪れたものの、東京に住むことはなかった。代わりに旗艦〈長門〉でおもに生活し、航海が可能になった巨艦〈大和〉にも一度座乗している。連合艦隊が横須賀の埠頭に着いたときには、千代子のほうが彼に会いに行った。東京にいるあいだは、自宅ではなく水交社に滞在しているという体(てい)になっていたが、実際は千代子の家にいた。ふたりが会うのに便利なようにと、千代子は自分の茶屋から引っ越して、水交社の近くに小さな家を借りていたのだ。おかげでふたりは、念願の「秘密の場所」を手に入れることができた。

連合艦隊司令長官の山本はほどなく海軍大将に昇進する。[38] 彼は五五歳（山本が生まれた当時の父親とほぼ同じ歳）で、まさしくキャリアの絶頂期を迎えていた。山本を排除しようという論争は続いていたが、海軍を強化するうえで、彼以上に指導者にふさわしい者はいなかった。山本は、戦闘機、雷撃機、高空爆撃機を搭載した航空母艦を中心とする、自らの理想とする艦隊の育成に専念した。たとえば、ヨーロッパでの戦争、とくにイギリスが雷撃機を使ってイタリアの戦艦を三隻沈めたことに着目し、ローマとロンドンにいる日本大使館員に詳細な報告書の提出を求めた。イギリスの戦果は、巨艦が無敵だと信じてやまない海軍首脳部に反論するのにおおいに役立った。

山本は、雷撃機の強化に取り組む一方で、爆撃機のパイロットに新たな訓練を課した。連合艦隊の指揮を引き受けた彼を愕然とさせたのは、爆撃の命中精度の低さだった。演習で三六機の爆撃機が高度三〇〇メートルから敵船の模型めがけて爆弾を投下したものの、たった一発しか命中しなかったのだ。山本は訓練教本でパイロットに求める大きな期待を次のように記した。[39]「粘り強く不朽の精神で、人知を超えた技能と戦闘力に達するよう努める」。一九四〇年春、彼は旗艦〈長門〉から演習を視察し、自らの課した厳しい訓練の結果を確認する。そこでパイロットの技能が劇的に向上しているさまを目の当たりにした彼は、参謀長にこうつぶやいた。「いまならハワイを空爆できるかもしれない」。[40] 思わせぶりなことをつぶやいたものの、それ以上は語らなかった。彼はこれまで、数年前に士官候補生にした講義や作家のヘクター・バイウォーターとの会話のなかで対米戦について語ったことはあったが、同僚に話したことはなかった。その話題を海軍にもち込みたくなかったのだ。

しかし、対米戦を避けたいという山本の希望は、日本がドイツ、イタリアと三国同盟を締結した一九四〇年九月二七日にあっけなく砕け散った。山本は、三国同盟締結を「非合理的」かつ「衝動的」だと憤り、「日本とアメリカが敵対することになるのは明らかだ」と非難した。実際、アメリカはすぐに、日本への制裁として石油の輸出を完全に停止した。日本で使用される石油のほとんどは他国から輸入されたものであり、輸出が止まってしまえば一年程度で備蓄が底をつく。この制裁によって、日本とアメリカの対立は決定的なものになった。山本は海軍文官を呼び出し、日本の海軍はアメリカより優れていて、戦争が長期化しても勝利できると言って、天皇の側近を安心させるよう指示した。また彼は、軽蔑していた陸軍首脳部に対するあからさまな批判をやめず、アメリカに行ったことがない陸軍軍人たちは愚かにもアメリカの決意を見くびっていると言い放った。一年後、山本はある講演で次のような話をしている。「アメリカ人を贅沢志向だとか弱いとか思うのは間違いだ。[41] みな闘争心と冒険心が旺盛で、正義感が強い。そして、科学的かつ先進的な考えをもっている」。さらに心得顔で、こう警告した。「アメリカの工業は日本よりもはるかに発展していて、さらに日本と違って石油が好きなだけ手に入る。日本はアメリカに勝てない。アメリカと戦うべきではない」

この発言は波紋を呼び、「山本はアメリカやイギリスに肩入れしている」と糾弾する者も現れた。だが山本は引き下がらず、気迫を込めて言い返した。「私は日本人だ。国のために最善を尽くすのみだ」。[42] 三国同盟締結後、総理大臣の近衛文麿(このえふみまろ)がアメリカとの戦争の見通しについて山本に質問したときも、山本は同じように率直に話をした。たしかに、海軍は飛躍的な進歩を遂げて近代化と増強に成功していたが、山本はかねて「兵力とは戦争を引き起こすものではなく抑止するものだ」と考えていた。彼は近衛の質問に次のように答えている。「やれと言われれば、半年や一年は全力で戦ってまいります。しかし、その後についてはまったく確信がもてません。ですから、アメリカとの戦争を回避するよう力を尽くしてもらえませんか」

山本は苦しんでいた。彼自身は戦争に反対しているのに、日本は戦争に向かって進んでいる。しかし何より重要なのは、彼が日本を愛していて、きわめて職務に忠実だったことだ。戦略を練ることは彼の義務だった。一九四〇年一一月四日、山本は「いまは日本の運命を左右する危険な時期です」[43]と記した手紙を長岡の旧友に送った。そして、要求に応える覚悟を決めて、愛する日本に勝機をもたらすために「尋常ならざる戦略」を練りはじめた。

一九四〇年の晩秋、山本は数人の信頼する参謀には自分の戦略を明かしていた。だが実際のところ、旗艦〈長門〉で机に向かって、長いあいだ検討してきた戦略の概要を初めて書簡にしたためたのは一九四一年一月初旬のことだ。「戦備に関する意見」という表題がつけられたその書簡は、新たに就任した海軍大臣、及川古志郎(おいかわこしろう)宛てに届けられた。山本と同様、及川も一九〇四年の日露戦争に海軍少尉として参加していた。山本の戦争反対の姿勢に共感していた及川は、強硬派が多数を占める政府が山本の追放を画策するまでの数カ月間、外交による平和維持を求めつづけた。書簡を読んだ及川は、アメリカ、イギリスと衝突することは「不可避」であり、「海軍、とくに連合艦隊にとって、本気で戦備に専心する時期が来た」という山本の判断にほとんど異論を唱えなかった。

山本の書簡はまさに核心を突いていた。日本が伝統的な軍艦主体の戦略を取れば、まず勝ち目はないと見ていたのだ。「私の確信するところでは、アメリカとの戦争においてもっとも重要なことは、戦争の初期段階でアメリカの主力艦隊に総攻撃をしかけて破壊することです。そうすれば、アメリカ海軍と国民の士気を回復不能なほど下げられます。日本が東亜におけるゆるぎない地位を確保するにはそれしかありません。そうすれば、大東亜共栄圏の確立および維持が可能になります」。書簡には、支配した国々の天然資源を日本が一方的に開発することは、けっして「共栄」ではないとも記されていた。

航空母艦から発艦する新型爆撃機の航続距離の大幅な伸び。厳しい訓練による艦隊パイロットの技能の向上。空中で発射する魚雷の進歩、とくに「ロング・ランス」（長槍）という愛称の酸素魚雷（日本海軍では九三式魚雷もしくは九五式魚雷を指す）。そうした数年来の進歩により、いまや前例のない戦略を実行に移せるようになった。その戦略は、基本的に過去の教訓（日露戦争の奇襲攻撃を含む）を土台として、そこに山本が再編成した「空母を主体とする日本海軍の新たな機動力」を組み合わせたものだ。そしてそれは、『太平洋大戦争』でヘクター・バイウォーターが描いた戦術を改良したものでもあった。

山本は、反対意見を想定して次のように記している。「開戦初日に戦争の趨勢（すうせい）を決するという確固たる決意をもつべきであります」。[44] 艦上機で編成された大規模な航空部隊で真珠湾に奇襲攻撃を行い、大打撃を与えるべきだというのが彼の主張だ。もちろん、簡単な作戦ではなく、成功の保証もないが、「作戦に参加する将兵一同が任務に専心し、さらに身を捨てる決意をもてば、きっとうまくいくと信じます」と山本は記している。

「Z作戦」[45]と呼ばれたこの作戦は、三人の部下に託された。福留繁中将、大西瀧治郎中将、源田実大佐の三人だ。源田が主任立案者として、連合艦隊の主力空母一〇隻から六隻、高速戦艦二隻、巡洋艦二隻、そして多数の駆逐艦から編成される大規模な機動部隊による作戦を立てた。その作戦では、戦艦ではなく空母の艦隊を中核に据え、それまでの常識をくつがえした。[46] 当時、そのような作戦を立てた国は存在しなかった。日本海軍が一〇年以上考えてきた戦略は「艦隊決戦」[47]（艦隊同士の直接対決）である。それは、日本が巨大なアメリカ海軍に勝つ方法として、まず潜水艦でアメリカの艦船を沈めて数を減らしてから、巨大軍艦で弱体化したアメリカの艦隊と太平洋で直接対決して撃破するという戦略だった。そのため、軍首脳部は山本の大胆な作戦に初めから否定的で、時の運に任せて日本の艦隊を無謀にも大きな危険にさらすことになると懸念を示した。懐疑的な軍首脳部は、日本にはすでに艦隊決戦という勝利の方程式があると考えていたのだ。

軍首脳部の反応には、山本が何年も懸念していた傲慢さがありありと見て取れた。無知な主戦論者たちはアメリカを見誤っている、と山本は考えていた。[48] 海軍大臣に真珠湾作戦を提出して数週間後、山本はある手紙を書いた。右翼団体の総裁で、超国家主義者である知人の笹川良一に自分の懸念を伝えるためだ。その内容は、アメリカのような工業大国と戦争をする意味をわかっていない政策決定者が多すぎるという警告だった。グアムやサイパン、さらにはハワイやサンフランシスコを一気に陥落させれば、意志の弱いアメリカは負けを認め、日本の好きなように太平洋に帝国をつくらせてくれるだろうと考えるのは、あまりに浅はかだ。山本の考えでは、アメリカは総力をあげて報復に出る。つまり、大量の人間を殺して、アメリカを完膚なきまでに叩きのめさないかぎり勝つことはできない。そのためには、「われわれはワシントンまで進撃して、ホワイトハウスで講和条約を結ぶ必要がある」と彼は記している。それこそ、主戦論者たちが直視しなければならない厳しい現実だった。

しかし、山本はその手紙に重要なことを記さなかった。彼は、本気でアメリカを叩き潰せるとは思っていなかった。本心を伝えれば、「敗北主義者」ひいては「裏切り者」呼ばわりされるだろうと考え、真の目的を明かさなかったのだ。自分以外の人間は、幻の完全勝利について好きなように考えればいい。山本の目的は、真珠湾のアメリカ海軍に強烈な先制攻撃を加えることであり、全面戦争が本格化する前に、強力な孤立主義者を含むアメリカ指導部を、早期に和平交渉へ向かわせることにあった。[49] もしアメリカが日本の先制攻撃を受けて反撃してきたら、長期的に見て、日本はアメリカの圧倒的な軍事力に対抗できないと彼は考えていた。一九四一年の開戦の日まで、山本は自分の信念と、日本を厳しい戦時体制に導いてしまう作戦を立案する任務とのあいだで板挟みになり、その緊張に苦しんだ。その年のある日、彼は同級生だった旧友にこう打ち明けている。「どうにも奇妙な立場にいる。自分の考えとは正反対の決断をしなければならず、その決断の遂行を大急ぎで進めるほかない」[50]

一九四一年五月、山本は検討中の真珠湾攻撃作戦案に沿った訓練を始めるよう連合艦隊に命じた。真珠湾の入り口に似た地形をしていることから、おもに九州の鹿児島湾で演習が行われた。パイロットは空母からの離発着訓練を五〇回以上も繰り返した。高高度爆撃機は、湾の入江の砂浜に描かれた「仮想戦艦」に模擬爆弾を落とし、命中精度を上げる訓練をした。一方で急降下爆撃機は、浅瀬用に改良した航空魚雷（九一式魚雷）を湾に浮かべた標的に当てる訓練をした。この大規模演習は夏のあいだずっと続いた。五月には、ドイツが数カ月にわたって続けていたイギリス爆撃を終え、ロシア侵攻に向けて兵を進めた。日本では、静観するか、太平洋で行動を起こすかという議論が白熱していた。日本政府は、開戦を望む勢力と、戦争回避のためにアメリカと外交交渉を続ける勢力に分断されることになる。日本政府は気づいていなかったが、実はアメリカの情報機関は一九二〇年代に日本の暗号を解読しており、日本国内の混乱のようすは筒抜けになっていた。フランクリン・ルーズヴェルト大統領と補佐官は、日本政府内で意見は割れているものの、開戦の方向に傾いているという報告を受けていたという。だが、アメリカの暗号解読者たちは、日本海軍の極秘の真珠湾攻撃計画を察知することはできなかった。

数カ月におよんだ訓練が成功したことに励まされた山本は、九月に東京の海軍大学校で「図上演習」[51]を行って作戦の実行可否を検討した。真珠湾を標的にする理由を説明するために、真珠湾にいるアメリカの艦隊を「日本の心臓に突きつけられた短剣」だと言い、好戦的な軍国主義者に迎合さえした。ところが、この予行演習は軍令部と軍令部総長永野修身（ながのおさみ）大将からとくに強固な反対を受けた。永野たち反対派は、石油などの燃料不足が絶えず懸念されていることを例に挙げ、ハワイよりも日本に近い場所（ビルマ、ソロモン諸島、フィリピンなど）を標的にするほうがいいと主張した。山本は、そうした意見には耳を貸さず、連合艦隊の訓練を続けた。だが翌月、我慢の限界を迎えた。彼はこう宣言した。作戦に公式な了解が得られないのであれば、自分を含めて全員が職を辞す、と。これが脅しかどうかは定かではないが、山本たちの一か八かの行動は功を奏することになる。開戦を求める圧力が限界に達したころ、内閣改造によって好戦的な陸軍大臣、東條英機（とうじょうひでき）（アドルフ・ヒトラーの熱狂的な信奉者）が新しい首相に指名された。軍令部はすぐさま態度を変え、真珠湾に空母主体で奇襲攻撃を加える山本の作戦を承認した。「海軍首脳部は、アメリカを相手にする方法をもっともよく理解している人物として連合艦隊司令長官を信用する」と永野は述べた。

口には出さなかったが、山本はすっかり絶望していた。一〇月末に友人に宛てた手紙では、日本という国と、戦争に固執する「向こう見ずで非論理的な」日本の姿勢に強い懸念を記している。[52] 彼は、土壇場で平和のほうに舵が切られることを望んでいたが、戦争が迫っている現実を甘んじて受け入れてもいた。その手紙を書いた半月後の一九四一年一一月五日、山本は〈長門〉で参謀たちと極秘裏に検討した作戦文書を連合艦隊の司令官たちに配布した。一一八ページにおよぶその文書には、真珠湾への奇襲攻撃と、それと同時に行うマレーシア、フィリピン、グアム、ウエーク島、香港への攻撃についての詳細が記されていた。作戦文書につけられた表題は「機密連合艦隊命令第一号」。[53] 天皇の最終承認を得る前ではあったが、一二月の決行日に備えて連合艦隊を配置するため、山本は瀬戸内海に停泊していた機動部隊に出港を命じた。

山本は日本に残り、旗艦〈長門〉から真珠湾攻撃を監督することにした。東京から約一三〇〇キロ北に位置する千島列島（択捉島）の単冠（ひとかっぷ）湾にひそかに集結する機動部隊を任されたのは、南雲忠一（なぐもちゅういち）中将だった。南雲は航空戦力の指揮経験がほとんどなく、空母ではなく戦艦の支持者だったので、山本はもともと南雲を機動部隊の司令官に選ぶつもりはなかった。しかし、海軍の厳格な慣習に従い、古参の南雲を任命せざるをえなかったという。その代わり、山本は信頼のおける部下数人を南雲のまわりに配置した。彼はとくに、淵田美津雄（ふちだみつお）大佐と源田実大佐を信頼しており、源田はこの作戦の主要立案者のひとりでもあった。

一一月の第三週までに、日本から遠く離れた、雪山に囲まれた湾に機動部隊が集結した。開戦予定日は一二月七日。山本は作戦にかかわる職務に忙殺されていたが、目の前に迫る戦争から一時的に逃れる時間をつくった。千代子は、山本に会うために東京を離れ、列車で広島へと向かった。そして美しい景色が広がる厳島の旅館で、ふたりは一一月二五日の夜をともに過ごした。その翌日、日本の空母機動部隊が出港し、ハワイ島に向けて六五〇〇キロの航海を始める。事態は少しずつ進展していた。山本は、瀬戸内海に停泊していた〈長門〉を離れて東京に向かい、軍首脳部との打ち合わせを重ねた。一二月一日の御前会議で、アメリカとイギリスに宣戦布告をすることがひっそりと決められた。

この時期、山本は職務と個人的な用事を同時にこなした。一二月二日には、公海を航行する機動部隊に実行命令を下す。その命令は電文で「ニイタカヤマノボレ」[54]と発信された。「真珠湾攻撃を実行せよ」を意味する暗号だ。翌日は正装に記章をつけて皇居へ赴き、天皇から「戦争を承認し、『敵への勝利』を確実にする山本の能力に日本は信頼を表明する」という勅語を賜った。「臣下」である山本は、「連合艦隊の将兵一同が本分を尽くす」ことを誓い、「自信をもって作戦に臨む」と約束した。この謁見は、軍人としての本分を尽くす山本の姿がはっきりと表われた瞬間だった。このときのようすについて、ある歴史家は次のように記している。「細長くとがった顔に厳粛さがにじみ出ていた」。[55] 謁見後、山本は感傷的な一面を見せた。連絡もなしに自宅を訪れて妻の礼子や子どもたちを驚かせたのだ。めずらしく、その夜は自宅で過ごした。翌日の一二月四日には、早い時間に海軍宿舎に向かった。そして、午前中はそこで作戦成功を祈って乾杯し、午後は千代子と落ち合って銀座の街を歩いた。山本は、美しいバラの花束を千代子に贈ったあと、すぐに船に戻らなければならないと言った。写真を送ってほしい、と山本は千代子に頼んだ。国を離れるあいだ、船乗りや兵士は恋人の写真を手元に置いておく。ジョニー・ミッチェルも、アニー・リーに同じことを頼んでいた。守秘義務があったので、出発の目的は話さなかったが、代わりに山本は謎めいた言葉を残した。全世界に衝撃を与える大事件をほのめかすような一言だった。「このバラの花びらが散るころを待っていてください」[56]

第五章　戦争の経験

一九四一年四月四日、特別任務に就くと知らされたジョン・ミッチェル少尉は、ハミルトン陸軍航空基地でぼんやりと待機していた。ミッチを含む四人のパイロットは、行き先も任務の目的も知らされず、ただ地上待機を言い渡され、出発命令に備えていた。ミッチはこの任務の一員に選ばれたことに不満を言わなかった。だが、おかげでアニー・リーを驚かせる計画が流れてしまったので、「非常にさみしい」思いでイースターの日曜日を過ごした。

予想どおり、命令はすぐに下された。イースターの二日後、ミッチはワシントン行きの列車に飛び乗った。ハミルトン基地に来て半年のあいだに、ミッチは明らかに抜きんでた存在になっていた。休みが欲しい、家に帰りたいと思っていた普通の下士官から、向上心あふれる優秀なパイロットになったのだ。ミューロック乾湖の射撃訓練で二番の好成績をおさめ、基地のバスケットチームを指導し、新人パイロットが押し寄せたときには訓練を施し、立てつづいた結婚式では介添人を務めた。そしていまや、海外に派遣される四人のパイロットのひとりに選ばれている。誰が見ても、ジョン・ミッチェル少尉は頼りになる男だった。

とはいえ、四月の第二週にサンフランシスコからワシントンへ列車で移動する最中の彼は、成熟した大人とは言えなかった。三日三晩列車に乗っているのにうんざりしたミッチたち四人は、アメリカを横断する列車のなかで酒を飲んで大騒ぎをしたのだ。このときのことを、ミッチは次のように記している。「正直に言うと、出発した夜からずっと酔っ払ってた」。[1] 一緒に飲んでいたのは、士官候補生時代にケリー陸軍航空基地で一緒だった友人〝モンティ〟・モントゴメリーと、知り合ったばかりのふたりのパイロット、ブースとエラリー・グロスだった。彼らは任務に関してまだ何も知らされていなかった。ワシントンに到着して、週末にボーリング陸軍航空基地の将校クラブに泊まって体を休めたあと、初めて任務の概略を伝えられた。四人はこれからイギリスに行き、さらなるスキルを身につけるためにイギリス空軍の戦闘機パイロットとの合同訓練に参加するのだという。[2] ブリーフィングが行われた夜、アニー・リーに急いで出した手紙のなかで、ミッチはこう記している。「ぼくたちの仕事は、イギリス空軍が戦闘でどんな戦法を使っているのかを正確に突き止めることだ」。さらに、はやる気持ちを抑えきれずにこう続けた。「これは特別な任務なんだ。選ばれなかったパイロットはみんな羨(うらや)ましがってるけど、一〇〇〇ドルどころか五〇〇〇〇ドルもらっても譲るつもりはない」

イギリスの船舶を攻撃するドイツのUボートや軍艦との戦い（イギリスの首相ウィンストン・チャーチルは、この戦いを「大西洋の戦い」と呼んでいた）を避けるために、ミッチはニューヨークからバミューダを経由する迂回ルートを選んだ。ポルトガルまでは船、そこからイギリスへは飛行機で向かう。四人のアメリカ人パイロットがイギリスに着くまでに四週間から六週間ほどかかる見込みだった。

迂回ルートでイギリスに向かうというのはよい知らせだったが、それでもアニー・リーは不安だった。[3] 秋以来、イギリスはナチスの爆撃の標的になっていたからだ。報道機関は正確無比なその爆撃を、ドイツ語で「稲妻」を意味する「ブリッツ」と名づけた。アニー・リーは心配しておばのルドマに手紙を出した。「ジョニーったら、この機会に『大喜びしてる』って言ってた。私に心配かけたくないみたい」。だが、アニー・リーは心配だった。「ドイツ軍がイギリスの近くを飛んでいることを考えると、心臓が止まりそうになる」。[4] アニー・リーの悩みの声は、ミッチの父、ノアの耳にも届いた。当初、ノアはドイツ人とチェコ人の血を引いているアニー・リーをよく思っていなかったが、そうした偏見を乗り越えて彼女と手紙のやりとりをするようになった。ノアはアニー・リーに愛情を込めて手紙を書いた。「私をお父さんと呼んでほしい。本当だ！」。また、テキサスの地図を広げてアニー・リーの故郷エル・カンポを探そうとしたが見つけられなかった、とも記した。「あなたもイーニッドを見つけるのに苦労したことでしょう」。このように、ふたりはお互いの故郷である小さな町を共通の話題にした。ノアはアニー・リーにイーニッドに来るよう勧めた。「わが家は昔ながらの広い家だ。私とユーニス以外には誰もいないが、部屋はたくさんある。いつでも好きな恰好で、好きなところに出かけられるし、食事、散歩、乗馬、狩り、魚釣りなどもできる。堅苦しいことは抜きにして、したいことだけすればいい」。手紙の最後に、ふたりがともに心配しているジョニーについて、心配しなくてもいいと記した。「きみに伝えたい言葉はいくつかあるが、一言で言えば、『気を楽にしよう』ということだ」

ジョン・ウィリアム・ミッチェルは必ず無事に帰ってくる、とノアは言い、アニー・リーを安心させた。[5]

ポトマック川に接するボーリング基地に到着してから二日後、ミッチたちはふたたび夜行列車に乗り込んだ。行き先は最終的な出港地であるニューヨークではなく、オハイオ州のライト陸軍航空基地だ。そこでブリーフィングを数日間受ける予定だった。夜通し移動するあいだ、めったに体験できない出来事が偶然起こり、ミッチは自分がイーニッドから遠く離れたところにいるのだと実感することになった。夜明け前の五時半ごろ、ポーターが四人のパイロットを起こした。列車の乗務員が問題に気づいたからだ。彼らの寝台車が「軸焼け」（車軸の軸受が油漏れで過熱した状態）を起こしてしまい、車両に火の手が上がっていた。その寝台車を切り離す必要があったので、ミッチ、モンティ、ブース、グロスの四人はクラブカー（飲食物を購入できる休憩用の車両）に移動した。四人が席に着くと、ちょうどドアが開き、眠そうな顔をした男が入ってきた。身長一九〇センチ以上の堂々とした体躯（たいく）で、パジャマを着てバスローブをはおっている。ぼさぼさの髪に寝間着姿だったが、その男が誰かはすぐにわかった。ウェンデル・ウィルキーだ。

一九四〇年の選挙のあった夜、ミッチは訓練でミューロック乾湖にいた。そのとき、ルーズヴェルトが共和党候補ウィルキーに勝利したというニュースをラジオで聞いていた。すぐにミッチたちは、目の前にいる弁護士兼事業経営者の人気者、ウィルキーに挨拶をした。ウィルキーと4人は、クラブカーの席に座って雑談をした。ミッチたちはウィルキーの話を熱心に聞いた。ウィルキーは介入主義者として、アメリカが第二次世界大戦にもっと関与するのを求めて活動を続けていた。ミッチたちはイギリスに行くことになっていたが、ウィルキーは数カ月前にイギリスを視察してきたところだった。アメリカが超党派を形成してイギリスへの支援を実行するために、ルーズヴェルトがそう要請したのである。ウィルキーは自分の目で、ロンドンの爆弾で破壊された地区や、マンチェスターやリバプールなどの工業都市を見ていた。彼は防空壕に入ったり、瓦礫を避けて歩き回ったりしながら、「アメリカはイギリス人の味方だ」

と言って人々を安心させたという。アメリカに帰国すると、ウィルキーは連合国に軍事援助を行うために尽力する。ルーズヴェルトが議会に立法化を求めた「武器貸与法」に賛同し、上院外交委員会で証言したのだ。その証言によって、ウィルキーはアメリカでもっとも有名な孤立主義者チャールズ・リンドバーグと対立することになった。そうした話を聞いているうちに、四人はウィルキーに好感を抱きはじめていた。[6] 彼が世界情勢について解説するあいだ、ミッチはずっと熱心に耳を傾けた。このすばらしい雑談は、ウィルキーの妻が彼を連れ戻しに来るまで続いた。明らかに不愉快そうな表情を浮かべた彼の妻は、夫を連れて自分たちの寝台車の個室に戻っていった。だが、ウィルキーが立ち去る前に、ミッチは名刺を取り出してサインを頼んだ。表には「アメリカ陸軍、航空隊予備役少尉、ジョン・ウィリアム・ミッチェル」と印刷されている。ウィルキーは名刺を裏返し、渦巻くような筆記体でサインしてくれた。

遅れはあったものの、四人のパイロットは翌日デイトン郊外のライト基地に到着し、その後の二四時間は順調に予定をすませた。天然痘の予防接種を受け、チケットとパスポート、そのほか旅行に必要なあらゆる書類を受け取った。四人は、多くの新型機や航空技術の開発と試験が行われているこの基地を案内された。そこには、その後数カ月にわたって噂を聞くことになる開発中の戦闘機、カリフォルニア州バーバンクの航空機会社ロッキードが製造したP－38ライトニングがあった。[7] P－38は、日本の主力戦闘機である三菱の零戦よりも時速八〇キロ速い、時速六四〇キロ近い速度を出すことができ、五〇口径重機関銃と二〇ミリ機関砲を備え、八〇〇キロ以上の長距離任務を遂行可能と評されていた。P－38に対する期待は高まっていたが、試験飛行において、高速飛行時に発生する尾部の振動、急降下中のキャブレターの凍結といった技術的な問題点が明らかになっていた。ミッチたち四人は、P－38やほかの新型機や新装備についてブリーフィングを受けた。ミッチは次のように語っている。「出発前にぼくらに最新の機体や装備を見せて、少しでも問題点を見つけてほしかったんだと思う」

彼らは飛行機でデイトンからニューヨークに向かい、四月二六日の土曜日の夜に船に乗り込み、バミューダに向けて出港した。ミッチは忘れずにアニー・リーへの手紙を書き上げ、ふたたび今回の任務の重要性を強調した。[8]「ぼくにとって、この任務はいろいろな点で大きな意味がある。この経験からできるかぎりのことを吸収するつもりだ。ぼくはこれから、アメリカでは誰も知らない知識を身につける」。どの程度詳しく明かしてもいいのかわからなかったが（任務の内容は機密だった）、彼は自分が送った手紙を保管しておくよう頼んでいた。「ひょっとしたら、帰国してから本を書くかもしれない」という理由からだ。続いて、ガラスの写真立てに入れたアニー・リーの写真をハミルトン基地に置いてきてしまったことを嘆いた。「割れていないか心配だ」と彼は記し、「心の目できみの姿を思い浮かべなければならない」と書き添えた。

迂回する道を選んだために、ミッチ、モンティ、ブース、エラリー・グロスの四人がイギリスに着くまでに二三日かかった。移動はとぎれとぎれに進んだ。というのも、道中で四人は観光やパーティーを楽しんでいたからだ。しかしミッチによると、酒を飲むことに「少しうんざりしていた」時期があったという。最初の一五〇〇キロを船で四三時間かけて進み、バミューダにたどり着くと、そこからは〈シボニー〉号に乗った。ヨーロッパを脱出するアメリカ人を連れ帰るために、リスボンとアメリカを往復する軍の事業のために借り上げられた船だ。復路では数百人の乗客で満員だったのに対し、戦地に向かう往路ではほとんど人が乗っていなかった。四人のパイロットを除くと、たったの二三人。民間人の乗客たちは船酔いに苦しんでいたが、パイロットたちはなんともなかった。それどころか、ミッチは満月に浸っていた。[9] 彼はアニー・リーに宛てた手紙にこう記している。「昨夜、午前二時に船長室を出たあと、デッキに立って、さざめく海に映る満月を見た。ぼくが誰のことを考えてたか、当ててみて」

太平洋を一日六〇〇キロほど進む船旅が一週間以上も続くと、彼らはそわそわしだした。[10] リスボンに着いてからも、いくらか待たされることはわかっていた。イギリス行きの飛行機に乗れるのは六人だけだ。彼らは優先されるだろうが、リスボンにはさまざまな理由でイギリスに向かう外国人が数多くいた。つかの間の余暇を目一杯楽しむために、四人のパイロットは、リスボンの西にあるビーチリゾート、エストリルに滞在する計画を立てた。そこはヨーロッパの上流階級に人気のある場所であり、戦争中はスパイもやってきた。ようやく〈シボニー〉号が波止場に着くと、彼らはエストリルに直行した。ポルトガルは中立国だったので、エストリルには戦争という現実から逃避しようとする人が押し寄せていた。ミッチたちは海に面した豪華なホテル〈パラシオ〉にチェックインした。華やかな白い外観と、広大な庭園が特徴的なホテルだ。四人は日光浴をして、酒を飲み、カジノでギャンブルを楽しんだ（ミッチは初めてのルーレットで見事に負けた）。フライトがいつになるかを常に気にしていたものの、なかなか彼らの番にはならず、滞在は三日間から四日間になり、四日間から五日間へと延びた。ミッチは、経験したことのない贅沢な日々を過ごしたが、彼が求めていたのは「戦争の経験」だった。六日が経ち、ついに彼らに出発許可が下りた。「本当にうれしかった」

たとえもう少し〈パラシオ〉に滞在したとしてもミッチたちは気づかなかっただろうが、彼らがホテルをあとにした翌日、話し方に特徴のあるイギリスのスパイがホテルにチェックインした。そのスパイの名は、イアン・フレミング少佐。[11] ジェームズ・ボンド、もしくは「００７」という名の架空のスパイをのちに世に送り出す人物だ。フレミングは、アメリカ側の担当者に会うためにワシントンに行く途中だった。

イギリスへは九時間かかった。ミッチにとって、いままで一番長い無着陸飛行だ。彼らが到着したのは、ナチスによるもっとも激しい空爆が行われた直後の五月一九日だった。前年の九月、ヒトラーはイギリス侵攻を容易にするためにロンドン大空襲を開始した。空軍をはじめとするイギリスの軍隊がなんとかナチスのもくろみを阻止するが、ヒトラーがロシアに戦線を移す一九四一年五月まで、空爆は絶え間なく続いた。つまり、ロンドン大空襲は実質的に終わったが、ロンドン中心部に対する最後の大規模爆撃はまだ始まっていなかった。五月一〇日の夜、五〇〇機以上のドイツの爆撃機がロンドンに襲来した。イギリス空軍の戦闘機や高射砲部隊は反撃したが、空襲は翌日の夜明けまで続き、一三〇〇人以上のロンドン市民が死亡し、一六〇〇人以上が重傷を負うという過去最悪の被害がもたらされた。ミッチ、モンティ、ブース、グロスが五月一九日にロンドンに到着したときには、破壊の跡がいたるところで見られた。橋と線路、さらにテムズ川南側の工場が著しく損傷していた。とくに、議会の下院である庶民院は、ひどい爆撃を受けて出火した結果、屋根が崩れ落ちた。ロンドンは漆喰の粉塵で覆われたかのように見え、地下鉄の駅は避難場所を求めて家族で地下に逃げ込んだロンドン市民でいっぱいだった。どう見ても、ロンドンは六年前と様変わりしていた。六年前の一九三五年当時、ロンドンでは列強諸国による第二次ロンドン海軍軍縮会議が開かれていた。山本中将が予備交渉で代表を務めた日本は条約を破棄して脱退したが、それは世界秩序が崩壊する前兆だったのだ。

ロンドンに着いた初日の朝、四人のパイロットはアメリカ大使館に顔を出した。彼らはそれぞれ、ガスマスクと鉄のヘルメットを渡され、あと数日したら飛行準備のためにロンドン近郊の基地に滞在することになると伝えられた。基地に移動するまでのあいだに、四人はアメリカとイギリスの当局者に会い、ミッチがアニー・リーへの手紙で記した「きみにはおもしろくない軍事」について議論した。ロンドンに着いて最初の週末には、誰も予想しなかった出来事があった。イギリス王妃に謁見したのだ。[12] ミッチは手紙にこう書いている。「金曜日の午後、ウィンザー城に招待されたよ」。ミッチによると、四人は「美しく、唯一無二で古色蒼然とした」城を見て回った。ある広い部屋（甲冑部屋）には、昔の槍、刀、銃、ナイフ、甲冑、盾、騎兵用槍などが数千点も展示されていた。「目が痛くなるほどじっくり見た」とミッチは記している。ミッチ、モンティ、ブース、グロスは、イギリス王室の居住区に案内され、豪奢な階段を上がって大きな部屋に入った。四人を待っていたのはイギリス王妃と娘のエリザベス王女だった。アメリカ陸軍航空隊の四人の少尉は前に出て、正式に紹介された。握手を交わしたあと、パイロットたちは王妃殿下とお茶をともにした。王妃は四人がロンドンに着くまでにたどったルートを知りたがった。ミッチは――大酒を飲んだこととギャンブルをしたことは伏せて――ここに至るまでのことを話した。のちに彼はこう語っている。「ふたりともとても魅力的だった。エリザベスはいま一五歳だから、数年前に会ったときのひょろっとした子どもから魅力的な少女に成長しているはずだ」。ミッチと王女は仲良くなった。王妃への謁見を終えて退出するとき、王女がミッチに一枚のカードを手渡した。表は王と王妃とふたりの娘が写った王室のカラー写真で、裏には「ご多幸を祈って。王と王妃より」と印字されていた。

ミッチは、基地に着いたらすぐにコックピットに乗り込めると思っていたが、そうはいかなかった。アメリカ人パイロットは、最初の数週間は座学に出席してイギリスの飛行機について学ぶ必要があるのだという。ミッチはうんざりした。講義の内容はすでに知っていることだと思ったからだ。さらに、イギリス人パイロットの話を聞かされることも気に入らなかった。彼らは戦闘の「ほら話」を大げさに話し、アメリカの飛行機よりもイギリスの飛行機のほうが優れていると自慢した。イギリス人の講義はミッチを苛立たせるだけだった。[13]「やっぱり、座学はやる気にならない」と、彼はアニー・リーに宛てた手紙に書いた。彼は実地で学ぶほうが好きで、イギリスの飛行機に慣れる最善の方法は実際に操縦することだと思っていた。「作戦行動中の飛行中隊に参加するまで、ぼくたちは何も学べそうにない」とミッチは記している。

想像していたよりずっと暇な時間があったので、ミッチは何通もの手紙を書いた。アニー・リーにはもちろんのこと、イーニッドの父にも手紙を出した。ノアはすぐに、「お前から便りをもらって、私もユーニスもとても喜んでいる」と返事を書いた。またノアは、アニー・リーと手紙のやりとりをしていることを伝え、「心のこもったきれいな言葉遣いと、模写板で書いたような美しい文字（どの文字も明瞭で読みやすい）から、彼女の人となりがわかる」と、彼女が書いた手紙に感心したことを知らせた。ノアは明らかにアニー・リーのことが気に入っていた。「一〇〇〇対一で賭けてもいい、彼女はお前に必要な娘だ」。[14] また、座学の期間中、ミッチたちには出かける時間があり、空爆も激減していたので、ロンドンの街を見て回った。まもなく四人は、一般市民の生活がきわめて大変なことに気づく。[15] 食料や服などの物資は配給制になり、あらゆる物価が高騰していた。「もう一度レストランに入って、ステーキを一キロ、チーズとバターを五〇〇グラムずつ注文して、全部食べたいよ。無理なのはわかってるけどね」と彼は手紙に書いている。また、ミッチはハリスツイード（スコットランド発祥の高級生地）のスーツに目をつけていた。[16] ただし、当然価格が高騰していたので、奮発してそのスーツを買うかどうかを決めるのに数週間かかった。

ミッチが散財したのには理由がある。彼は六月一四日に二七歳の誕生日を迎えており、さらにその前日はブースの誕生日でもあった。ふたりのパイロットは、「すてきなイギリス人の女の子ふたり」とデートの手はずを整え、最高の夜を過ごそうと計画していた。まず、〈ヴィクトリア・パレス・シアター〉で上演されている歌劇『ブラック・ヴァニティーズ』を観て、次にロンドンの最高級ホテルのひとつ〈ザ・ドーチェスター〉でディナーを楽しみ、最後にナイトクラブで遊ぶという流れだ。ところが、ミッチはあまり楽しめなかった。歌劇は――少なくとも彼にとっては――おもしろいとは言えず、ディナーでは、ウェイターがチップの額に文句を言ったせいで不愉快な気分になった。「ぼくはすぐに置いたチップを拾い上げて、ウェイターには何もやらなかった」。ミッチは気を取り直そうとしたが、無理だった。彼はのちにアニー・リーにこう打ち明けた。「昔みたいな気分にはなれなかった。きっと、きみのことを考えてたのにきみがいなかったからだ」。[17] ミッチとアニー・リーが最後に会ってから一年近くが経ち、ミッチは彼女への想いから感傷的になっていた。彼の心のなかには苛立つ気持ちがあり、イギリスに来てから数回しか飛べていないこともそれに拍車をかけた。

ミッチの不運にはまだ続きがあった。誕生日から数日が経ったある日の夜、彼がモンティ・ブース、グロスと連れ立って混み合ったダンスホールに行ったとき、ひとりのイギリス人がぶつかってきた。わざとだろうと思ったが、ミッチは「気にしないでください」と言った。すると、その男はミッチをにらみつけた。ミッチは男が「キレかかっている」のに気づき、自分は大丈夫だから気にしないでほしいと繰り返した。だがそのイギリス人は、ぶつかってきたのはお前のほうだと言い、表に出ろとミッチを挑発した。ミッチが挑発に乗らずに背を向けると、背後から男が殴りかかってくる気配を感じた。振り向くと同時に、ミッチの顔に拳が当たった。このときのことを、のちにミッチはアニー・リーにこう語っている。「そのとおり。やつはぼくに拳を喰らわせたんだ」。ミッチは不意打ちにあった。[18] ミッチが反撃する前に、周囲にいた一〇人以上が仲裁に入ったので、喧嘩にはならなかった。「やつに一撃を喰らわせるチャンスを逃したわけだ」。ミッチの目の上は切れて血が流れ、結果的に数針縫うことになった。「あとから笑い話になったけど、そのときはもちろん腹が立ったよ」と彼は語っている。

ミッチはアニー・リーに定期的に手紙を出していたのに、彼女からの返事はなかった。彼はそのことに「怒って、わめいて、ののしった」という。だが、六月下旬のある日、ミッチをおおいに喜ばせる出来事があった。彼女から一日に七通もの手紙が届いたのだ。「何てすばらしいんだ。今日は特別な日だ」と、彼は手紙の束を前にして歓声を上げた。彼女の手紙は、どうやらワシントン経由で発送され、ロンドンのアメリカ大使館に航空便で直接送るのではなく、大西洋を横断する船便で運ばれたようだった。最初の手紙の消印は五月二日で、彼はまだニューヨークにいてバミューダに向かってさえいなかった。彼は何度も手紙を読み返した。彼女の手紙は愛にあふれ、彼女の近況や彼の旅に関する質問がいくつも記されていた。夜が明けるまでに、彼は六枚も返事を書き、「もうすぐイギリス空軍の飛行中隊に配属されるはずだと予想してたけど、戦闘任務で飛ぶことはないみたいだ」と伝えた。「だから、この件についてはまったく心配いらない」。そして最後に、うやむやになっていた「結婚」のことにも触れた。いつしかミッチの文章は大胆になっていた。「まだ決心がついていないなら、決心してほしい。

ぼくたちはこれ以上時間を無駄にできない」。結婚の時期がきたということを、はっきり記した。「戦争なんて関係ない。ぼくが帰国して準備が整ったら、結婚しよう。もうこれ以上は待てない」[19]

ミッチの予想どおり、まもなく正式に飛ぶ機会が訪れた。最初の任務で、ミッチとモンティとブースは、三人のイギリス人パイロットとともに列車でスコットランドに向かい、そこにある六機のスピットファイアに乗って戻ってくることになっていた。エラリー・グロスは六月半ばに虫垂炎の手術を受けていたので、今回の任務には同行しなかった。帰りの飛行で、ミッチは座学をしっかり受けておくべきだったと後悔することになる。スピットファイアはイギリス空軍のどの練習機よりも速かった。この単座戦闘機は、軽く触れるだけで反応するよう精巧に調整されていて、操縦性にも優れていた。機首が長く、前方が見えづらいので、パイロットは着陸時に機体を左右に振って視界を確保する方法を学ぶ必要があった。ミッチは着陸時にトラブルに陥った。悪天候のため、六人のパイロットはロンドンの手前で強制着陸することになったものの、着陸地に選んだ空港は滑走路が短かった。ミッチは、着陸するときに滑走路を越えそうなことに気づき、旋回してもう一度やり直そうとエンジンを吹かした。だがエンジンは反応しなかった。ミッチは降下しつづけ、滑走路を飛び越えて廃車の山に突っ込み、そのまま垣根にぶつかって最終的に水路に落ちた。重傷を負うことはなく、両腕と左膝を打撲しただけですんだのはよかったが、スピットファイアを大破させてしまった。[20] ミッチいわく、「飛行機を傷つけたのは初めてだった。一生の汚点だと思ったよ」。ところが驚いたことに、彼は恐怖を感じなかったという。「もし飛行機を大破させるようなことがあれば、死ぬほど怖い思いをするだろうって思ってたのに」

イギリス空軍はミッチを不問に付し、数日後に四人のアメリカ人パイロットを二組に分けた。モンティとブースはイギリス南部に配属され、そこの飛行中隊で訓練に励んだ。一方、ミッチとエラリー・グロス（まだ完全には体が回復していなかった）は北に送られた。このアメリカ人パイロットたちが、自分たちが所属していた軍の部門名が公式に変更されたというニュースを聞いたのはこの時期だ。アメリカ陸軍航空隊は、いまやアメリカ陸軍航空軍として知られるようになっていた。

ミッチとグロスが北部の基地に到着した午後、ドイツに対する作戦を行う爆撃機を護衛するために四個の飛行中隊の戦闘機が飛び立つのを、ふたりは羨ましそうに見ていた。しかし、わかっていたことだが、戦闘は彼らの訓練には含まれていなかった。その代わりに基地司令官は、基本的にミッチとグロスが自由に行動することを許可したので、彼らは基地を歩き回り、パイロットたちと話し、自分にもできそうな仕事を見つけ、さまざまな飛行機を試乗した。ミッチはカナダ人パイロットと知り合った。また、アニー・リーの母方の血筋がチェコということから、多くのチェコ人パイロットと仲良くするようにした。「ドイツがフランスを占領したとき、彼らがどうやってここイギリスやアフリカといった場所にたどり着いたのかを教えてくれた。すばらしい話だったよ」と彼はアニー・リーへの手紙に書いている。基地司令官はミッチに自分の自家用機の使用を許可した。時速約一六〇キロの速度でしか飛行できない小型複葉機だったが、観光には最適だとわかった。まだひとりで飛べないグロスを乗せて、ミッチは基地周辺を飛んだ。そんなある日、彼は少しだけ無茶をすることにした。ミッチとイギリス人パイロットは、小型複葉機の代わりにスピットファイアに乗って空に飛び立った。ミッチは、イギリス空軍の誇りであるその飛行機を操縦できると示して、先週の汚名を返上したかったのかもしれない。あるいは、単に冒険がしたかっただけかもしれない。いずれにせよ、二機はイギリス海峡に向かって南に飛んだ。「戦闘になる危険があるため、イギリス海峡を飛んではならない」という命令を受けていたが、それでもミッチたちはイギリス海峡を目指した。彼らは海を渡り、ちょうどフランスの海岸上空まで飛んだ。ミッチは交戦地帯を夢中になって見渡した。まもなく、敵の地上部隊が二機を見つけ、高射砲を撃ちはじめた。[21] 二機のスピットファイアは踵を返し、砲弾を避けながら全速力でイギリスに戻った。ミッチの体には電気が流れたような感覚があった。それはまさに、長いあいだ許されなかった「戦争の経験」だった。

「聞いてくれ！　帰国することになった！」[22]　この速報は、ミッチが出した七月四日の手紙の見出しを飾った。ミッチ、モンティ、ブース、グロスの四人は、予定より早く帰国することになったのだ。イギリスを発つのは早くても七月なかごろになる予定だが、任務の終わりは間近に迫っていた。「八月一五日に着けば、きみに最後に会った日からほぼ一年になる」とミッチは書いた。その手紙を読めば、ミッチがイギリス人指導員に以前よりも寛大になっていることがわかる。彼はオブザーバーとして多くを学べたことに感謝していた。[23]　彼のノートは、空中での戦い方や飛行中の航空兵器の使い方についてのメモで埋め尽くされていた。イギリス空軍は、アメリカ人パイロットたちに作戦盤でバトル・オブ・ブリテンを再現し、戦略的な全体像の説明までしてくれた。高高度で飛行する前に機関銃に油を差しておかないと、油がどろどろになって機関銃に不具合を起こす可能性があることなど、些細だが重要な助言をもらえた。また、僚機が敵機を監視して編隊長機を守り、編隊長機が攻撃に集中できる「二機編隊」は、三機編隊よりも柔軟性に優れており、戦闘向きだということも学んだ。これは、編隊飛行におけるきわめて重要な教訓だった。「戦闘のために三機編隊で飛ぶなんて、馬鹿げたことだってわかったよ。訓練では、広い視野を確保するために、ある程度離れたまま二機で飛ぶ方法を習得した」とミッチは手紙に書いている。ミッチは手紙に軍隊のことばかり書いていたが、テキサスでアニー・リーと最後に過ごしたときを回想して、詩を書くこともあった。[24]　「去年の夏は

『懐かしいすばらしき日々（グッド・オールデイズ）』。とても幸せだった。きみがいて、車があって、金（かね）はなくても、喜びに満ちていた。たっぷりのチキンとバーベキューリブ。〈チャーリーズ〉や〈クラインズ〉のジュークボックスから流れる音楽」。ところが、アニー・リーはこの帰国の知らせにいささかショックを受けたようだ。「彼が帰国するって知らせてきたの、本当に信じられない」と、彼女はおばに打ち明けた。「会うのが不安なの。少し怖いぐらい。まるで、初めて彼と会うみたい」。[25] とはいえ、アニー・リーはミッチに会うのが楽しみでもあった。ミッチがイギリスでハリスツイードのスーツを買ったのを思い出し、彼女も負けじと、首まわりに狐の毛皮のついたツイードのコートを用意した。「派手じゃないかしら」とおばに言いつつも、内心ではミッチの気を引きたかったのだ。

　モンティとブースは運がよかった。ふたりがたまたまロンドンにいたとき、あと数人乗れる爆撃機が翌週にアメリカに戻る予定だったのだ。ふたりはその爆撃機に飛び乗った。しかし、ミッチとグロスは迂回して帰国しなければならなかった。イギリスに来たときの旅路をそのまま引き返し、まずリスボンに飛び、そこから旅客兼貨物船〈エクスカンビオン〉号に乗ってバミューダに向かう。ミッチとグロスは七月二三日にイギリスを出発し、二週間後の八月五日にニューヨークに着いた。かねてよりミッチはハミルトン基地に戻る予定になっていたが、戦争の準備が進むにつれ、彼の任務は変わっていた。イギリスで経験を積んだいま、ミッチは豊富な知識をもつパイロットになっていた。そこで指揮官たちは、ミッチを軍事演習に参加させ、さらにパイロットの訓練係にあてがうために、ルイジアナ、ヴァージニア、南北カロライナ両州に彼を派遣することを望んだ。ミッチは飛行中隊の作戦主任に指名された。いわば編隊における副隊長のような役職で、パイロットと飛行機の配置を管理するのがおもな役目だ。この役職に就くことは、陸軍航空軍の飛行中隊長ヘンリー・〝ヴィック〟・ヴィッチェリオ大尉と再会することを意味した。ミッチはヴィックを気に入っていたので、人望のあるこのヴァージニア人のもとで働けるのがうれしかった。またイギリスにいるあいだに、ミッチ、モンティ、ブース、グロスの四人は昇進していた。正式な辞令が出るのは秋の終わりになるため、しばらくはいまの階級のままだが、ジョン・W・ミッチェル中尉は初めての昇進を勝ち取ったのだ。

ミッチは、ワシントンやカリフォルニアといったさまざまな場所を飛び回っていたが、八月の終わりにサン・アントニオに少しだけ立ち寄る時間をつくった。彼は大喜びでアニー・リーにそのことを知らせた。今回の飛行はすべて、レイバー・デイ（労働者の日。アメリカの休日）よりあとにルイジアナ州の「キャンプ・ボーレガード」にあるエスラー陸軍航空基地に到着するように調整した結果だった。ところが、あわただしい再会はミッチの思いどおりにはならなかった。久しぶりに会ったふたりのあいだには、どこか気まずい空気が流れた。ミッチは、結婚について真剣に考えているのは自分だけで、アニー・リーのほうはまだ決心が固まっていないのではないかと思った。もしかしたら、彼女の気持ちはすでに離れてしまったのではないかと心配しながら、ミッチは基地へと戻ることになった。しかし、彼の考えは間違っていた。アニー・リーが書いた数十通の手紙を見れば、彼女が何度も彼を愛していると伝えているのがわかる。結婚の話が出てからいろいろあって、丸一年が過ぎていたが、彼女は単に彼よりも時間が必要だったのだ。数週間もしないうちに、ふたりはまた会うことになる。待ち合わせ場所はテキサスのウェイコーにある空港だった。ミッチはエンジンの調整が必要な機体を飛ばして空港を目指し、アニー・リーはサン・アントニオからバスに乗ってやってきた。ふたりは空港から出ずに、そこで数時間話しつづけた。「ゆっくり話し合ったことで、やっと昔のぼくらに戻れた気がした」とミッチはのちに語っている。その日、結婚についてのふたりの意見は一致した。もっと正確に言えば、ふたりの心が一致したのだ。その後、ミッチとアニー・リーは、いつどこで結婚式を挙げるかを話し合うようになった。[26] ミッチはアニー・リーに宛てた手紙にこう書いている。「きみに会えて、気持ちが明るくなった。何も心配がなくなったよ」

秋のあいだずっと、ミッチは機動の訓練に専念した。最初はルイジアナで、その後はさらなる戦技訓練を行うためにヴァージニア、ウィルミントン、ノースカロライナと次々に場所を移し、最後はノースカロライナのシャーロットで訓練に励んだ。なかには「戦争」という訓練もあった。数百の部隊、戦闘機、爆撃機が参加する、数日から一週間以上続く模擬戦闘訓練だ。ルイジアナ州の片田舎で、ミッチは飛行中隊を率いて仮想の赤軍機甲師団を捜索した。二日後にやっと発見し、急降下爆撃と機銃掃射を行い、攻撃したことを報告した。軍事演習終了を告げる無線が流れ、彼の飛行中隊は敵部隊を見つけ出したことを称賛された。ミッチの父と兄のフィルがこの演習を見るためにイーニッドから車で来ていて、あとになって、演習でのミッチの活躍を見て興奮したと語った。ヴァージニアで行われた「戦争」は一〇日間続いた。ミッチは、ノーフォークからおよそ八キロ離れた、草が生い茂る野原で配置についた。滑走路はなく、固く平らなだけの場所で、最悪なことに大量の蚊がいた。アニー・リーに書いた手紙の途中に、彼はこんな冗談を挟んでいる。「ごめん。ちょうど九八三万六四三一匹目の蚊に邪魔された。数えてたんだ」。[27] 一〇月後半、彼はワイオミング州に移動した。しかし生活環境は変わりなかった。「ぼくはいま、片手で蚊と戦いながら、もう一方の手で手紙を書いてる。実を言うと、このままだと蚊のほうが勝ちそうだ」。[28] ミッチは頭にタオルをかぶってこの手紙を書き上げた。彼は、車の往来がある幹線道路のすぐ脇に小型テントを張って野営していた。「高さ六〇センチ足らずの小さなテントでパンツを穿かなくちゃならない。男だらけの軍隊では、パイロットであると同時に軽業師になる必要がある」。対照的に、ノースカロライナ州シャーロットは、さながら五つ星ホテルだった。[29] 野営ではなく本物の陸軍基地に泊まったので、室内には簡易ベッド、マットレス、お湯が出るシャワーがあり、食事は将校用の食堂で出された。「それまでの環境に比べると、まるで天国だった」と彼は手紙に記している。ミッチは朝五時に起き、六時までに空に飛び立ち、一日の大半を飛行任務に費やしていたので、累計の飛行時間はかなりの長さに達していた。一一月初頭、彼は後輩のパイロットたちに空中戦とアクロバットの指導をした。「みんな、すぐにへとへとになってたよ」。一九四一年一一月初頭の訓練は、その後二週間にわたって行われる模擬「戦争」の予行演習だった。ミッチは一二月に休暇を取ろうともくろんでいた――最愛の女性と結婚するために。

訓練中、ミッチはP－40ウォーホークに搭乗した。一年の大半の時間をこの戦闘機で飛んでいた彼は、いまや自由自在に操縦できた。しかしミッチたちのあいだでは、開発中の二機の新型迎撃戦闘機についての噂でもちきりだった。そこにはパイロットたちの期待が込められていた。一機はP－39エアラコブラ。新しい武器体系を備えた単発戦闘機で、すでに数台だけ配備されている。そしてもう一機は、とくに期待されている高速の双発戦闘機P－38ライトニング。以前から評判が高かった機体だが、さまざまな問題を抱えていて、それらの解決のために大がかりな試験飛行が行われていた。テストパイロットのひとりは、ミッチのよく知る人物、エラリー・グロスだった。イギリスから帰国したあと、ミッチが南部に配属された一方で、相棒のグロスは試験飛行でP－38を操縦するために南カリフォルニアのマーチ陸軍航空基地に配属されていた。一一月一三日の火曜日の朝、ミッチが二週間におよぶ軍事演習に備えてシャーロットの基地で休息をとっていたとき、グロスはマーチ基地でP－38のせまいコックピットに乗り込んでいた。グロスと仲間のパイロットが操縦する二機のP－38は、東の空に飛び立ち、サン・ゴーグニオ・パスを通過して、パームスプリングス上空を旋回し、近くの砂漠に向けて約三〇〇〇メートルの高度で飛行した。仲間の機体がエンジン全開で急降下し、高度九〇〇メートルで水平飛行に移り、パームスプリングスから三〇キロ東にあるカリフォルニアのインディオに向かって飛び去った。グロスもあとに続いて、高度三〇〇〇メートルからエンジン全開で急降下した。しかし高度九〇〇メートルに達しても機首は上げられず、機体は急降下しつづけた。

　事故を最初に報告したのは、パームスプリングス郊外の電柱の上で作業をしていたボイド・ムーアという名の電話線敷設員だった。ムーアは最初にエンジンの轟音を聞いた。時速六四〇キロから八〇〇キロのあいだの最高速度で飛行機が降下するにつれて、その音は大きくなった。[30] 砂漠のほうを注視すると、P－38が空から落ちて地面にぶつかり、爆発するのが見えた。その衝撃によって近隣の家が揺れた。赤い閃光に続いて黒煙がもうもうと立ちのぼり、やがて不気味なほどの静寂が訪れた。砂漠に落ちた飛行機は、衝撃で四〇〇メートル四方に粉々に飛び散った。プロペラは針金のようにねじれた状態で見つかり、サボテンが広がる砂の上に機体や翼の破片が散らばっていた。エラリー・グロス少尉は、機体と同じく粉々に吹き飛び、即死だった。財布や書類が墜落現場に散らばっているのが見つかった。テキサスのグリーンヴィル（エル・カンポのアニー・リーの実家から五六〇キロ北）出身のグロスは、カリフォルニア州リヴァーサイドに父と若い妻を残したまま、二五歳にしてこの世を去った。

悲報はすぐに陸軍中に広まった。翌日ミッチは知らせを受け、新聞記事を見せられた。彼は愕然としたまま、エラリー・グロスの墜落死に関する詳細な記事を読んだ。意識を失ったのか？　彗星のような急降下から機首を上げようとしたときに操縦を誤ったのか？　パラシュートで脱出しようとしたのか？　P－38では、パイロットは強力な二基のエンジンのあいだにあるかなり小さな操縦室に座る。P－38から脱出する唯一の方法は、機体を反転させて背面飛行状態になり、コックピットから抜け出すことだ。だが、急降下の速度を考えると、グロスにはそうする時間がなかった。そんなチャンスはなかったのだ。また、グロスが死ぬちょうど一週間前にも、P－38のテストパイロットが墜落していたと明らかになった。[31]そのパイロットはラルフ・ヴァーデンというベテランで、定例の試験飛行を終えてロッキード社のエアターミナルに戻る途中の事故だった。九〇〇メートルの高度を時速六四〇キロの最高速度で飛行していたとき、尾翼が突然破損し、機体からもげ落ちた。P－38は反転して地上に落ちていき、カリフォルニア州グレンデールの民家の台所に激突した。激しい爆発で目を覚ました家主が飛行機からパイロットを救出しようとしたが、激しい炎にさえぎられた。ラルフ・ヴァーデンは死亡した。もげ落ちた尾翼は数区画離れた民家の庭で発見された。立てつづけに起こったふたつの悲劇（片方はミッチにとって身近なものだった）のせいで、ミッチをはじめとするパイロットたちは、「空中で限りなく最速に近い」と新聞でさかんに形容された新型機P－38ライトニングに乗ることをためらった。[32] この日の夜書いた手紙で、ミッチはこの悲しい知らせをアニー・リーに伝えている。「前に、エラリー・グロスについて書いたのを覚えてる？　ぼくがイギリスで一緒にいた男だ」。ミッチは、カリフォルニアで起きたP－38の墜落事故でグロスがどのように死んだかを伝えた。「本当にいいやつだった」

ミッチが戦争に備えて後輩パイロットを訓練し、自分自身も心構えをしているあいだ、アメリカも戦争の準備を進めていた。もはや、公式の見解として中立の立場を維持するのは難しくなっていた。九月中旬、ルーズヴェルト大統領は、アメリカ海軍の艦船はナチスの脅威にさらされているため、見つけしだい攻撃してもよいという指示を出した。この命令はドイツが初めてアメリカの艦船を攻撃したあとに出された。駆逐艦〈グリーア〉が、アイスランド沖の海域で魚雷攻撃を受けたのだ。ヨーロッパでは戦争が激しくなり、ドイツ軍はレニングラード包囲戦を始めた。そのころ北アフリカでは、イギリスの指揮官が、アフリカでのナチスの勢いをくつがえそうとして突飛な作戦を承認した。その作戦は「フリッパー作戦」[33]と名づけられ、「指導者斬首」の標的はエルヴィン・ロンメル中将だった。ロンメルはヒトラーの腹心で、西ヨーロッパの戦場で次々と勝利を重ねており、抜け目のない戦術家として伝説的な評判を得ていた。一九四一年初頭、北アフリカに派遣されたロンメルはアフリカ軍団を率いて幾度となくイギリス軍の裏をかいて撃退し、「砂漠の狐」という異名をとっていた。途方に暮れ、苛立ったイギリスは、軍内に高度な訓練を受けた特殊部隊を編成し、この特殊部隊発足の最終目的を「ロンメル暗殺」と定めた。のちにウィンストン・チャーチル首相が語ったところによると、この「標的殺害（ターゲテッド・キリング）」を決断した理由は、「重大な局面で敵軍の頭脳および中枢を」排除するためだった。しかし、数週間慎重に計画を立てたものの、一一月一七日の攻撃は失敗する。失敗の原因はおもに不確実な情報にあった。リビアのベダリットリア近くの村を特殊部隊が襲撃したとき、ロンメルの姿はどこにもなかった。彼は数週間前にその村を出ていたのだ。だが、失敗したとはいえ、戦時中の方策として敵将殺害が実行可能であることをフリッパー作戦は明らかにした。

一方、この戦乱の世界における別の場所では、また別の動きがあった。秋のあいだずっと軍事演習を行っていた山本五十六司令長官の大規模な空母機動部隊が、一一月下旬に千島列島の単冠湾に極秘裏に集結していたのだ。それと同時に、日本とアメリカとのあいだで外交交渉が続いていた。コーデル・ハル国務長官にちなんで名づけられた交渉文書、いわゆるハル・ノートが日本政府に提示された。正式には「アメリカ合衆国と日本国のあいだの協定で提案された基礎の概要（日米協定基礎概要案）」と称する文書であり、終わりの見えない堂々めぐりの交渉に対するアメリカの最終提案だった。しかし、交渉終盤のこの時点で、交渉妥結に楽観的な者は誰もいなかった。一二月初旬、山本は急いで東京に行き、軍首脳部と作戦の打ち合わせをした。

ミッチはいつもどおり、日中は訓練をして、夜は結婚の計画を立てた。彼は一二月にハミルトン基地に戻り、一九四二年一月に予定されている新たな軍事演習の期間中にP－39エアラコブラを乗りこなすつもりだった。[34]「新型機P－39が一〇九機、ぼくたちを待っている」と彼は手紙に記している。しかし、その前にミッチがクリスマス前の休暇をとれたので、ミッチとアニー・リーはこの休暇を結婚式の絶好の機会と考えた。[35]秋のある日、ミッチは喜びを込めて次のような手紙を書いている。「あと二カ月で、きみはジョン・W・ミッチェル夫人になるんだ。実感はあるかい、ミラーさん？」どこで結婚式を挙げるかがなかなか決まらなかった。[36]アニー・リーは、もしミッチが十分な休暇をとれたら、サン・アントニオのすぐ北にあるおばのゴルダとジョー先生の牧場で結婚式を挙げたいと考えていた。ミッチは、ハミルトン基地で手短に手続きをすませたあと、ネヴァダ州リノで会えるかもしれないと伝えた。[37]「三〇分もかからずに結婚できるよ」とミッチは手紙に書いている。彼は新婚旅行の計画を立てた。[38]リノからイーニッドまで車で旅行して彼の家族に会い、そのあとサン・アントニオに行って彼女の荷物を積み、西に車を走らせてしばらくカリフォルニアを見て回ったあと、年の瀬までにハミルトン基地に居を構えるという計画だ。「道中には、グランドキャニオンやボールダー・ダム、自然公園といった美しい観光地がある」と彼は書いている。だが結局、ミッチはアニー・リーに任せることにした。「いままで、結婚式は女性のものだと思ってた。だから、きみがしたいようにしてほしい。ぼくは喜んでそれに賛成するよ」[39]

ふたりは最終的に、クリスマスの前の週にエル・カンポで結婚式を挙げることに決めた。ところがその後、ミッチの予定が急に変わってしまう。飛行中隊の残りの機と一緒にハミルトン基地にまっすぐ戻る代わりに、北東のマサチューセッツ州スプリングフィールドから少し郊外にあるウェストオーヴァー陸軍航空基地に行って、修理が終わった別の飛行中隊の飛行機に乗って帰るよう命じられたのだ。彼はその飛行機でシャーロットに戻り、そこから五機の飛行機を従えて国を横断し、ハミルトン基地まで飛ぶことになった。幸運にも、その任務のために結婚の予定が変わることはなかった。なんとか予定どおりテキサスに着けるだろう。そのうえ北に行けば、ウェストオーヴァー基地から一時間以内のところに住んでいる姉に会いにも行ける。[40] ミッチは準備を終えたあと、一一月三〇日にアニー・リーに次のように手紙で説明している。「イーディスという名前の姉なんだ。幼い娘がひとりいて、一九三八年以来ずっと会ってない」

ミッチが姉、姉の夫、姪のベティー・ジョーにマサチューセッツ州フィッチバーグで再会したのは、一九四一年一二月二日火曜日だった。イーディスは新聞記者を呼び、その記者は地元紙に特集記事を書くためにミッチにインタビューをした。[41] その日は全員でステーキディナーを楽しみ、ミッチは延々とアニー・リーのことを話した。イーディスは結婚祝いを渡してミッチを驚かせた。手製のリンネルのテーブルクロスとそれによく合う一二枚のナプキンだった。ミッチはお礼を言い、翌朝出発すると伝えた。アニー・リーとの結婚まであと数週間。もうすぐだ、と彼は思った。

ミッチが姉の家であたたかい時間を過ごしていたのとちょうど同じころ、数千キロ離れた場所で、歴史の流れを変える電文が保護チャネルを使って発信された。[42] 山本五十六からハワイの北方の太平洋上にいる大規模機動部隊に発信されたその電文には、「ニイタカヤマノボレ」とだけ記されていた。

第六章

バラの花びらが散るころ

日本の強大な連合艦隊の司令長官、山本五十六提督は、旗艦〈長門〉の作戦室をぶらぶらと歩いていた。[1] そこにはハワイを中心とする太平洋地域のポスターサイズの地図が周囲の壁に張ってあった。部屋の中央にある長いテーブルの上に海図が広げられ、その上に大きな地球儀が置いてある。地球儀の隣にあるスピーカーは、床を這い部屋を横切って延びるケーブルで近くの無線室に接続されている。このスピーカーを通して、山本は新たな電文を直接、すみやかに聞くことができた。小さなテーブルには、作戦命令書のファイルや、日々増えていく大量の伝達書が保管されていた。

〈長門〉は、広島県呉市にある海軍基地から南に三〇キロほど離れた柱島泊地に停泊していた。山本は指揮下の空母機動部隊からの連絡を待った。[2] 機動部隊は数日前に千島列島沖の極秘集結地点を出発してハワイに接近していた。日付は、ハワイ時間で一九四一年一二月六日。山本が機動部隊の司令官である南雲忠一中将に、ハワイ諸島に向かって出航しろという暗号、「ニイタカヤマノボレ」と命令を出してから五日が経過している。荒れた海を突き進む南雲機動部隊は、日本海軍の巨大空母六隻、戦艦二隻、多数の駆逐艦、巡洋艦、油槽船の計三一隻からなる編成だった。

攻撃命令を出してから数日のうちに、山本は正装して天皇に謁見した。その後、海軍大臣公邸で作戦成功を祈って乾杯し、家族、付き合いの長い芸者である鶴島正子、そして愛人の河合千代子に急いで別れを告げた。〈長門〉に戻ると、山本は千代子に宛ててすぐに手紙を書き、そのなかで、東京滞在中は公務に気をとられてばかりいたと謝り、「あなたと一晩も泊まれなかったことは残念です」と彼女に許しを請うている。さらに山本は、真珠湾への奇襲攻撃をほのめかすかのように、彼女に買い与えたバラの花束について再度言及した。[3] このときは、真珠湾攻撃の成功が不確実であることを反映して、質問するような書き方になった。「バラの花びらが散るころに、何が起こるのだろう?」

山本たち司令部は、不安を感じながら連絡が入るのを待っていた。[4] 彼らは天候を心配した。この時期の北太平洋は平穏ではなく、嵐になることが多かったからだ。海が荒れると、機動部隊の航行がさまたげられるだけでなく、給油作業が困難になる可能性もある。給油作業が入念に計画されていたのは、機動部隊が目的地に到達するために不可欠な要素だからだ。また彼らは、機動部隊がアメリカ（さらに言えば第三国）の船や哨戒機に発見されることを恐れた。発見されれば、警報が発せられて奇襲攻撃は失敗に終わるだろう。そのため、山本に作戦の立案を依頼された参謀たちは、他国の船や飛行機に遭遇する危険を最小限に抑えるために、移動距離が短くなる北方航路を選んでいた。最後の懸念材料は、真珠湾のアメリカ艦隊司令官が、「乗組員に休む時間を与えるために土曜日と日曜日にはほとんどの艦船を停泊させる」という習慣を取りやめていないかだ。もし彼らが臨戦態勢に入っていて、習慣が変わっていたらどうなるだろう？　旗艦にいる山本と機動部隊司令官の南雲は、ハワイ周辺の艦船の動向を監視する諜報員からの機密報告書を注意深く確認した。

山本はまた、戦時の外交ルールに則って通告がなされるかが気になってしかたなかった。日本の指導部は開戦を決断していたが、一二月初旬になっても日本とアメリカの交渉は継続していた。そうした交渉は山本の管轄外で、外務省が担当する。それでもなお、事態がいかに緊迫して急を要するとしても、山本は必ず適切な外交手順をとることを要求した。[5] つまり彼は、攻撃後ではなく攻撃前に、アメリカが日本の宣戦布告を受け取ることを望んでいたのだ。宣戦布告された戦争中に海軍が奇襲攻撃をしかけることと、まったく容認できない行為である「不意討ち」をするのとでは天と地ほどの違いがある。名誉がかかっているからだ。「アメリカとの交渉を打ち切って宣戦布告する」と記された通告文書は大本営が起草しているので心配いらない、と山本は言われていた。一四部からなるその通告文書は、ワシントンの日本大使館に伝送され、爆撃開始の三〇分前に日本大使がアメリカ国務長官コーデル・ハルに届けることになっていた。真珠湾攻撃は、「卑怯」あるいは「姑息」な攻撃ではなく、正式に宣戦布告した戦争の始まりを告げる、予期しない一斉攻撃となるはずだった。

当時、山本ら日本の指導部は気づいていなかったが、ルーズヴェルト大統領やハルをはじめとするアメリカ上層部は、少なくともある程度、何が進行中かを承知していた。[6] アメリカは、一九二〇年代初頭に日本の暗号解読に着手しており、戦争の準備を進める日本の内部情報を入手していた。一二月六日、東京からワシントンの日本大使館に一四部からなる最後通告が打電されたとき、暗号解読者はそれも傍受していた。重要書類を焼却してワシントンを出る準備をするように、と日本大使館員に指示する電文も同様だった。しかし、アメリカ側が入手した情報のなかには、太平洋の中央に位置する真珠湾を山本が攻撃することを具体的に示す情報はなかった。暗号解読者は、ハワイにいる日本のスパイがアメリカの艦船の動向を東京に伝えているという情報を入手した。遠く離れた南太平洋で日本軍が活動しているという情報もあった。数名のアメリカの国防関係者は真珠湾が危ないという声を上げていたが、具体的な軍事行動までは明らかにならなかった。一二月六日までに、ホワイトハウスは「傍受した電文を読むに、戦争が近づいているようだ」という内容の通知を——内密ではあったが——受けていた。しかし、議会が週末で休会し、ホワイトハウスが戦争に備えはじめたとき、真珠湾に停泊するアメリカの艦隊は特別警戒態勢をとっていなかった。艦隊の乗組員は、アメリカンフットボールのチャリティーマッチを楽しんだり、ブロック・レクリエーションセンターで吹奏楽団のコンクールを観覧したり、映画を観たりして休暇を過ごすのを楽しみにしていた。

一二月六日、〈長門〉の作戦室を歩き回っていた山本は、機動部隊の最後の給油がもうすぐ完了するという連絡をついに受けとった。予定していた合流地点で油槽船と落ち合うのは中止になった。燃料補給を終えた機動部隊は、動きの遅い油槽船と別れ、真珠湾までの残り一〇〇〇キロを踏破するために速度を上げた。このとき、山本は海上にいるパイロットと甲板にいる全乗組員に対して最後の訓示を発する。[7] その激励には、山本が賜った「連合艦隊の責務はきわめて重大にして事の成敗は真に国家興廃の繫がるところなり」という天皇の勅語が含まれていた。続いて、標旗が機動艦隊の旗艦〈赤城〉に掲げられた。[8] その旗の目的は、三〇年以上前に日露戦争の英雄である東郷元帥が掲げた「Z旗」を彷彿させることだった。機動部隊司令官の南雲は、伝説的な東郷の言葉を繰り返し部下たちに語った。「皇国の興廃はこの一戦にあり、各員一層奮励努力せよ」

その後、ハワイの諜報員が記した最後の機密報告書が東京から山本に送られてきた。[9] 真珠湾はあらゆる点で平穏で、普段と変わった兆候はないという。重要な点は、アメリカ太平洋艦隊のほとんどの艦船が集結していたことだ。戦艦九隻、軽巡洋艦三隻、水上機母艦三隻、駆逐艦一七隻が停泊し、駆逐艦二隻と軽巡洋艦四隻がドックに入っていた。よい知らせだったが、気がかりなこともあった。アメリカ太平洋艦隊の空母の姿がなかったのだ。山本は空母主体の海軍を断固として推進し、真珠湾作戦を完全に空母中心に計画するほど空母を重要視していた。だが山本は、アメリカの空母が攻撃対象にいないことで二の足を踏んでいたとしても、表情には出さなかった。日が暮れるなか、彼はできるかぎり平静を装い、参謀たちと連絡を待った。山本はいつものようにその夜も部下と将棋を指したが、その夜は早々に切り上げた。船長室に行き、風呂に入って横になった。ほかの参謀もそれにならった。その後、仮眠をとれたかどうかにかかわらず、山本と参謀たちは夜半過ぎに作戦室に集まった。山本は微動だにしなかった。一九四一年一二月七日、真珠湾ではそろそろ夜が明けようとしている。千代子がのちに山本に語ったところによると、その日、山本が贈ったバラの花びらが散ったという。[10]

一二月一日、日本の大規模機動部隊が「ニイタカヤマノボレ」という電文を受けとったとき、彼らにまとわりついていた不安が消えた。数週間、乗組員の誰もが訝(いぶか)しんでいた。攻撃命令は出るのか？　それとも出ないのか？　だが、司令長官の電文が届いたことで、乗組員の決意が固まった。奇襲攻撃は一二月七日に予定どおり決行される。機動部隊の参謀長、草鹿龍之介中将はこのときの気持ちを次のように書き残している。「長いあいだわれわれが心配していた懸念が突然消え去った。あのとき、空に浮かぶ秋の月のように頭が澄み渡った気分だった」。[11] 草鹿は、空母〈赤城〉で機動部隊司令官の南雲忠一を補佐し、のちに真珠湾攻撃の詳細な報告をまとめた。攻撃命令が発せられてから五日後、山本の最後の訓示が機動部隊の艦船に流されると、機動部隊で軍務に就く数千の男たちが歓声を上げた、と草鹿は記している。「自らに課せられた重大な責任を理解し、明日早朝に決行する大胆な企てに心を躍らせ、全乗組員が血を沸き立たせた」[12]

一二月六日、機動部隊が南に進路をとって公海を進んでいるとき、夜空は曇っており、月がときおり雲間から現れた。約四〇〇機の飛行機が六隻の空母の飛行甲板上に翼端が触れんばかりにびっしりと並べられた。空母が縦に揺れると、積載荷重限界まで爆弾と魚雷を積んだ飛行機も揺れ、飛行機のゴムタイヤがキーキーと音を立てた。パイロットのひとりがチョークを使って爆弾の腹に「対米戦で最初の爆弾」[13] と落書きをした。第一波の空中攻撃には一八三機が参加することになった。[14] 強力な爆弾を積み、後部に九二式七耗七機銃を装備した高高度爆撃機、九七式艦上攻撃機(九七式艦攻)四九機、雷撃機としての装備のみを施した九七式艦攻四〇機、急降下爆撃機の九九式艦上爆撃機(九九式艦爆)五一機、七・七ミリ機関銃二門と二〇ミリ機関砲二門で武装した、高速かつ俊敏な零戦四三機という編成だった。

午前五時半ごろ、エンジンが回されて飛行機が発艦準備をした。草鹿は、一二月七日の夜明けは「まだかなり暗く、機体の表示をほとんど識別できなかった」と回想している。[15] 幾多のプロペラやエンジンが、激しい波音をかき消すほどの轟音を発した。整備兵が並んだ飛行機のあいだを縫って最後の点検をしているとき、待機室の航空兵は徐々に落ち着きをなくしていった。やがて、作戦主任から最終的な指示を与えられると、胸に航空図をぶら下げた航空兵たちは各自の飛行機に走って乗り込んだ。六隻の空母は、飛行機が最大限の揚力を得られるよう、速度を風速三〇ノットに上げた。水平線に光が射し、薄暗がりから視界が開けていった。草鹿が〈赤城〉の艦橋から外を見ると、機動部隊の艦船が「見事な陣形で前進している」すばらしい光景が目に入った。

〈赤城〉のマストには「出撃」を指示する旗が、ほかの空母からも見えるように掲げられた。[16] 時刻は午前六時二〇分。最初に飛び立ったのは零戦で、次に水平爆撃機九七式艦攻と雷撃機九七式艦攻、最後に急降下爆撃機九九式艦爆。一五分もかからずに、第一波攻撃に向かう一八三機が空中に飛び出した。[17] 編隊を組みながら、雷撃機は約二八〇〇メートル、高高度爆撃機は三〇〇〇メートル、急降下爆撃機はさらに高い三四〇〇メートルの巡航高度まで上昇した。零戦は四三〇〇メートルまで上昇し、周囲を警戒しながら自由に飛び回った。九九式艦爆の主操縦士である淵田美津雄総隊長に率いられ、第一波攻撃隊の一八三機は、ハワイ諸島のひとつオアフ島の南岸にある真珠湾に向かって残り三二〇キロを飛行しはじめた。「艦橋で第一次攻撃隊が発艦するのを見ていた私は、感慨で胸が一杯になり、血が沸き立つのを感じずにはいられなかった」と草鹿は語っている。六隻の空母の乗組員は、第二波攻撃に備えて、格納庫から飛行甲板へ次の飛行機をすぐに引き上げはじめた。午前七時をまわってすぐ、六隻の空母から第二波攻撃に向かう飛行機が発艦しはじめ、午前七時二五分までに、計一六七機の零戦、九七式艦攻、九九式艦爆が空中に飛び出す。九〇分もかからずに、日本の空母攻撃部隊は武器を搭載した戦闘機、合計三五〇機を真珠湾に向けて空に送り出した。[18]

真珠湾を目指し、巨大な爆撃機を従えて高度約三〇〇〇メートルを飛行する淵田総隊長の機は厚い雲に守られていた。オアフ島の北端で、淵田は雲の切れ間から眼下に白い波が打ち寄せる海岸線を見つけた。午前七時五〇分だった。淵田は全機に総攻撃開始命令を発した。数分後、急降下爆撃機がオアフ島北部にあるウィーラー陸軍航空基地に最初の二五〇キロ爆弾を投下した。その後数秒のうちに、さらに日本の急降下爆撃機二四機が、この太平洋にあるアメリカ陸軍最大の航空基地に爆弾を落としはじめた。

運命の日がやってきたのだ。[19]

その日曜日の朝、ウィーラー基地に駐留する数百の軍人の多くが週末の休暇を満喫していた。ベスビー・ホームズ少尉も同様だった。[20] 彼は土曜の夜にパーティーに興じていて、明け方にはそのツケが回っていた。「甘いラム酒が危ないなんて誰も教えてくれなかった。一杯目で気分がよくなり、二杯目で幸せになれる。三杯目で危険が近づいてきて、四杯目で酔いつぶれる」と彼はのちに語っている。祝う理由ならたくさんあった。戦争が迫っているという報告がワシントンから届いたことで、オアフ島にあるこの基地は厳戒態勢に入っており、前の週ぐらいから彼の飛行中隊は毎日哨戒飛行をしていた。その後、週末に厳戒態勢が解除され、兵士たちは街に繰り出していたのだ。ホームズによると、「一日中行動を制限されたあとで、先生が悪ガキ（モンキーズ）どもを外に出したのさ」。加えて、このサンフランシスコ生まれの戦闘機パイロットは金曜日に二四歳の誕生日を迎えており、パイロット仲間のいとこが働くワイキキビーチのホテル〈ロイヤルハワイアン〉に豪華なスイートルームをとっていた。ホームズは、土曜の夜のどんちゃん騒ぎのあと、夜明け前の暗闇のなかで眠ることができず、ベッドの上で転がっていた。頭が割れるように痛かった。すべきことは明らかだった。日曜の早朝のミサに出席して神への義務を果たし、そのあとにビーチに出て日光浴で体から酒を抜くのだ。

ミシシッピ州出身のジョニー・ミッチェルと同じく、ベスビー・フランク・ホームズは子どものころに飛ぶことに夢中になった。[21] ミッチェルのほうは、「バーンストーマーズ」が故郷のイーニッドに立ち寄ったときに、初めて空を飛ぶ体験をした。バーンストーマーズは、ふたり乗りの複葉機に乗って牧草地にやってきて、一・五ドルを払えば飛行機に乗せてくれた。一方、都会育ちのベスビー・ホームズの人生を変えたのは、ある晴れた夏の朝の出来事だった。彼がヴァンネス通りのたもとで釣りをしていたとき、光り輝く新型戦闘機の編隊が頭上を飛んでいった。かなり低空を飛んでいたので、パイロットの姿がはっきりと見えた。ヘルメット、ゴーグル、風にはためく白いスカーフ。戦闘機が鋭い音を立てて飛び去ったあと、彼は自分にこう言い聞かせた。「絶対にあの戦闘機に乗ってやる」。彼はサンフランシスコの高校と短大（ジュニア・カレッジ）に通い、チェスプレイヤー、ボクサー、水泳選手として頭角を現し、一九四一年三月に二三歳になると徴兵事務所を訪れ、陸軍航空隊の士官候補生になった。[22] 入隊後八カ月間、南カリフォルニア、次いでアリゾナ州フェニックス郊外にあるルーク陸軍航空基地で訓練を受け、一一月に、新米少尉としてオアフ島のウィーラー基地に配属されていた。彼はさまざまな飛行機に乗ってきた。単発の練習機AT－6、戦闘機のP－40ウォーホーク、そしてハワイで初めて乗った、流線型の戦闘機にしてP－40の先発機P－36ホーク。

　ホームズはまだ新人パイロットだったので、緑色のウールのネクタイをして茶色のピンストライプのスーツを身につけ、日の出直後に〈ロイヤルハワイアン〉の向かいにある教会に千鳥足で入り、そこで頭痛が消え去るようにと神に祈りはじめた。教会は換気のためにいたるところを開け放っており、ホームズが耳にした最初の音はヒュー、シューという風切音だった。だがまもなく、祭壇で混乱が起きた。外がただごとではないようすだったので、司祭は唐突にミサを終わりにした。外では人々が走り回り、軍用トラックが轟音をあげて通りを走っていた。ホームズが上に目をやると、港や遠くにある航空基地に急降下爆撃をする飛行機が空に飛び交うのが見えた。

ホームズが通りを走ってホテルに戻ると、友人が軍服に着替えたところだった。ホテルの支配人は、小さな携帯ラジオで日本が真珠湾を攻撃したという報道を聞いていたが、もはや詳細を知りたがる者はいなかった。[23] 直感で行動しながら、ホームズと相棒のパイロットは外で最初に目にした車を徴用した。赤いスチュードベーカー・チャンピオンだった。ふたりは攻撃を受けていた港を車で走り抜け、丘を上がって基地を目指した。基地に着くと、ホームズは愕然とする。めちゃくちゃだった。並んで駐機している数十機のP－40が炎に包まれていた。飛行機の格納庫に車を走らせたが、すでに燃えていて、近づくと上部が溶けて潰れた。この基地はもう、何の役にも立たなかった。ホームズはできるだけ速く車を走らせ、舗装された滑走路が一本だけある近くの補助飛行場、ハレイワ飛行場に向かった。無傷の飛行機に乗り込むパイロットを眺めていたホームズのもとに地上要員が走り寄ってきて、こう言った。「P－38はいつでも飛べる」。そして、パラシュートとヘルメットと四五口径拳銃を手渡してきた。そのとき彼は最初に機銃の連射音を聞き、次に飛行機の周囲で砂埃が立ち上がるのを目にした。肩越しに九九式艦爆がこの飛行場とP－38を機銃掃射するのが見えた。四五口径拳銃を構えて撃ったが、日本の急降下爆撃機には歯が立たない。不意討ちを受けた真珠湾のアメリカ艦隊が日本の空母機動部隊に手も足も出ないのと同じだった。

主任整備員がホームズをコックピットに押し上げ、エンジンをかけるのを手伝い、弾薬を三〇口径機関銃に装填した。ホームズが離陸した。数人のパイロットがP－40に乗ってすでに出撃しており、ホームズは少し出撃が遅れた。教会を出て出撃するまでに二〇分と少しかかり、すでに日本軍はオアフ島の破壊をほとんど終えていた。早々に出撃したふたりのパイロット、ジョージ・S・ウェルチ少尉とケネス・M・テーラー少尉が協力して敵と交戦し、戦闘機六機を撃墜した。ホームズはあたり一帯を捜索したが、敵の攻撃に遭遇することはなかった。ところが、彼は味方から攻撃を受けた。日本の飛行機を見つけようと懸命に飛んでいる自分を狙って地上の味方が発砲しているのは、どこか滑稽だった。飛行機は見つからなかったが、被った損害を上空から見たことで、戦争を実感することになった。彼はウィーラー基地へ飛んだ。そこでは、二五機の日本の急降下爆撃機が、反撃を受けることなく、基地に駐機していた無人の戦闘機一四〇機を破壊し、続けてもうひとつの基地「スコフィールドバラックス」にも爆撃を加えていた。どちらも大混乱に陥っていた。ホームズは、真珠湾中央に位置するフォード島海軍基地の上空を飛んだ。被害は甚大だった。強大な船が沈み、火災が起きていた。漏れた燃料に引火し、飛行機が炎上していたのだ。彼は、ウィーラー基地と同程度に被害を受けたエワ海兵隊航空基地の上空で急旋回し、ヒッカム陸軍航空基地に飛んだ。そこもほかの基地と同様に甚大な被害を受けていた。ホームズは、敵の零戦の編隊に遭遇しなくてよかったと思った。もし遭遇していたら、「やつらはぼくを撃ち落としただろう」と彼は語っている。

ホームズは三〇分ほど飛行を続け、ハレイワ飛行場に戻った。この小さい飛行場は大部分が日本軍に見逃された。ほかの基地のパイロットたちが、ハレイワに苦労してたどり着き、使用可能な数機のP－40やP－36で飛び立つために待機していた。ホームズにはこの光景がパニックと混乱が入り混じった妙に現実離れしたものに見えた。誰もが神経質になっていた――というより、ひどくおびえていた。すぐにもう一度空からの攻撃が行われるという噂が流れたが、それはなかった。日本軍の地上侵攻が行われるという噂もあったが、それもなかった。その日の夜、ホームズたちパイロットは、おそらく日本軍が次にしかけてくるであろう地上侵攻を警戒するために、砂浜に配置された。敵を見つけたら四五口径自動拳銃を三発撃つ。それが彼らに下された指示だ。その銃声を合図に、陸軍の追撃機が離陸して応戦する予定だった。ホームズは二・五キロの砂浜を徒歩で行ったり来たりして夜の監視を行い、途中で同じ任務に就いている仲間とすれ違った。ホームズは、月明かりで照らされたうねる波を、上陸する日本軍の歩兵上陸船の船首と勘違いして何度か肝を冷やしたが、幸運にも拳銃を発砲することはなかった。その後、日本軍の攻撃はないまま夜が明けた。ホームズにとって、人生で一番長い夜だった。

日曜日、早朝の攻撃についての情報が伝えられたとき、カリフォルニアの海岸一帯と太平洋に配置された水兵とパイロットは、全員が二日酔いで苦しんでいるようだった。士官候補生訓練所を卒業したばかりの首が太いスポーツ馬鹿、レックス・T・バーバー少尉は、仲間のパイロットに起こされたとき、輸送船〈プレジデント・ガーフィールド〉号の寝台に横になって酔いを覚ましていた。[24] 真珠湾攻撃のニュースが船内のラジオ放送で鳴り響いた。〈ガーフィールド〉号は、バーバーたちの飛行中隊と船倉に格納した一二機のP－39エアラコブラをサンフランシスコから南太平洋のフィリピンへ輸送するために、最近軍事転用された民間巡航客船だ。

バーバーは、住人が一〇〇人に満たないオレゴン州中部の小さな町カルヴァーの出身だった。八・五平方キロの農場がある家で育ち、外交的で、運動神経がよく、いつも自信に満ちていた。学校では野球やバスケットボールで活躍し、夏は近所にある牛の大農場で働き、何にでも全力で取り組んだ。バーバーのおじは、第一次世界大戦のパイロットだった。大好きなおじがよく話してくれた戦争の話や、「飛行機の操縦や女性についてのゾクゾクする物語」は、バーバーを夢中にさせた。気づけばバーバーは、いつか飛行機を操縦したいと思うようになっていた。
バーバーは一九四〇年の秋、二三歳のときに陸軍に入隊した。彼はたちまち、拳銃とライフルと機関銃の扱いに習熟した。訓練将校は彼のことを、これまで見たなかでもっとも信頼のおける射撃手だと評価した。パイロットの訓練は一九四一年初旬に始まり、彼はすぐに恐れ知らずという評判を得たが、一部では「無謀な男」とも言われていた。だがバーバーは、自分は単に熱心なだけで、いつも戦う準備ができているのだと主張して、無謀であるという評価を認めなかった。彼は一九四一年一〇月一〇日に士官候補生訓練所をかろうじて卒業し、戦闘機のパイロットになる修了生四人のうちひとりに選ばれた。そして、これから太平洋の戦いに向かおうとしている飛行中隊に加わるために、すぐさまサンフランシスコに派遣された。一二月五日に〈ガーフィールド〉号に乗船したとき、まだP－40の訓練を四時間しか受けていなかった。彼は新米であり、これから実戦を通じて学ぶ未熟な戦闘機パイロットだったのだ。[25]
この一カ月はあわただしい日々を過ごした。〈ガーフィールド〉号は巡航客船だったので、快適な設備を備え、良質な民間用の食料や水を備蓄していた。パイロットたちは、船に積んであった酒のケースをくすね、出航して四八時間で〈ガーフィールド〉号をパーティー船にした。酒をがぶ飲みしながら大音量で音楽を流し、トランプで遊び、ギャンブルに興じた。しかし、一二月七日の夜明けに緊急警報が鳴り響いた。バーバーをはじめ、二日酔いのパイロットたちが集まり、唖然とした顔でラジオ放送を聞いた。ウイスキー漬けになっていた彼の脳味噌では、なかなか状況が理解できなかった。その後、パーティー気分はすっかり消え失せ、パイロットたちは何時間も不安な思いで過ごした。バーバーは落ち着きを失い、海をのろのろ進む巨大な巡航客船〈ガーフィールド〉号も正確無比な日本の爆撃機の標的になるのではないかと心配した。最終的に、彼らはサンフランシスコに戻ることになった。戦争に向けて各々が自分たちの役割を把握するためだ。それはまさに、〈ガーフィールド〉号の乗員だけでなく、アメリカ国民全員がこれからすべきことだった。

トーマス・G・ランフィア・ジュニア少尉がサンフランシスコのホテルでぐっすり眠っていると、父親から電話があり、いますぐ起きてラジオをつけろと言われた。[26] 彼は言われたとおりにした。日本の攻撃のニュースを聞いて、最初にショックを受け、次に自分の部隊がどうなるのかと考えた。

レックス・バーバー同様、ランフィアも新米の戦闘機パイロットだった。彼は士官候補生訓練所を卒業したばかりで、前月に飛行訓練を終了し、サンフランシスコの北にあるハミルトン基地に配属された。ベスビー・ホームズと同じく誕生日を迎えたばかりで、一一月二七日に二六歳になった。バーバーやホームズと違うのは、ランフィアが軍人の子どもだったことだ。[27] 彼の父は、輝かしい経歴をもつ陸軍将校だった。

ランフィアは、父がパナマ・シティに駐屯していたときに生まれた子どもだった。その後、ミシガン州デトロイトに移り住むまでに、短期間でいくつかの地域を転々とした。彼の父は、セルフリッジ陸軍航空基地の近くに転勤となり、アメリカ最古の航空戦闘群として有名な「第一追撃群」を指揮していた。エディ・リッケンバッカー大尉は、第一次世界大戦中にこの第一追撃群の飛行中隊に所属し、フランスでの空中戦で撃墜王になっている。ランフィアの両親はトムが一五歳のときに離婚していたが、長期間ひとつの場所に住んだという点で言えば、デトロイトでの生活は確実に安定していた。彼は、学業と野球で優秀な成績を収めてデトロイトの高校を卒業し、カリフォルニア州パロアルトのスタンフォード大学に合格した。

運悪く、彼の父が投資に失敗して経済的に大損害を負ったので、トム・ジュニアの大学生活は断続的なものになった。一学期出席したら休学してお金を稼ぎ、また復学するということを繰り返した。そのあいだ、彼はあらゆる種類の仕事をした。ある年はカリフォルニアの小さな町で食料品店の店員として働き、別の年は弟のチャーリーといっしょに牧場で働いた。将来の妻、フィリス・フレイザーに出会ったのは、彼がアイダホ州のパイエット湖にいる同級生に会いに行ったある夏のことだ。おそらく一番性に合った仕事は『サンフランシスコ・ニューズ』紙の見習い記者だった。復学してからも夜と週末にその仕事を続け、記者の仕事と学業を両立した。港湾労働者のストライキといった重大事件を取材したり、新書や演劇を論評する機会を与えられたりした。スタンフォード大学を卒業するのに八年かかり、卒業したときには二六歳になっていた。

ランフィアが初めて飛行機に乗ったのは、デトロイトにいた一〇代のときだ。[28] 父に無断で、「ジェニー」という愛称のJN－4練習機の後席に自分を乗せて遊覧飛行に連れていってほしい、と数人のパイロットに頼んだのだ。そして、遊覧飛行はいつしか訓練に変わる。ある日曜日の朝、ちょうど一三歳だったランフィアは、パイロットを説得してひとりで飛行機を操縦させてもらった。最初は怖かったが、しだいに楽しい気分になり、マウントクレメンスやセントクレア湖上空を飛行しながら自宅を見下ろした。時刻は午前六時四五分で、父は眠っているだろうと思っていた。ところがそうはいかなかった。基地の指揮官である父は、起きていただけでなく、立ち入り検査を行うためにすでに飛行場にいたのだ。ランフィアは父の誘導に従って着陸したが、父は不機嫌だった。ランフィアが飛行機から駐機場に降りると、父はすぐその場で、一本の硬いゴム製のショック・アブソーバ（振動する機械などの衝撃を吸収する装置）を使って息子を叩きはじめた。いつものようにハンガーで叩かれるよりも痛かった。父は怒っていたというより心配していたようだが、「だからって、痛みがやわらぐわけじゃない」とランフィアはのちに語っている。

飛行機に乗ったことで叩いたにもかかわらず、ランフィアに陸軍航空隊の航空学校に入ることを強く勧めてきたのは父だった。[29]一九四〇年の秋、ランフィアの父は息子を訪ねてスタンフォード大学にやってきた。目的はひとつ、息子を説得してパイロットにすることだった。戦争が差し迫っている、と父は言った。ヨーロッパではヒトラーが暴れ回っており、アメリカは駆逐艦を「貸与する」プログラムを通じて、イギリスとすでに公式に同盟を結んでいたが、戦争の相手はドイツではなく日本だというのだ。父によると、戦争では地上にいる兵士よりもパイロットのほうが思いどおりに戦えるという。ランフィアは、このとき新聞社から継続して仕事の依頼を受けていたが、父の指示に従うことにした。彼は一九四一年初旬に大学を卒業すると、すぐに入隊した。一〇カ月後、ランフィア少尉はサンフランシスコ郊外のハミルトン基地で、フィリピンに配属されるのを待っていた。

飛行訓練で誰よりも早く習熟したランフィアは、頭がよく、技量があり、勇気があるという印象を教官たちに与えた。おまけに人当たりがよく、人望も厚かったが、「高学歴なのは認めるが、ただのベテラン面をした知ったかぶりだ」と言って彼を敵視するパイロットもいた。ランフィアは、自分自身を売り込むセールスマンのような性格だった。自分に有名人の知り合いがいることをほのめかす、自惚(うぬぼ)れ屋のような一面もあった。たしかに、彼には自慢したくなる知り合いがたくさんいた。[30]陸軍士官学校出身の厳しい父は、ドワイト・D・アイゼンハワーの同級生であり、ビリー・ミッチェルからチャールズ・リンドバーグに至るまで、当時の空の英雄たちの多くと親友だった。彼の父は、第一次世界大戦中は飛行機に乗って戦闘任務につき、その後すぐにワシントンに移り、陸軍参謀総長ジョージ・C・マーシャルのもとで航空情報将校という権威ある地位に就いていた。

一九四一年一二月初旬、ランフィアの父がまたしてもサンフランシスコにやってきた。今回は、新米パイロットである息子を見送るのに加え、息子の結婚を祝うためでもあった。ジョニー・ミッチェルとアニー・リー・ミラー同様、トム・ランフィアとフィリス・フレイザーは一二月なかごろに結婚式を挙げる予定だった。ところが、ハワイでまさかの事態が起こった。ランフィアの父は電話越しに、目を覚ましてラジオをつけるようトムに命じた。結婚はもちろん、彼の生活のあらゆることが、戦争の二の次にならざるをえなかった。一二月七日の朝、ホテルを飛び出したランフィアが考えたことはただひとつ、ハミルトン基地に戻ることだった。これからどうすればいいかを聞くために、飛行中隊長のヘンリー・〝ヴィック〟・ヴィッチェリオ大尉を探す必要があった。[31]

ヴィッチェリオ大尉はというと、日曜日はサンフランシスコのモーテルのレストランで妻と早めの昼食を食べていた。これからフィリピンに出航するため、しばらく家を離れる。妻と昨年生まれた息子は、テキサス州ロングヴューの妻の実家に滞在することになっており、これは要するに別れの食事だった。行き先がフィリピンと知らされたとき、彼は喜んだ。部下とともにドイツとの戦闘の中心地から遠く離れた場所に行けるのは、非常にありがたかった。彼の指揮下のパイロットたちは目下のところ散り散りになっていたが、南太平洋で合流する予定だった。レックス・バーバーのように〈プレジデント・ガーフィールド〉号に乗って目的地に向かっている者もいれば、トム・ランフィアのように次の船が出航するのを待っている者もいた。ヴィッチェリオのもとには、ランフィアの自己顕示欲の高さについての苦情が届いていたが、飛行中隊長としては彼を気に入っていた。飛行の経験こそないが、ランフィアにはパイロットに求められる資質である「大胆さ」と「頭の回転の速さ」が備わっていたからだ。また、彼の中隊には作戦主任のジョン・W・ミッチェルがいた。ミッチェルは国の反対側のノースカロライナ州シャーロットにいて、修理した戦闘機の小編隊をハミルトン基地に先導する準備をしていた。

そのとき、すべてが変わった。ヴィッチェリオと妻がちょうど食事を始めたとき、コックが日本について何事か叫びながら食堂に駆け込んできた。彼は「日本が真珠湾を攻撃した」と叫んでいた。自分の耳で確かめる必要があったので、ヴィッチェリオは席を立った。コックのあとに続いて調理場に入ると、ラジオが攻撃のニュースを伝えていた。ヴィッチェリオの体は自然に動きはじめた。彼はまず、至急ハミルトン基地に戻らなければならないと妻に伝えた。基地の入口に着いたとき、制服姿だったにもかかわらず、衛兵は基地に入れることを拒んだ。まるで衛兵は、四方から現れる敵のスパイを警戒しているかのようだった。ヴィッチェリオは、衛兵が恐怖で分別を失っているのを見て激怒した。貴様の目の前に立っているのは、完璧に制服を着こなしたヴァージニア生まれのヴィック大尉だ、どうやったら日本のスパイと間違えられるというのだ？　三〇分の言い合いの末にやっと入ることができた。ヴィッチェリオの頭のなかは、部下のパイロットの状況や彼らの居場所、そして今後の展開のことでいっぱいだった。そして、これまでにないほど、ひとりの部下の助けを求めていた。二七歳の作戦主任で、戦闘経験はないが最高のパイロット、ジョン・ミッチェルが必要だった。

問題は、恋に夢中になっているミッチェル中尉がノースカロライナ州にいることだった。ミッチはこの二日間、国を横断してハミルトン基地まで飛ぶときを待ちあぐねていた。もはや、休暇をとって婚約者アニー・リー・ミラーと結婚式を挙げること以外ほとんど頭が回らず、前の週に行われた演習中はもどかしくてたまらなかった。一二月三日にマサチューセッツ州フィッチバーグにいる姉、イーディスの一家と再会したあと、北部まで回収しに来たP－40が飛行可能であることを期待して、彼はマサチューセッツ州ウェストオーヴァーの飛行場に戻った。P－40は整備ずみだったが、悪天候のためミッチはノースカロライナ州まで飛ぶことができなかった。[32]「地霧が大西洋岸一帯にたちこめていた」と彼はアニー・リーに書き送っている。

ぼんやりと読書をする以外何もすることがなく、いい加減うんざりしていた。『ウーマンズ・ホーム・コンパニオン』以外、見つけた読み物はすべて読んだよ」と彼はアニー・リーに宛てた手紙に記している。その二日後、一二月五日金曜日の午後、一時的に霧が晴れたので、彼は急いでシャーロットに向かった。だが着いてみると、翌日の天気は芳しくないので、一二月六日の土曜日はしばらく地上で待機することになるだろう、と言われる始末だった。

ミッチは歯ぎしりをするほど苛立った。彼の頭には、天気のことと、クリスマス前に挙げる結婚式に間に合うようにテキサスに行くことしかなかった。ほかのことは一切目に入らなかった。苛立ちを抱えながら無為に過ごしたこの週のあいだに、彼はアニー・リーに長い手紙を書き、そのなかで昔のテーマに立ち返った。ふたりの愛の象徴である月。ジョニー・ビルの月。氷点下のある夜、ミッチは雲間に満月を垣間見て、手紙のなかでアニー・リーにこう語りかけた。「窓の外に輝く大きな下弦の月も、ぼくの心を落ち着かせてはくれない。ぼくは月を見て、きみを想う。いまも、これからも、きみを愛してる」

日曜日は時間を潰すために、昼間に上映している映画を見て、架空のメロドラマに没頭して気を紛らわすことにした。映画館を出て初めて、目の前に展開している現実のドラマに気がついた。映画館の外では、シャーロット市民が不安げなようすで足早に右往左往していた。

『シャーロット・ニューズ』紙の束を抱えた新聞売りが、攻撃を受けたとか何とか叫びながら、ミッチのほうへ向かってきた。ミッチは「ジャップ」と「真珠湾」という単語を聞き取った。新聞を買うと、日本の攻撃を報じる大きな見出しが目に入った。読みはじめてすぐに、爆撃を受けた地点の多くが、パイロットを目指す前に沿岸砲兵隊で軍務に就いていた四年のあいだに訪れた場所、あるいは訓練を受けた場所だとわかった。彼はハワイで過ごした日々に愛着をもっていたが、新聞報道によると、いまやオアフ島はこの世の地獄になったようだ。最終的な死者と負傷者は合計三四〇〇人以上。[33] 七隻の戦艦を含めてアメリカ太平洋艦隊の二一隻の艦船が沈没するか損害を受けていた。その日の午後のあいだずっと、ミッチは飛行中隊長ヴィッチェリオ大尉に連絡を取ろうとした。ようやく連絡がついたのは夜になってからだった。戻ってくるよう言われたが、いまのところすべてが混乱していて、これからどうなるかは未定だという。だが、「戦争に行く」ということだけは確実だった。飛行中隊のパイロットの大半はまだ訓練中の身だが、軍事演習を行う時間はない。今回は本物の戦争だった。

　戦争はもう始まっていた。[34] ミッチは、天候が回復したらすぐにハミルトン基地に行きたかった。だが、トム・ランフィアをはじめ、婚約中の軍人たちが結婚式を取りやめたとしても、ミッチにそのつもりはなかった。戦争が起こったからといって、アニー・リーとの結婚を中止する理由にはならない。

その一方で、山本司令長官は、〈長門〉の作戦室にある大机脇の折りたたみ椅子に座り、六四〇〇キロ離れた機動部隊からの報告を静かに待ちながら、目を閉じて、重々しい表情で瞑目していた。日本時間の一二月八日午前三時を過ぎたころ、真珠湾のアメリカ太平洋艦隊を攻撃した部下から最初の報告が入りはじめた。「敵戦艦に命中」「ヒッカム飛行場を爆撃」「敵軍艦に雷撃、多大な戦果」。そしてもっとも沸き立ったのは次の報告だった。「奇襲攻撃成功」。[35]その後数時間のうちに、山本は未帰還機が三五三機中わずか二九機という報告を受けた。予想よりもはるかに少なかった。さらに別の戦果報告も届き、マレーシア、香港、タイ、ウエーク島、フィリピンのアメリカ軍基地といったほかの標的に対する爆撃と侵攻も成功したと伝えられた。[36]

東京では、東条英機首相が昼過ぎのラジオ放送で、ある国に奇襲攻撃を行ったことを表明し、その国は戦争準備をしていたが、奇襲攻撃に呆然としていると伝えた。東条はこう語った。「帝国の隆替(りゅうたい)、東亜の興廃、正にこの一戦に在り」。突然の開戦に動揺する国民を落ち着かせるために、主戦派による宣伝工作が活発になった。彼らの策略の中心は、山本の名声を利用することだった。主戦派は、山本が一九四一年初旬に国家主義者の笹川良一に宛てた私信を入手していた。[37]アメリカとの戦争反対を訴えるこの私信には、日本がグアムを占領し、さらにハワイを占領してもけっして勝ったとは言えないという、山本の本心からの警告が記されていた。アメリカに勝つには、日本軍がワシントンに進撃して、完全に無力化するしか方法がない、と彼は記していた。「われわれはワシントンまで進撃して、ホワイトハウスで講和条約を結ぶ必要がある」と山本は記したが、これは彼が明らかに不可能と呼んだ計画だった。つまり山本の考えでは、唯一の希望は、アメリカの指導者に早期の和平を受け入れるよう説得するために、真珠湾攻撃で衝撃と畏怖を与えることだった。しかし笹川たち主戦派は、この手紙を別の目的で利用した。国民の戦意を昂揚させ、新たな世論を形成する手段として用いたのだ。彼らは、日本の同盟通信社に、「友人に宛てた私信のなかで、山本はアメリカを叩き潰すつもりだと豪語した」と発表させた。そして、山本が手紙のなかで使っていた「われわれ」を「私」に変え、言い回しもでっち上げ、「私はグアムやフィリピンを占拠し、ハワイやサンフランシスコを占領するだけで満足するつもりはない」と山本が言ったという記事を書かせた。さらに、山本が自信満々に「徹底的に戦う」ことを約束するとして、「私はワシントンのホワイトハウスでアメリカに講和を命じることを楽しみにしている」と言ったと報道した。山本の従前からの戦争に反対する言葉は、日本国民に向けた誇大なスローガンに改竄された。虚偽報道だった。

山本はこの改竄について何も知らなかった。彼はそのころ、機動部隊やその司令官である南雲中将に謝意を伝えるのに忙しかった。しかし、山本が機動部隊を称賛したとしても、一番の英雄が彼自身なのは明らかだった。[38] 山本は称賛を浴び、数日のうちに、熱狂的支持者からの手紙や葉書が入った袋をいくつも受け取った。秘書官にも手伝ってもらい、彼は自ら筆をとり、国のために全力で戦いつづけることを約束すると、心を込めて返事を書いた。返事を書く合間に、山本は愛人の千代子への手紙を書き、「私のところに押し寄せている」手紙について彼女に知らせている。だがそれだけではなく、「私は寝ても覚めてもあなたからの手紙だけを待ち焦がれています」[39] とつけ加えた。また、古い友人で前連合艦隊司令長官の高橋三吉(たかはしさんきち)大将に手紙を書き、「この戦争における初戦の勝利」につながった要因について説明した。彼は手紙のなかで私心なく海軍技術者の功績を讃えた。その功績とは、この年の秋の画期的な発明によって、空中から浅海への雷撃を可能にしたこと、そして水平爆撃の技術できわめて重要な改良を成し遂げたことだ。山本は続けて、「われわれは軍神に祝福され」[40] そして「(日本海軍の)強運と傲慢な敵側の不注意が合わさって、われわれは首尾よく奇襲攻撃を加えることができた」と記した。

しかし、あるニュースを聞いたあと、山本は深く苦悩することになる。山本が、真珠湾攻撃の前にアメリカに通告するよう何度も要求していたにもかかわらず、ワシントンでの日本の公式な開戦通知が遅れ、爆撃開始後に届けられたことが明らかになったのだ。山本は激怒した。彼は、攻撃直前に最後通牒についてしつこく確認していたので、きちんと処理されているものと確信していた。だがそうではなかった。東京から日本大使館に通告文書を伝送する際に何らかの遅れが生じたようだった。理由がどうあれ、山本は真珠湾攻撃を「適正なルールに則って実行された奇襲攻撃」にすることを望んでいたが、手遅れだった。真珠湾攻撃は、卑劣で姑息な攻撃と見なされることになるだろう。

祝いの言葉が相次いで寄せられるなかで、事前通告の遅れは、多くの乗組員にとって些細なことのようだった。山本がいる旗艦〈長門〉の水兵たちは、作戦が圧倒的な大成功を収めたことに目がくらんでいた。ある水兵は、故郷に宛てた手紙で「自分の夢は、サンフランシスコに行き、占領後に駐屯部隊で経理部長になること」だと書いている。まるで完全勝利が目前にあるかのようだった。そして、その水兵はこう続けた。「海軍全員が、アメリカに行くことを夢見ています」[41]

第二部　南太平洋

第七章

ウェディング・ベルと太平洋の憂鬱

ジョン・ミッチェル中尉とほかのパイロットたちは、グレイハウンドのバスが次々と大きな音を立てながら霧のなかから現れ、ハミルトン陸軍航空基地の駐車場に停車するのを眺めていた。男たちは一月の湿っぽい小雨のなかで、身を寄せ合うようにして立っていた。夜明けのサンフランシスコらしいその気候は、ミッチの沈み込んだ気持ちを反映しているかのようだった。別れのときがきたのだ。三〇人ほどのパイロットたちは、バスで基地から港まで移動し、そこからアメリカ海軍輸送艦〈プレジデント・モンロー〉に乗船して太平洋のどこかへ向かうことになっている。行き先は誰も知らされていない。男たちは妻や恋人や家族に寄り添って、別れの言葉をささやいていた。ミッチの横にはアニー・リーの姿があった。

一九四二年一月一二日のことだ。真珠湾攻撃から五週間、ジョン・ミッチェルとアニー・

リー・ミラーが結婚した一九四一年一二月一三日から四週間が経っていた。ふたりの結婚は、あわただしいものだった。日本の攻撃から数日もしないうちに天候が回復したので、ミッチはようやくノースカロライナ州シャーロットからハミルトン基地へと向かうことができた。そして、修理の終わったP－40ウォーホークで飛行する途中で、テキサスに立ち寄ることにしたのだった。ミッチとアニー・リーは、サン・アントニオの中心街にある市役所に直行し、結婚許可証を発行してもらった。[1] 街頭の写真屋が、急ぎ足で歩くふたりの姿をたまたま写真に収めていた。この予定外の写真は、結婚式の正式な写真に次ぐ大切なものになった。ふたりは固い決意をしたかのように、互いをじっと見つめながら歩道を歩いていた。ミッチは軍服姿で、アニー・リーは半年ほど前に買った、襟に狐の毛皮のついたツイードのオーバーコートを着ている。ミッチがイギリスにいたとき、彼女はこのコートを気に入って、なんとしても買いたいとおばに話していた。エル・カンポに住んでいたアニー・リーの両親は、市役所での宣誓式には間に合わなかった。二日後、ミッチはふたたびカリフォルニアに向けて飛び立った。

ハミルトン基地に着くと、すべてが混乱状態にあった。ミッチの所属する飛行中隊の司令官である〝ヴィック〟・ヴィッチェリオ大尉は、彼らの追撃群からすでに何十人ものベテランパイロットや整備員や兵器係が選抜され、航空母艦〈ラングレー〉でオーストラリアに向けて出発したとミッチに伝えた。〈ラングレー〉はアメリカ海軍初の空母で、のちにオランダの植民地を日本の侵略から守るために、ジャワ島に配備されることになっていた。それは、新たにヴィックが指揮を執り、ミッチが作戦主任を務める中隊に、飛行経験もろくにない新米パイロットしか残っていないことを意味した。お偉い陸軍航空軍大佐の息子、トム・ランフィア・ジュニア。ほかの新米パイロットたちと一緒に〈プレジデント・ガーフィールド〉でサンフランシスコに戻ったあと、ハミルトン基地に配属されたレックス・バーバー。そして、ネブラスカ州出身のやせっぽちの二二歳、ダグ・カニング。ダグは、教員養成大学で教育の学位を取得していたが、わずか八歳で第一次世界大戦の航空兵だったおじに引き取られてから、戦闘機パイロットを夢見てきた。数週間後には自分たちも太平洋へと向かうと知ったミッチは、それまでのあいだ、使用可能な機体を使って新米パイロットに訓練を施すことにした。トム・ランフィアとレックス・バーバーは、度胸もあり、飲み込みも早そうだった。一方でダグ・カニングは、着陸の際に二度ほど事故を起こしかけたものの、すぐにレーザーのように鋭い視力を見せつけた。地上でもはるか上空でも、ほかのパイロットが気づくよりずっと早く標的を発見することができたのだ。

出発のときが迫っていたので、ミッチはアニー・リーに「できるだけ早くこっちに来てほしい」と手紙を書いた。[2] アメリカにいるうちに、少しでも長くふたりで過ごしたかったからだ。そして、出発までにどれだけの時間が残されているかなど気にせず、アパートを探した。

「この機会を存分に活用すべきだ」と、ミッチはアニー・リーに言った。自分たちを待ち受ける戦争と別れがどれほどつらいかをわかっていたからだ。「これからは多くの犠牲を強いられるだろう」。それは、ふたりに限ったことではない。アメリカでは誰もが大変な目にあっていた。ミッチの兄のフィルや何人かの親戚も入隊していて、「まるで戦争一家じゃないか？」と、ミッチは思った。考えてみれば、ひとりの兄と三人の義理の兄弟全員が、古きよきアメリカを守るために命をかけて戦っているのだ。数日後、ミッチは週決めで借りられるアパートを見つけ出した。アニー・リーは、クリスマスイブまでになんとか基地に到着することができた。「最高のクリスマスだ！」と、ミッチはのちに書いている。[3] ふたりは情熱的な数週間をともに過ごしたが、ミッチはその間、自分がふたつの方向に引き裂かれるような感覚を味わっていた。ミッチとアニー・リーは、ほんの数日間を除いて一年以上離れて暮らし、ようやく結婚したばかり。ふたりには、あらためてお互いを知る時間が必要だった。だが、いまは戦時下だ。日本はまもなくサンフランシスコを侵略しようとしている――そんな噂が絶えず流れていたために、ミッチと仲間のパイロットはしょっちゅう警戒態勢に入らなければならなかった。実際に日本軍が攻めてくることはなかったが、新年の最初の数週間は、日々の緊張がやわらぐことなく過ぎていった。

そうしているうちに、時間が尽きた。ヴィックが、中隊は〈モンロー〉で太平洋に向けて出発すると発表したのだ。ふたりのハネムーンは、始まる前に終わりを迎えた。まるで「ジョニー、あなただとわからなかった」という歌のようだった。[4] そしてその朝、ほかのパイロットたちが霧のなかでバスに乗り込みはじめたとき、ミッチはアニー・リーのほうに身をかがめて悲しい別れのキスをした。「結婚してわずか一カ月だったし、一緒に暮らせたのはその半分だけだ」。ミッチはのちに日記にそう書いた。「あんなにつらい別れは経験したことがない」

アメリカ海軍輸送艦〈プレジデント・モンロー〉は、世界周遊クルーズのために建造された豪華客船だったが、日本が真珠湾を攻撃したために、サンフランシスコから最初の航海に出るのを取りやめていた。〈プレジデント・モンロー〉も、ほかのクルーズ船と同じように、ルーズヴェルト大統領が大統領令によって創設した戦時船舶管理局に緊急軍事用として徴用されたのだ。一九四二年一月初旬、ミッチがハミルトン基地で新米パイロットたちに飛行訓練を施しているあいだ、〈モンロー〉は大急ぎで軍用輸送船として整備された。〈プレジデント・クーリッジ〉と〈マリポサ〉と艦隊を組んで南太平洋に向かうためだ。これらの外洋航路船を護衛し、日本軍の妨害があった場合にはそれを撃退するために、二隻の駆逐艦と軽巡洋艦〈フェニックス〉が艦隊に加わった。その一団は、太平洋地域へ向かう最初の艦隊となる。アメリカ軍首脳部は少しでも早くその編成が終わることを切望していた。[5] ミッチたちは、旅程についてはまだ何も知らされていなかったが、いずれはオーストラリアへ向かう艦隊と別れてフィジーへ向かうことになっていた。

一月一二日、およそ三〇人のパイロットからなるこの追撃部隊が〈モンロー〉に乗艦すると、そこには数人のレーダー専門家からなる対空警戒部隊と、七〇〇人近い地上部隊もいた。船倉には、補給品や爆弾とともに巨大な木箱が二七個置かれていて、そのひとつひとつに評判の兵器システムを搭載した新しい単発追撃機P－39エアラコブラが収納されていた。問題は、レックス・バーバーを除いて、P－39の操縦経験があるパイロットがひとりもいなかったこと。そのレックスにしても、ほんの数回しか操縦したことがなかった。ミッチは、前年の秋に東海岸での機動演習から戻ったあとP－39の訓練に入る予定だったが、戦争が始まったためにそれがかなわなかった。パイロットたちは、P－39を自分で組み立てるだけでなく、操縦方法も自分で学ばなくてはならなかったのだ。

一行が乗船したのは早朝だったが、船が港を離れ、街を守るためにサンフランシスコ湾に設置されていた防潜網と機雷をすり抜けたときには、午後五時になっていた。ゴールデンゲート・ブリッジの下を滑るように航行していたとき、ミッチはこう思った。「次にこの橋を目にするのはいつだろう。少なくとも一度は、誰もがそう考えるはずだ」。[6] サンフランシスコ湾を出ると、〈モンロー〉はほかの船に合流した。艦隊は時速三三キロから三七キロという全速力で進んでいた。迷彩を施した戦闘機や武器を甲板に固定していたために不安定になった〈モンロー〉は、外洋にでるとよく揺れたので、船酔いをする者が続出した。だがこの船は、極上の食事や給仕人といった豪華客船の名残をいまだにとどめていた。ヴィック大尉は部下に言った。「この先、楽しいことが待っているとは思えない。だからせめて、いまは羽を伸ばして楽しもうじゃないか」

男たちは、そのアドバイスを嬉々として受け入れた。「長い旅になるとわかっていたので、いまのうちに腰を据えて楽しむことにした」。出航してから一週間後に書きはじめた日記に、ミッチはそう書いている。ランフィアは蓄音機を持ってきていて、カニングはグレン・ミラーのレコードを持っていた。酒をこっそりと持ち込んだ者もいた。みんなでレコードをかけ、酒を飲み、若鳥やベイクド・アラスカを食べ、ポーカーやブラックジャックで勝ったり負けたりを延々と繰り返した。[7] デッキチェアに寝ころんで日光浴もした。「日焼けはしたけど火ぶくれはできなかった」と、ミッチは書いている。一行は体を鍛えたりボートの訓練をしたりして過ごした。ミッチはよく、船に積んでいる機雷や爆弾のことを思い、もし日本軍に魚雷を撃ち込まれたらどれだけの損害や死者が発生するかと考えた。「そのたびに暗い気分になった」。それはともかく、戦争の勃発によって取りやめになった〈モンロー〉の初航海が、海で余暇を過ごそうと多額の金を支はらう裕福な旅客の代わりに、兵隊やパイロットを乗せて再開されたようなものだった。[8]

出航して八日目に、艦隊は赤道を通過した。「南半球へ来たのは初めてだ」とミッチは書いている。オーストラリアに行くものだとばかり思っていたが、そうではないとヴィックに教えられた。艦隊の目的地はオーストラリアだが、ヴィックの中隊は艦隊と別れてフィジー諸島へ向かうというのだ。「フィジー諸島？　いったいどこだ？」と、ミッチは思った。そこで船内の図書室へ行き、地図やフィジーに関する記載のある本を探した。そこには「先住民には人食いの習慣がある」と書かれていた。ミッチは警戒心を抱いた。これから行くのは、部族文化と人食い人種を特徴とする、時代錯誤の熱帯の島なのだ。控えめに言っても「かなり興味深い冒険」だ。海上で過ごす最後の一週間、一行はフィジーでは何が起こるかを考えながら過ごした。実際に人食い人種に遭遇することはあるのだろうか？　もしそうなら、人食い人種とはいったいどんな風体（ふうてい）をしているのだろう？

一月二八日に、〈モンロー〉はスヴァという港町に到着した。サンフランシスコを出発してから一六日が経過していた。ダグ・カニングはこの航海を「フィジーに着くまで、安酒の空瓶を積み上げつづける旅だった」と言い表した。[9]　最初にフィジー諸島最大の島であるビティレブ島を目にしたとき、ミッチはハワイのオアフ島を思い浮かべた。ビティレブ島はサラダボウルの中身のような豊かな緑にあふれていたが、スヴァ自体は原始的というにはほど遠く、船着き場は赤い屋根で覆われ、スタッコ壁の建物や家々が内陸へ向かって広がっている。人食い人種がいる気配など微塵もなかった。それどころか、スヴァでの初日は、海上で過ごした気楽な時間の延長のようだった。何人かのパイロットは、ほかの者に先がけて酒場を占領し、パーティーをはじめた。ミッチは上陸するとすぐに、スコッチ・アンド・ソーダを手渡された。それを一口飲んで、ミッチは思った。「これが戦争なのか？」

パーティーは数日で終わり、中隊はスヴァから北に八キロほど行ったところにあるナウソリにキャンプを設営した。いつしか降りはじめた雨は一向に止まない。理想郷（シャングリラ）からはほど遠かった。「とんでもないところだ」と、ミッチは書いている。いっそのこと、村の名前を「泥の村」に変えたいぐらいだった。[10]「どこへ行くにも、くるぶしまで泥につかったままだ」。唯一の恒久的な建造物は気象観測所で、中隊は一本しかない未舗装の滑走路の近くに、ふたり用のテントを設営した。ミッチとヴィックは同じテントを使うことになり、そのテントを仮設の食堂とシャワーのあいだに張った。「シャワーとは名ばかりで、実際はパイプにひとつだけ穴をあけて、その下に立つという代物だった」。食事はまずかった。バナナやパイナップルやパパイヤは豊富にあったが、野菜は新鮮なものがなく缶詰ばかり。それと、コーンド・ウィリーと呼ばれる軍隊用のコーンビーフの缶詰が毎日出された。サトウキビ運搬用の小さな車両が、基地に飲料水のタンクを運び込んだ。

その後、P－39エアラコブラが入った二七の木箱が、できたばかりのぬかるんだ泥道を通ってトラックで運ばれ、草で覆われた滑走路のわきに置かれた。[11] 中隊は雨のなか、大急ぎで木箱を開梱し、組み立て作業に取りかかった。ヴィックとミッチは隊員にP－39の操縦訓練を施し、戦闘準備を整え、さらに整備員や兵器係といった地上要員がすばやく新しい戦闘機の補修作業を行えるよう取り仕切った。敵が攻撃してくる前に戦闘機の準備を終わらせるために、作業を急がねばならなかった。[12] 週を追うごとに、日本軍は着実に南方へと侵攻を続け、太平洋の多くの国を支配するようになっていた。年初にマニラを占領した日本軍は、フィリピン全土のアメリカ軍とフィリピン軍をバターン半島に追いつめていた。ほかにも、マレーシア、ボルネオ、オランダ領東インドが日本軍に占領された。日本の海軍と陸軍は、さらにオーストラリアに向かって南下を進め、ソロモン諸島に狙いを定めると、一月二三日にまずニューブリテン島の北端にあるラバウルに侵攻した。ラバウルはフィジーから三二〇〇キロほど離れているが、日本軍に攻撃される可能性がないとはいえない。ナウソリにおけるミッチの最初の任務のひとつは、撤退の際に書類と武器を破棄する計画を立てることだった。[13] ミッチにしてみれば、なんとしても実行したくない計画だった。アメリカの目的は、この地域を日本に占領させないこと。いざとなれば自分たちが戦闘機に乗って戦わなければならない――パイロットたちは心の奥でそう理解していた。

ミッチ、ヴィック、バーバー、ランフィア、カニングをはじめとする全員が、部品を組み立ててP－39エアラコブラを完成させた。[14] 航空機メーカーであるベル・エアクラフト社の製造担当者がいなかったら、全員が頭をかきむしっていたに違いない。作業には一週間以上かかったが、二月二日までに二機の組み立てが終わった。作戦の司令官であるミッチは、最初に戦闘機に試乗して状態を確認する予定だったが、突然その任務から外される。搭乗する機会をあれほど待っていたというのに、ようやく戦闘機に乗れるという段になって、うっかりジープを泥のなかで横転させ、足を負傷したのだ。[15] ミッチは一週間近く足を引きずって歩くはめになり、その間は飛行機に乗れなかった。「こんなにひどいことがあるか」と、ミッチは日記のなかで愚痴を漏らした。ほかのパイロットたちは飛行訓練を開始したものの、連日激しい雨が降っていたこともあり、最初のうちは一歩間違えば大事故になりかねない状況だった。あるパイロットは、滑走路をオーバーシュートしてP－39をばらばらにしてしまい、あとになってブレーキがきかなかったのだと言い出した。ミッチはその説明に納得せず、間違いを犯したのはパイロットであって飛行機ではないと言い放った。

「あいつは進入するのが早すぎてフラップの半分しか使わなかった」と、ミッチは言った。別のP－39は離陸の際に鷹に衝突して、ほかの機体の前部に勢いよく突っ込んだ。「組み立てるよりも早いペースで、P－39をだめにしているみたいだ」。[16] ミッチはそんな皮肉を口にした。しかし、空中戦の演習に参加していたある新米パイロットがP－39の激しい動きに耐えきれずにコントロールを失い、きりもみを始めたときには、いよいよ笑いごとではすまなくなった。ミッチは滑走路の端に立ってそれを見ていた。機体は墜落し、パイロットは即死だった。「すごくいいやつだったのに」と、ミッチは淡々とした言葉で日記に書いた。ほかにもトラブルの末に不時着したケースがいくつかあった。やがてパイロットたちは情報を交換しながら、P－39を操縦するコツをつかみはじめ、この改良された新型機が、訓練で少しだけ操縦したほかの戦闘機に比べて動きが遅いことに気がついた。空中戦では――とくにスピードが速く機敏な旋回をする日本の零戦を相手にしたときに――どれだけの力を発揮するのだろう？

航空機の組み立てと訓練の合間に、隊員たちは休みの過ごし方を見つけはじめた。P－39が入っていた木箱の木材を使い、四面の壁をつくってハンドボールのコートにした。ナウソリに映画館を見つけたが、そこは狭くて暑いところで、映写機がひとつしかなかったため、映写技師がリールを交換するたびに映画が中断された。[17] ミッチは『暗黒街に明日はない』という、ジョージ・サンダースが私立探偵を演じた犯罪映画を観た。ほうれん草を食べて危機を脱する水兵が主人公の人気アニメ映画『ポパイ』も観た。数カ月後には、アメリカが次々と敵と戦う姿を描く『ポパイ』の新作も上映される予定だった。「間抜けなジャップ」というタイトルがつけられたその新作のなかで、最強の水兵であるポパイは敵艦の乗組員を相手にたったひとりで戦った。敵の日本人司令官は、最後はポパイに倒されるのを拒み、ガソリンを飲んでから爆竹をくわえて自決する。当時のハリウッドでは、日本人差別の描写が満載の戦争プロパガンダ映画がよく作られており、この映画もそうした作品のひとつだった。ジョン・フォード、ウィリアム・ワイラー、ジョン・ヒューストン、ジョージ・スティーヴンスといった映画監督たちが、戦時下での映画制作にこぞって参加した。アカデミー監督賞を四度受賞したフォードは、前年の秋に自ら海軍に入隊し、旧陸軍省の協力のもと「海軍ボランティア撮影班」をつくっている。四六歳のフォードは、撮影隊に戦場での撮影に関する訓練を施し、真珠湾攻撃のあとは一六ミリカメラを抱えて太平洋へと赴いた。

二月一三日の金曜日は、ミッチェル夫妻にとって結婚二カ月目の記念日だった。[18] アニー・リーからは何の連絡もなく、ミッチも配達される見込みのない手紙をわざわざ書く気にはなれなかった。サンフランシスコを出て以来、手紙は一通も届いていなかった。さみしさを感じながらも、なんとかしてこの記念日を祝いたいと思ったミッチは、ナウソリの川向うにある〈スヴァ・ホテル〉でまともな食事をとろうと出かけていった。ヴィックとレックス・バーバーもついてきて、一緒にトマトスープとフレッシュコーンとグリルチキンを食べた。ミッチは無言で妻に乾杯した。三人は上等なシャンパンを二本空けた。結婚二カ月の記念日であり、結婚してから初めて飲むシャンパンでもあったので、そうするのがふさわしいと思ったのだ。あるときは、スヴァにある別のホテル〈グランド・パシフィック〉を訪れた。波止場に面していて、平時には観光客に人気のあったホテルだ。アメリカ人たちは、すぐにそこをたまり場にした。このホテルを訪れるたびに、港に停泊する軍艦の数が増えているのが嫌でもミッチの目に入ってきた。[19] そのなかには、二隻の駆逐艦、一隻の航空母艦、そしてドイツの戦艦と最初の海上戦を戦ったニュージーランド海軍の巡洋艦〈アキリーズ〉があった。また、B－17かB－24の爆撃機一二機がまもなくやってくるという話も聞こえてきた。「そろそろだ」とミッチは口にした。日本軍がこの一帯で大規模な軍事行動を計画している、という報告も頻繁に入ってくるようになった。この調子で連合軍が結集しつづければ、最終的に勝ち目があるかもしれない。

一九四二年二月末、西海岸にあるナディへの移動を終えると、飛行中隊の作業や生活の環境は著しく改善した。[20] ビティレブ島はコネティカット州よりも若干小さい島で、P－39で内陸の山あいを一〇〇キロあまり飛べば、あっという間にナディに着いた。トラックで車列を組んで移動する場合は、曲がりくねった海岸沿いの道を二〇〇キロ近く走るため、三時間以上かかる。ナディは湿気が少なく、滑走路にはマカダム舗装（砕石による舗装）が施されていた。滑走路の一端は海を臨む崖の上にあり、隊員の住環境は大幅に改善された。フィジーに最初に着いたときに、指令部は全員を直接ナディへ向かわせればよかったんだとミッチはぼやいた。そうすれば、分解された状態のP－39を木箱のまま艀(バージ)で運ぶこともできたし、全員が泥や雨と悪戦苦闘することもなかったからだ。一行は、大きな農家の隣にあるサトウキビ畑にふたり用のテントを設営して仮の居住区とし、その後、飛行場近くの四人用の小屋へと移った。フィジー語で小屋を意味する「ブレ」と呼ばれる、木の壁と草ぶきの屋根でできた小屋だった。

ようやくP－39全機の準備が整ったので、中隊は本格的な飛行訓練を開始した。[21] ヴィックは、計器飛行からアクロバット飛行、砲撃、急降下爆撃、跳飛爆撃と、幅広い技能を隊員が習得できるよう、厳しい訓練計画を策定した。[22] P－39の場合、機首にはプロペラ・ブレードと連動して発射されるふたつの三〇口径機関銃が、それぞれの翼にはふたつの五〇口径機関銃が、パイロットの両脚のあいだの駆動軸の上には三七ミリ機関砲が装備されている。実際の爆撃目標がなかったので、ヴィックは工夫を凝らし、沖合に停泊していた海軍の船からかき集めた資材を海に投げ込んで標的とした。岩礁のうえに即席の標的を設置して、パイロットたちにそれを狙った急降下爆撃の練習をさせたのだ。この演習を通して、パイロットたちはP－39が対地攻撃で本領を発揮することに気がついた。

中隊は、A、B、Cという三つの「フライト」すなわち「班」に分けられ、交代で戦闘機を使用した。全員の訓練を任されていたミッチは、レックス・バーバーとダグ・カニングのいるBフライトに加わった。隊員のほとんどはひげを剃るのを諦めていて、ミッチも口ひげを伸ばしていたので、このグループは「Bフライトのひげ野郎たち」というあだ名で呼ばれていた。演習でミッチが重視したのは、戦闘における大胆さだった。失敗を恐れて安全策をとるよりも、果敢に目標に向かっていく強い気持ちをもつことが大切だと考えたのだ。勝ちにいく姿勢と、守りの姿勢の決定的な違いは、バスケットボールチームのコーチをしていたころに身に染みてわかっていた。ミッチは常々、最高の結果をもたらすのは、失敗を恐れる気持ちではなく勝利の喜びだと信じていた。そして、隊員には厳しい訓練を課して、戦闘隊形やアクロバット飛行を叩き込んだ。「ミッチは要求が多かったから、えらい目にあった」と、ダグ・カニングは当時を振り返って言った。

訓練期間中、ミッチはうれしい知らせを受け取った。大尉への昇進が予定されているというのだ。ヴィックもまた、近いうちに少佐になると聞かされていた。数週間後、ふたりの昇進が正式に発表されると、Bフライトのメンバーはしっかりとそれを祝った。[23] 彼らは、酒や社交のためのたまり場にしていた近くの町、ラウトカへと繰り出した。スヴァに次ぐ第二の都市であるラウトカは、ナディから二四キロほど北に位置していて、フィジー最大の港があり、サトウキビ栽培の中心地にあることから「シュガー・シティ」として知られていた。バーでもホテルのラウンジでも、アメリカのビールはまったく手に入らなかったので、隊員たちはニュージーランドのビールで我慢した。そして、島最大のサトウキビ農園であるシュガー・ミルを管理するニュージーランド人たちと親しくなった。彼らはミッチとほかの隊員を夕食に招き、テニスコートを自由に使わせてくれた。ミッチは、大喜びでテニスを楽しんだ。テニスの腕はすっかりなまっていたが、訓練がないときにはいい運動になった。

ミッチは、時間のあるときに近くの村にも足をのばした。もはや、槍を手にした人食い人種に遭遇するとは考えなかった。「人食いというグロテスクな習慣があったのははるか昔のことで、それをやめさせるためにやってきた宣教師たちによって根絶された」というのが、ミッチが論理的に下した判断だった。いまでは、どの村を訪れても安全だと聞かされていた。パイロットがふたりついてきて、そのうちのひとりはテキサス出身だった。ウォレス・L・ディン中尉の出身地は、メキシコ湾沿いにあるコーパス・クリスティ。アニー・リーの故郷エル・カンポから車で数時間のところにある町だ。ミッチはテキサス人を好んだようだ。[24] 妻やディンだけでなく、イギリスにいたときの相棒で前年の秋に墜落して命を落としたエラリー・グロスもそうだった。ミッチとウォレス・ディンはふたりとも二八歳で、誕生日もひと月違いだった。ディンを気に入るのは当然と言えるだろう。ディンは痩せていて、背が高く、親しみやすかった。見た目はゲイリー・クーパーに似ていて、テキサスの辺境で先住民や無法者と戦った一九世紀のテキサス・レンジャーで国民的英雄の「ビッグフット・ウォレス」は自分の大おじだと言い張っていた。それが本当かどうかミッチにはわからなかったが、いずれにせよディンの飛び方には、ミッチが訓練でパイロットたちに教えこもうとしていた「大胆さ」が見られた。

一行は泥道をジープで走り、村の中心に着くと、立派な小屋のそばにジープを停めた。[25] その小屋は部族長の家だった。そこは、ミッチがいままでに見たなかでもっとも美しい村のひとつだった。西側に海が広がり、北側と南側には背の高い草が茂った野原が見える。そして、いたるところにココナッツやパンの木が生えていた。黒っぽいシャツと明るい色のスカートを身につけた部族長が小屋から出てきた。筋骨隆々で、身長はおよそ一九〇センチ、体重は一〇〇キロ近くありそうだった。威厳があり、いくぶん無口なこの部族長は、一行を丁重に迎えた。ミッチとディンたちは、ジープを降りてあたりを見まわした。村人たちは、大声をあげたりくすくす笑ったりしながら手を叩いた。ミッチはそれを見て、アメリカ人の来訪を歓迎しているのだと受け取った。この村人たちは、ミッチにミシシッピ州の黒人たちを思い出させた。「スペードのエースのような黒人」とミッチは日記に書いている。悪意がないとはいえ、その表現には文化に根ざした人種差別が染み込んでいた。ミッチは、現地の住民に関する人類学的な言及を続けた。「きつく縮れたもじゃもじゃの髪は、ちょうど南部の黒人のようだ。呑気で歌をたくさん歌うが、あくせく働いたり心配したりすることはほとんどない」。フィジーの住民は、ミッチにはわからない言葉を話したが、外国からの影響でキングズ・イングリッシュも使った。ミッチのいう「慣習的な熱狂的歓迎」もしくは挨拶らしきものが終わると、部族長が案内役を買って出て、六三名の子どもの名札がかかった一部屋だけの学校を誇らしげに披露した。そして、ほかの小屋にはない長く大きな敷物が敷かれた小屋で、一行に茶碗に入れた紅茶を振る舞ってくれた。部族長の娘が給仕を務め、ヤシの葉のうちわで蠅を追い払った。「これほど原始的な場所で、こんなふうにお茶を飲んでいるなんて、すごく不思議な気分だ」とミッチは思った。フィジーの住民たちの歌う現地の歌は教会の讃美歌のようで、ミッチには心地よく感じられた。おそらく宣教師たちから旋律を学んだのだろう。部族長がジープを称賛するので、帰る前に部族長と何人かの村の重鎮をジープに乗せた。彼らはいたく感激したようすだった。こうして、訪問はすべていい感じに終わった。別れ際に部族長が、またいつでも来てくれと言った。その招待に応えてふたたび訪問するときは、村人たちが煙草が大好きだとわかっていたので、ディンがキャメルを一箱持参した。

ミッチは、そうした出来事のすべてをアニー・リーに伝えることができた。というのも、二カ月以上経ってようやく手紙が届くようになった。ミッチは三月一七日に、アニー・リーに宛てて手紙を書きはじめ、一〇日後の三月二八日の朝、小さな郵便袋がアメリカから届いた。「仲間の半数近くと争うようにして郵便袋までたどり着いてみると、きみからの手紙が三通入ってた」と、ミッチはアニー・リーに語った。[26] 同じ日にあとから届いた郵便袋には、彼女からの手紙がさらに一九通入っていた。アニー・リーが如才なく手紙に番号を振っておいてくれたおかげで、ミッチは順番通りに読むことができ、遅れたり届いていなかったりするものがあればそのことに気づけた。その日は休みだったので、理想的なタイミングだった。ミッチは、読むのがやめられない小説であるかのように、午後のあいだずっとアニー・リーの手紙を繰り返し読んだ。なかには、アニー・リーが香水を染み込ませたものもあり、その香りにミッチは頭がくらくらした。「香水をかぐと、きみとの美しい思い出がありありとよみがえってきた」とミッチは書いた。結婚許可証をもらいにふたりで市役所に行ったときに、外の通りで偶然撮られた写真が同封されていた。「写真を撮られていたなんて、まったく気づかなかった。結婚を決心したとき、人はこんなに真剣な顔をするんだね」

その後、ときおり中断することはあったものの、ふたりは文通を続けた。そのなかの一通で、ミッチは結婚と戦争が両立しがたいことを詫びた。[27]「きみをがっかりさせたことが何度もあったと思う。新婚旅行に行く機会はなかったし、一緒に暮らしたのも三週間足らずだ。そのあいだ、きみは違う環境や結婚生活に慣れなくてはならなかった。ぼくはいつも疲れて帰ってきたし、車はないし……。いま思い返しても、よく見放されなかったものだよ。きみこそ勇敢な兵士だ」。手紙のやりとりを通して、ミッチはアニー・リーが忙しくしていることを知った。彼女は、運動のために自転車に乗り、車の運転を習い、ボウリングの練習を始めていたのだ。ミッチは大尉に昇進することを伝え、国防債を購入してふたりの将来のために貯蓄するようにと仕送りを始めた。アニー・リーは雑誌をたくさん送ってくるようになった。彼女が仕事を探していると聞いて、ミッチは気に入った仕事だけをするようにと念を押した。アニー・リーの話を聞くと、ミッチはいつも心がなごんだ。[28]「きみがサン・アントニオにうまく溶け込んでくれたと知って、ぼくがどれだけ喜んでいるか、きみには想像もつかないだろう」とミッチは書いた。「環境のいい地区に、すてきなアパートを見つけたみたいだね。近所に友達がたくさんいて、ゴルダおばさんやジョー先生が助けてくれているようすが思い浮かぶよ」

だがミッチは、ナディでの状況にあまり満足していなかった。三月が四月になり、四月が五月になると、ミッチはますます落ち着かなくなった。ミッチに言わせれば、中隊はすでに十分に準備ができていて、油断も抜かりもなかった。唯一の問題は、「出撃も爆撃もせず、敵もいないことだ」。太平洋の憂鬱が広がりはじめていた。[29]「何の変化もない日々が、ただ過ぎていく」。ミッチたちは、根気よく訓練と演習を続けて腕がなまらないようにしていたが、日本が好き勝手に戦争を進めていると思うと苛立ちが募った。「みんな、何らかの行動を起こしたくてうずうずしていた」。太平洋南西部における大日本帝国海軍の次の攻撃目標が、ニューギニアのポート・モレスビーだという噂が流れていた。[30] 実際、ミッチやアメリカ人たちの知らないところで、日本海軍の司令長官である山本五十六海軍大将は、この島を占領してフィジーとサモアに対する攻撃拠点として使う計画を立てていた。ほかにも、日本軍がフィジーからわずか一三五〇キロ西方にあるニューカレドニアを攻撃するために結集しているという噂もあった。ニューカレドニアは、日本に不足している鉱物（おもにニッケルとクローム）が豊富なうえ、オーストラリアから一四五〇キロ、ニュージーランドから一六〇〇キロの場所にあった。つまり、ニューカレドニアを占領すれば、両方に攻撃をしかけることが可能になる。

しばらくして、ミッチが初めて「日本人を殺す」かもしれない瞬間がめぐってきた。ある日曜日の晩のことだ。ミッチがポーカーをしながらくつろいでいると、二〇〇キロほど離れたところで敵の飛行隊が確認されたという連絡が無線で入ってきた。ミッチはカードを投げ出すと、兵舎を飛び出した。「ぼくは大急ぎで装備をひっつかむと、戦闘機に乗り込んでエンジンを始動させた」。だが、離陸する直前にヴィックに止められた。誤報だったのだ。その月の後半になって、もう一度チャンスが巡ってきたように思えた。ある日の夜明けごろ、敵機の襲来を知らせるサイレンが鳴り響いたので、誰もが飛行場へと走った。[31] ミッチはP－39のコックピットに乗り込み、日本の戦闘機を見つけようと四機を従えてあたりの空を探しまわったが、結局目にしたのはアメリカへ帰還する途中ではぐれてしまったB－24リベレーター一機だけだった。「まるで根比べだ」と、ミッチはアニー・リーにぼやいた。[32]「行動を起こしたくてたまらない。ぼくだけじゃなく、みんながそう思ってる」

ミッチは、ほかの場所での戦闘に関する情報をしっかりと把握していた。「ニュース速報が入ってくるし、ラジオの報道も聞いているので、状況はよくわかっている」と、ミッチは言った。[33]陸軍航空隊のジミー・ドゥーリットル中佐が指揮した四月一八日の奇襲爆撃の情報はすぐに広まった。一六機のB－25爆撃機――のちに「ドゥーリットル東京空襲隊」と呼ばれた――が日本の沿岸にいた空母から飛び立ち、東京、横浜、大阪、名古屋に空爆を行ってから、燃料補給のために中国へと向かったのだ。この空襲が与えた衝撃は計り知れなかった。日本人は、軍部の指導者がいくら本土は安泰だと言い立てようとも、現実はそうではないのだと気づいた。アメリカでは、五〇〇ポンド爆弾がもたらした「日本が真珠湾を攻撃するなら、われわれは東京を爆撃する」というメッセージが、国民の気持ちを高揚させた。[34]ミッチと仲間のパイロットたちは、その作戦の大胆さに畏敬の念を抱いた。「士気を高めてくれる、すばらしい冒険だった。パイロットたちの想像力、度胸、技量に心から興奮したし、刺激を受けたよ」と、トム・ランフィアは語った。[35]

ミッチはますます、戦場の近くに派遣されたいと願うようになった。敵の蛮行に関する話を聞いて、その思いがさらに強くなった。東洋人の裏切りの産物で、卑劣な奇襲である真珠湾攻撃がいい例だ。その後も、太平洋地域で日本の侵攻が進むにつれて、アメリカ人捕虜に対するおぞましい扱いに関する報告が入ってきた。数カ月におよぶ戦闘のあと、四月初旬にフィリピンで連合軍が降伏すると「バターン死の行進（デスマーチ）」という胸の悪くなるような残虐行為が行われたのだ。七万六〇〇〇人の捕虜のうち二万人以上のアメリカ人を、仮収容所へ向けて一〇〇キロ以上も徒歩で移動させたのは、人道に反する犯罪と思えた。道中の暑さと飢餓と殴打という過酷さに加え、ついていけない戦争捕虜（ＰＯＷ）は、日本兵に銃剣で突かれ、銃で撃たれ、首をはねられることもあった。ドゥーリットル空襲はアメリカ国民の気持ちを高揚させたが、その後捕らえられた八人のパイロットの扱いは戦時下の残虐行為そのものだった。[36] 日本軍の拷問は多岐にわたった。あるときは指を潰し、あるときは膝を逆方向に曲げ、あるときは「水責め」を行ったという。この水責めでは、まず捕虜を仰向けに寝かせて両手を床に縛りつける。それから丸棒を使って口をこじあけ、バケツ一杯の水を注ぎ込む。あとは、気がすむまでそれを繰り返すのだ。捕虜はえずいて恐怖にあえぐが、どうすることもできず、まるで溺れているような気分を味わわされる。同じぐらい気分が悪くなったのは、中国の田舎でドゥーリットル隊のパイロットをしらみつぶしに探していた日本陸軍が、アメリカ人をかくまったとはとうてい思えないような何千人もの中国人を次々に殺害したことだった。[37]

「早く日本軍と戦ってみたい」。ミッチはアニー・リーへの手紙に何度もそう書いた。「準備は整ってるんだ」と、ミッチは言った。アメリカに渡り、何年もアメリカ人と親交を深めた日本海軍の指令長官である山本五十六とは違い、ミッチは――いまや敵の本土である――日本に一度も行ったことがなく、日本人の知り合いもひとりとしていなかった。そのため、二月一九日にルーズヴェルト大統領が、西海岸に住む一二万人の日系アメリカ人の抑留を許可したときも、なんの異論もなかった。多くのアメリカ人がそうであるように、ミッチも日本人を怪物のように思っていた。六月のある日、戦闘を切望するミッチに対してアニー・リーが懸念を口にすると、彼はかみつくような態度をとった。「つまりきみは、ぼくが〝行動を起こしたい〟と叫ぶのに反対するのか?」と、ミッチは熱くなって言い返した。[38] そして、五カ月ものあいだ警戒するだけで何もせずに待っていると、頭が変になりそうだと続けた。「ときどき、ささいなことで誰かを激しく叱ってしまうんだ」。日本の太平洋侵攻はなんとしても阻止すべきで、どこかで行われている戦闘の話を聞きながら傍観しているのはもううんざりだ、とミッチは言った。「黄色い悪魔たちへの恨みを、この手で晴らしたい」

第八章　やり残した仕事

一九四二年二月下旬のある夕方、G・O・ブラウンという名の油田作業員が、カリフォルニア州サンタバーバラ沖で日本の潜水艦が浮上するのを目撃した。沿岸から一・五キロほど離れているとはいえ、漫然と海に浮かぶ黒い物体の大きさにブラウンは驚いた。「あまりに大きかったので、駆逐艦か巡洋艦かと思った」と、ブラウンはのちに『ロサンゼルス・タイムズ』紙の記者に語った。「潜水艦はたくさん見てきたが、アメリカ海軍のどの潜水艦よりも大きかった」。ブラウンはまるで、『白鯨』の潜水艦バージョンの話をしているかのようだった。[1] いままで誰も見たことがないほど、恐ろしく巨大だというのだから。潜水艦は、一ダースほど並んだ一五センチ砲をロサンゼルス北部の沿岸地区にあるエルウッド製油所に向けて砲撃した。たっぷり三〇分間、ブラウンはその光景をなすすべもなく眺めていた。砲弾は油井にはまったく命中せず、その多くは馬たちが草を食んでいた近くの牧草地に落下した。「馬たちは狂ったように暴れ出した」と、ブラウンは言った。「砲弾が牧草地で爆発し、馬たちはいないないてあたりを走り回った」[2]

怪我人はなく被害もたいしたことはなかったが、日本人は驚くほど強力な兵器――巨大な潜水艦にほかならない――をもつ、桁外れに強い相手だとわかり、怯える国民は恐怖心をいっそう募らせた（実際は、形状や装備が違っただけで、日本の潜水艦がアメリカの潜水艦より優れていたわけではなかった）。真珠湾攻撃からずっと、西海岸沖の大洋で動くものは何であろうと――漁船から流木、サメ、クジラまで――攻撃してくる日本の軍艦と間違われることがよくあった。そして国務長官のヘンリー・スティムソンは、不安を募らせる市民に、いつ起こるかわからない敵の攻撃に備えて用心するよう警告を発したのだった。

その後、日本の潜水艦が実際にサンタバーバラを攻撃し、南カリフォルニア全体を不安に陥れてからわずか三六時間で、ロサンゼルスの上空は明るく照らし出された。やたらに発砲したがる沿岸防衛砲兵隊が、襲来する敵の爆撃機と見なしたものに向けて、一四〇〇回以上の対空砲撃を行ったのだ。地域一帯は停電し、警報が鳴り響いた。その後一時間、サーチライトが夜空を染め、アメリカの発する銃火が空中で炸裂した。ある砲兵は六機、別の砲兵は二ダースの敵機を見たとのちに語った。市民からは、日本の空挺部隊が空から落下してきたという報告が寄せられ、なかには故障した日本の戦闘機がハリウッドの通りに墜落したという話まであった。

街は包囲されてしまった、と人々は思った。だが、実際はそうではなかった。敵の爆撃機も空挺部隊もやってこなかったのだ。明るくなってみると、被害がまったくないことが明らかになった。海軍長官のフランク・ノックスは、神経過敏がデマを生み出したのだと結論づけた。おそらく、少し前に打ち上げられた気象観測気球がレーダーに捉えられ、爆撃機と間違えられたのだろう。ただし、幻の攻撃による被害がなかったわけではない。停電のあいだに五人が心臓麻痺で亡くなり、爆弾の破片や地上に落下した不発弾が窓を割り、家屋を損壊し、怪我人が多数発生していた。なかには頭を一〇センチ以上切った人もいた。さらに、発煙筒やライトを使って敵機に合図を送ったとして、一五人以上の日系アメリカ人が地元の警察に拘束された。

実際には存在しない敵が、そこら中にいるかのようだった。真珠湾攻撃の余波で、激しい怒りと被害妄想が噴出したのだ。ハワイ諸島のカウアイ島では、一二月七日以降に着陸した日本人パイロットの捜索が行われ、住民は家を焼かれたり逮捕されたりした。[3] パイロットをかくまったと疑われて銃殺された地元の住民もいた。一二月八日には、アメリカ司法長官のフランシス・ビドルが、国の安全保障を理由に、カリフォルニアに住む敵性外国人と判断された七三七人の日系アメリカ人を検挙するようFBIに指示を出した。そうした検挙は、その後も数多く行われた。国内の日本人は、その多くがアメリカ国民でありアメリカ生まれであったにもかかわらず、情報を敵に漏らすスパイか、さらに悪質な工作人やテロリストとして標的にされた。「日本人はネズミのようにしぶとく生き、ネズミのように繁殖し、ネズミのように行動する」と、アイダホ州知事のチェイス・クラークは述べた。人種差別的なステレオタイプ化がいたるところで行われた。ぞっとするような当てこすりを込めた中傷が蔓延するなかで、準公認の「日本人狩り許可証」が出回りはじめ、『タイム』誌はそれを助長するためにさらに本格的な手段に出た。[4]「日本人の見分け方」と題するガイドブックを発行したのだ。そこには、アメリカ人が日本人と中国人移民を見分けるための一〇のヒントが書かれていた。[5]たとえば、「日本人の男性は堅苦しく直立姿勢で歩くのに対し、中国人の男性はもっとリラックスしている」といったものだ。表情に関してはとくに明確な記述がある。「中国人のほうが穏やかで、親しみやすく、率直な表情をしている。日本人はもっと積極的で、独断的で、傲慢だ」

国民の恐怖心が高まるなか、二月二三日に潜水艦による攻撃を受けたことで、前の週にルーズヴェルト大統領が認可した西海岸に住む日系人の拘束は勢いを増していった。この大統領令は、アメリカ連邦最高裁判所が合法と認めたものだった。西海岸中の日系人家族が、強制的に自宅から立ち退くよう命じられ、合計で一二万人が、持てるだけの荷物を抱えて急遽建設された収容所へと連行された。日系アメリカ人用の新たな「家」は兵舎のような施設で、周囲を有刺鉄線の柵で囲まれていたうえ、監視塔には武装した警備員がいた。「現実を甘く見るな。善良なジャップがいるなどという話に耳を貸してはいけない」。カリフォルニア州の下院議員であるA・J・エリオットは、日本の攻撃の翌週に議会で行った演説のなかでそう語った。「この国にいる日系人をすべて捕らえてどこかの強制収容所に入れなくてはならない。早急にだ」[6]

すべての日本人に対する恐怖が広まるなかで、真っ先に日本人という悪魔の代表とされたのが、山本五十六司令長官だった。山本は長い時間をアメリカで過ごし、最近では一九三四年の第二次ロンドン軍縮会議の予備交渉に参加するために汽車でアメリカを横断していたが、真珠湾攻撃が起こるまでは、アメリカの軍や政府の関係者以外で山本五十六のことを知る者はほとんどいなかった。彼はまさに、一晩にしてその名を知らしめたのだ。日本の国内向けプロパガンダ用に捏造された、大胆にも完全勝利を予告した山本の手紙のことが日本で報道されると、アメリカの報道機関はその煽動的な発言に飛びついた。「一年前にジャップの提督は、ホワイトハウスを占拠すると豪語していた」。一九四一年一二月一七日の『ワシントン・ポスト』紙の大見出しにはそう書かれていた。多くのアメリカ人がその報道を通して、真珠湾攻撃を考案した、自らを主戦論者だと表明している日本人提督の顔を初めて目にすることになった。「ワシントンのホワイトハウスで、アメリカに講和を命じるのを楽しみにしている」。[7]『ワシントン・ポスト』紙はふたつめの段落で、山本の発言としてそんな言葉を引用していた。それからというもの、戦争報道のなかで山本について言及する際は、まるでミドルネームのように、何らかのかたちでその言葉が添えられるようになった。

『タイム』誌は、一九四一年のクリスマス前の号で山本を特集した。だが、表紙に描かれた悪魔のような山本の姿は、クリスマスよりもハロウィンにふさわしいものだった。[8] 黄色い肌、黒い切れ込みのような目、不格好な頭、しっかりと閉じたままいまにもつばを吐きそうに下へ突き出した唇、大砲を乗せた両肩……そんな姿が、読者の目に直接飛び込んできたのだ。老若男女問わず、誰もが「ホワイトハウスを占領する」と宣言した外国の悪魔の不気味な顔をじっくりと眺め、その風刺画の中核をなす意図に思いをめぐらせた。キャプションには、山本は「日本の侵略者」であり、真珠湾攻撃の邪悪な黒幕は「憎悪という第六感をもつ、百戦錬磨の強者」だと書かれていた。その後、格調高い『ハーパーズ・マガジン』に、ウィラード・プライスによる山本の紹介記事が掲載された。プライスは、一九一五年に若き日の山本に会ったときのメモを引っ張り出して、『タイム』誌のために、山本を気性の激しい頑固な人物として描き出したジャーナリストだ。「山本は頑固な男で、髪をビーバーテール・サボテンの棘のように短く刈り込み、唇は分厚く、がっちりとした顎をしていた。[9] 小さいころから征服願望が強く憎悪に満ちていた」と、プライスは記述している。彼は、山本の人生の主要な目的を「アメリカを憎み、破壊すること」だと述べた。

アメリカにとって、山本は「極悪人」だった。真珠湾攻撃のあと、数週間から数カ月のうちに、アメリカ国民の意識は山本に向けられた。ある歴史学者は次のように書いている。「アメリカ人は、ほかのどんな敵に対しても――ヒトラーに対してさえも――これほど激しい憎悪は抱かなかった。山本は、真珠湾での卑劣な攻撃を計画しただけでは飽き足らず、追い打ちをかけるように『ホワイトハウスで講和を命じる』などと豪語したのだ。すべてのアメリカ人は、山本を特別憎むべき人物と見なしていた」[10]

一方、日本では、一九四一年一二月の残りと正月のあいだ、山本は称賛され、尊敬を集め、偶像化されていた。彼は究極の国民的英雄となったのだ。真珠湾攻撃の大成功と、それに続く太平洋各所での迅速な勝利が、山本を日本海軍の偶像ともいわれる東郷平八郎に匹敵する地位まで押し上げた。東郷平八郎は連合艦隊司令長官の先駆けで、二〇世紀初頭の日露戦争において、日本よりはるかに強大なロシアに圧倒的な勝利を収めている。さまざまな数字が、真珠湾攻撃の状況を生々しく物語っていた。[11] アメリカ海軍は真珠湾で二一隻の艦船を失っており、そのうちの七隻は戦艦で、沈没したか致命的な損傷を受けていた。海軍の戦闘機一六九機のうち九二機が大破し、三九機が大がかりな修復を必要とした。さらに陸軍航空軍の三つの主要な軍事施設が攻撃を受け、ハワイに配備されていた一〇〇機の戦闘機も破壊された。アメリカ側の死傷者の総数は三四〇〇人以上にのぼったが、日本の損失は最小限に抑えられ、山本の参謀たちの予測をはるかに下回っていた。[12] 攻撃部隊の三五三機の爆撃機のうち撃墜されたのはわずか二九機で、そのほかに潜水艦を一隻、小型潜水艦を五隻失っただけだ。攻撃を開始するにあたって、山本は艦隊の六隻の空母のうち半数を失う覚悟をしていたが、すべての空母が無事だった。死者数については、日本は五五人のパイロットと九人の潜水艦乗組員を失った。見方によっては、山本は、一九三四年のロンドンにおける三国間の軍縮会議の予備交渉に参加した際にできなかった、海軍力の「五・五・三」の比率撤廃を力ずくで成し遂げたといえるかもしれない。[13] 新たな数字は、平等になったというよりも、大日本帝国海軍が実質的に優位に立ったことを示していた。いまや日本国民にとって、山本は無敵の存在だった。

山本は、アメリカでは憎悪に凝り固まった主戦論者と言われ、日本では不屈の海軍を率いる愛国者とされていたが、どちらも山本の真の姿とは言えない。山本は、誰よりも「戦いを好まない」軍人だった。だが日本では、一九四二年一月四日のマニラ陥落、一月一一日の西太平洋のインドネシア諸島にあるセレベス島への空挺部隊による攻撃、二月一五日のシンガポール陥落といった戦果が連日ニュースで報じられていた。とくにシンガポールの陥落は偉大な勝利と見なされ、山本はまたもや天皇から称賛の証である勅語を受けた。皇后自らが朝日を背景に飛ぶ飛行隊を刺繍した旗を賜った。二月下旬には、オランダ植民地侵攻の前哨戦とも言える、ジャワ沖海戦での勝利の知らせがもたらされた。数日間にわたる戦闘で、敵の連合軍は駆逐艦三隻と軽巡洋艦二隻を失った。このとき、ジャワ島防衛のためにP－40ウォーホーク要員を配置すべく、経験豊富なパイロットの一団を乗せてジャワ島へ向かう途中だった空母〈ラングレー〉は、その目的を達成することなく沈没した。この戦いでは、パイロットの一団を含む約二三〇〇人が日本人によって殺されたのだ。山本がこの三〇人あまりのパイロットの一団に関心があったとは思えないが、フィジーに駐屯中のアメリカ人兵士たちにとっては違った。死亡したのは、一二月にサンフランシスコを出発していた部隊、つまりヘンリー・ヴィッチェリオ少佐とジョン・ミッチェル大尉が率いる部隊よりも先に出発したパイロットたちだったからだ。フィジーの兵士たちのあいだに動揺が走った。[14] ヴィックとミッチは、自分たちが〈ラングレー〉に乗っていた可能性もあったと知っていたので、「神のご加護がなければ、自分も同じ目に遭っていたかもしれない」と思わざるをえなかった。

日本のラジオ局は、国粋主義的なニュースを放送する際に、日本海軍の公式行進曲である「軍艦行進曲（マーチ）」といった、国民を鼓舞するような軍歌を流すようになった。[15] この愛国歌は、アメリカの「海軍讃美歌（永遠の父）」に相当するものだ。一月には、東京の代々木練兵場で天皇が閲兵を行う際に、ふたたび「帝国戦争宣言」が放送され、国民は全神経を集中して耳を傾けた。[16]「街は日の丸の旗でいっぱいだった。空は晴れ渡っていた。私たちは深い感謝の念を抱いて一日を過ごした」。ある女性は、その日遅くなってから日記にそう書いた。旗艦にいる山本のもとには、熱烈なファンレターが次々と届いた。その量があまりに多かったので、司令官の気持ちを察した側近のひとりが、山本のお気に入りでもっとも大切な文通相手である愛人の千代子からの手紙を、真っ先に目につくよう一番上に置いてから届けるようにした。「あなたから手紙が届いて、とても幸せな気持ちになりました。思わずクウクウ（小鹿の鳴き声）と書いてしまったほどです」。山本は、千代子との頻繁なやりとりのなかで、愛情を込めてそう記したことがある。[17]

一九四二年の冬のあいだ、戦争はほぼ例外なく、日本にとってとんとん拍子に進んだ。三月には、日本軍はダグラス・マッカーサー将軍をフィリピンから追い出し、残っていたアメリカ陸軍部隊も五月までに制圧した。軍首脳部は、さらに野心的な新しい計画を口にしはじめていた。インドを攻めるか？　オーストラリアか？　ハワイか？　それともアラスカか？　よし、やろうじゃないか。日本は次々と攻撃をしかけ、東南アジアにおけるヨーロッパの植民地をすべて攻略した。春になるころには、大日本帝国は太平洋での勢力を拡大し、中国から東はウエーク島まで、アラスカに近いアリューシャン諸島から南はオーストラリアの北にあるインドネシアまでを手中にしていた。日本海軍がその力を発揮するようになると、山本配下の将校たちの多くはさらなる成果を求めるようになり、中央政府はのちに「勝利病」と呼ばれるものに冒されてしまった。[18]

だが、山本は違う見方をしていた。「戦争行為を始めるのは簡単だが、終わらせるのは難しい」と、山本は友人のひとりに語っている。[19] ほかの者たちは、世界をわがもののように思いはじめていたかもしれないが、山本の見解は変わらなかった。戦争の目的は、世界を征服することではなく、太平洋に非常線を張り、日本の地域的な利益を守ることだと考えていたのだ。真珠湾への奇襲攻撃の目的は、徹底的に戦うことではなく、アメリカの不意をついて衝撃を与え、早期の和平を実現することにあった。そのため山本は、東京にいる政治家たちが、外交ルートを通じて平和交渉を進めるよりも、新たな征服に関心をもっているように思えて落胆したのだった。一二月七日の攻撃よりもかなり前に、山本はこんな予測を口にしている。「しばらくのあいだ日本は、タコが足を広げるようにあらゆる方面に拡大を図って、すべてを意のままにするだろう」。だが彼は、日本の幸運はもって一年だと考えていた。「それまでに和平条約を結ばなくてはならない」[20]

戦術上の大きな取りこぼしが、真珠湾攻撃の直後に明らかになった。偶然にも、真珠湾を拠点とするアメリカの空母〈エンタープライズ〉〈レキシントン〉〈サラトガ〉の三隻が、攻撃の時点で真珠湾に停泊していなかったのだ。それは、山本の攻撃部隊が数十万トン相当のアメリカ海軍の船舶を破壊したにもかかわらず、アメリカ艦隊の主力である航空母艦が無傷で残ったことを意味していた。[21] さらに、攻撃部隊は船舶や航空機に狙いを定めていたために、基地の修理施設や発電所や地上の燃料貯蔵タンクには攻撃を行わなかった。もしそうした施設が破壊されていたならば、真珠湾での船舶の修理は不可能だったに違いない。損壊したアメリカ艦船をタグボートでカリフォルニアまで曳航しなければならず、その作業に数カ月を要し、アメリカが立ち直るまでにさらに時間がかかったはずだ。たとえ数隻の戦艦がハワイの基地で修理されたとしても、燃料タンクが破壊されていれば、動力となる燃料が入手できなかっただろう。つまり攻撃部隊は、アメリカの海軍力を支える基盤設備よりも、道具である戦艦を攻撃したということだ。それは、八隻の戦艦のうちの六隻が完全に破壊されたにもかかわらず、アメリカの太平洋艦隊が予想以上に早く回復する可能性があることを意味していた。[22] 最後に、攻撃のタイミングによっては、さらなる損害を与えることが可能だったこともつけ加えておく。日曜日には、たいてい多くの戦艦や駆逐艦が揃っているにしても、隊員の大部分は不在だった。ほとんどが週末の休暇に入っていたからだ。もし攻撃部隊が別の日に攻撃を行っていたとしたら、死傷者の数は数千人にのぼっていた可能性が高い。

山本にはやり残した仕事があった。あまりに多くの人が、戦争の騒乱のなかで見過ごしている仕事だ。故郷の長岡にいる姉に宛てた手紙のなかで、山本はこう打ち明けている。「ついに戦争が始まりました。浮かれた声がさかんに聞こえてきますが、日本は負けるかもしれません。私にできるのは、最善を尽くすことだけです」。[23] さらに悪いのは、日本の政治家や軍事専門家だけでなく、その支配下にある報道機関によって、戦争の成果が誇大に宣伝されていたことだ。「本当にしなければならないことは、国民に冷静に真実を知らせることだ」と山本は言った。「派手に宣伝する必要などまったくない」。戦時のプロパガンダには、歪曲された山本の手紙も使われた。そこにはホワイトハウスに乗り込んで平和を命じるという例の悪名高い宣言も含まれていて、山本をうんざりさせた。「世論を誘導し、国民の士気を保とうとする話はすべて、中身のない誇大な宣伝にすぎない」と、山本は部下に語った。「公式な報告は、絶対的な真実に忠実であるべきだ。嘘を口にするようになったら、戦争に負けたも同然だ」[24]

山本は、メディアの報道と軍の諜報機関から得た情報を通じて、アメリカが行動を起こしはじめたことにも気づいていた。真珠湾での完全な敗北のあと、アメリカは胎児のように体を丸めるのではなく、自分の足で立ち上がって復讐しようという意欲に燃えていた。山本には詳細を知るすべがなかったが、一九四二年の冬には、アメリカは急速かつ効果的に戦時体制を確立していた。「周到に計画されたこの侵略行為から立ち直るのにどれほどの時間がかかろうと、アメリカ国民はいずれ、正義のもとに完全な勝利を手にするだろう」。真珠湾攻撃の翌日、ルーズヴェルト大統領はそう宣言した。一九四〇年秋、ルーズヴェルトはアメリカ史上初の「平時における徴兵」に着手しており、真珠湾攻撃が起こった時点で、航空隊員、水兵、陸軍兵士、海兵隊といった軍人の数は二二〇万人にものぼっていた。そこで、その年の冬は緊急事態として、あらゆる前線で軍備が拡大された。一方で、世界戦争に備えてアメリカ経済の見直しが図られ、国民の生活様式に変化が起こる。大統領は、年間五万機の戦闘機が新たに必要だと述べた。最初、この数字は多くの議員に衝撃を与えたが、数年もしないうちにその倍の数の戦闘機が製造されるようになった。また、戦艦や戦車、潜水艦、銃器といった兵器も至急増産する必要があった。アメリカ国民はみな、仕事をしながら、資源の節約やリサイクルに励むようになった。使い古しのポットや導管、ベッドフレーム、廃車などから金属スクラップを回収し、鉄やアルミニウムの需要に少しでも応えようとした。兵器製造のための金属は、どれだけあっても足りなかった。「平均的なアメリカ人は、新しい車やタイヤ、さらには中古のタイヤすら買えず、いま使っているものを修理するのもおぼつかなかった」と、ジャーナリストのアーサー・クロックは書いている。クロックはピュリッツァー賞の受賞歴がある『ニューヨーク・タイムズ』紙のコラムニストだ。当時、彼のコラム「イン・ザ・ネーション」は必読と言われていた。「破損した銅管を修理することもできない。産業科学へ貢献した鉄も手に入らない。真珠湾攻撃から六カ月が経ち、国民の精神は、運命の過酷な仕打ちに耐えて立ち向かう力があるところを見せた。これまでに払った犠牲と、どんなときにも失わない明るさが心を打つ」[25]

増大する軍事費をまかなうために、一九四〇年に一五億ドルだった連邦政府の防衛費は、一九四五年には八一五億ドルへと跳ね上がった。そしてこの増加分を補うために、アメリカ政府は戦時国債を大衆向けに販売しはじめ、その販促のために「悪魔のような山本」まで利用した。ある広告は、卑怯な日本の提督を描いた風刺画の下に「親米派を装う裏切り者」と書いた。分厚い唇に張り出した顎……その顔は、まるで齧歯類の生き物のようだった。そのうえ、こんな文言まで添えられていた。「この類の卑劣漢と戦う有効な手段がひとつだけある。鼻をしっかりとつまんで、小切手帳を取り出し、戦時国債の購入のために小切手を切ることだ」。[26] 多くのアメリカ人が、その要請に忠実に応えた。太平洋艦隊の戦闘機パイロットであるジョン・ミッチェルも、出征しているほかの多くの兵士と同じように、戦時国債をできるだけたくさん買うようにと、家に仕送りをはじめていた。そして「戦争が終われば、かなりの額の貯蓄になる」と、戦時に国へ投資する理由をアニー・リーに説明した。[27]

山本は切迫感を感じていた。戦争の初期段階はおおむね成功を収めていたので、次の作戦行動を思案しながらその冬を過ごした。「作戦の第一段階は子どもの時間のようなもので、おそらくすぐに終わるだろう。だがいまや大人の時間となった。ぼんやりするのをやめ、重い腰を上げたほうがよさそうだ」と、山本は書いている。[28] 海軍の指導者のなかには、インド洋を越えてさらに西へ侵攻すべきだと主張する者がいた。南へ向かってフィジーやニューカレドニアのヌメアを占領するのがもっとも効果的で、そうすればオーストラリアをアメリカから孤立させられると考える者もいた。だが冬が終わるまでに、山本はミッドウェー島というまったく別の標的を狙う決心を固め、信頼のおける部下に攻撃計画を立てるよう命じていた。[29] 日本軍は、真珠湾攻撃から数日のうちにグアムとウエークというアメリカの島々を占領していた。日本から四五〇〇キロ離れた、ふたつの小さな島からなるミッドウェーというちっぽけな環礁諸島が、いまやもっとも近いアメリカの軍事基地だった。ミッドウェーは手ごろな大きさの島で、潜水艦や空母の停泊地となる港と飛行場があった。山本がミッドウェーを選んだのにはいくつかの理由があった。まず、もっとも近い敵の前哨基地を取り除くことで、その地域における日本の防衛線を拡大することができると考えたのだ。さらに重要だったのは、山本がミッドウェー海戦を、真珠湾でやり残した仕事を完遂させる手段と見なしていたことだった。真珠湾攻撃を逃れた空母や戦艦といった、太平洋におけるアメリカの海軍力の残滓(ざんし)を一掃しようという考えだった。成功すればアメリカにとって計り知れない打撃になると、山本にはわかっていた。ミッドウェーは、ハワイからわずか一六〇〇キロ西に位置している。ミッドウェーを失ったアメリカ人は、日本がそこを足がかりに疲弊したハワイを攻撃し、さらにハワイを拠点としてアメリカ西海岸に攻めてくるのではないかと恐れるに違いなかった。だがそうした征服は、山本にとって一番の関心事ではない。山本のもくろみは、真珠湾攻撃のときから変わっていなかった。敵が本格的に軍事力強化を図りはじめたいま、和平の早期締結はこれまで以上に急を要する課題となっており、山本はミッドウェーがその転機となるはずだと考えていた。ここでアメリカ海軍を打ち負かせば、アメリカを説得して日本と和平を結ばせることができるかもしれない。山本は、真珠湾攻撃の当初の目的だった「戦争の早期終結」を成し遂げようと考えていたのだ。山本の部隊が真珠湾攻撃で破壊したアメリカ軍艦船の数は、それまでにほかの国が破壊した船の総数を上回るほどだったにもかかわらず、戦争終結には程遠い状況だった。山本は、真珠湾爆撃の第一隊を率いた直属の部下である淵田美津雄に、それこそがミッドウェー作戦の目的だと明かしている。そして作戦が首尾よく遂行された暁には、日本の政治的指導者たちに和平交渉を始めるよう迫ることを約束したのだった。[30]

山本とその参謀が立案した計画には、最初はあちこちから反対の声が上がった。おもに陸軍からだったが、海軍からの反対もあった。反対派はあくまで「大胆で攻撃的な姿勢」を取ることにこだわっていて、艦隊を近場に待機させて敵を待ちぶせるのは海軍の伝統にのっとった戦略ではない、と言った。山本は自説の論拠を力強く説き、太平洋で日本が成功するかどうかは「アメリカ艦隊、とくに空母群を破壊する」という真珠湾で果たせなかった任務を完遂できるかにかかっていると主張した。検討中のほかのどの計画でもなく、ミッドウェー作戦こそが、その目的を実現させることができる。「ミッドウェーに対する作戦は、敵の空母をおびき出し、決戦を行って破壊するというものだ」。[31] もし敵が餌に食いつかず、艦隊をいわゆる決戦で戦わせるつもりがなかった場合も、日本はミッドウェーを侵略して太平洋における拠点とすることができる。

論議は三月いっぱい続けられたが、東京をはじめとするいくつかの都市がアメリカ軍による想定外の空爆に見舞われたことで、すみやかに決着がついた。四月一八日の、一六機のB－25爆撃機によるドゥーリットル空襲だ。日本の国民は、この空襲で衝撃を受け震え上がった。山本は次のように書いている。「被害はそれほどでもなかったが、皇都の空を汚されながら、敵機を一機も撃墜できなかったのは恥ずべきことだ」。山本は空襲の知らせを受けると、ひどく狼狽し、一日中自室に閉じこもって考え込んだ。[32] アメリカの爆撃機が空母から出撃したことはわかっていた。日本が真珠湾に奇襲をかけたときに、アメリカ空母が外洋ではなく真珠湾にとどまっていたならば、こんな空襲は不可能だったはずだ。海軍幕僚や陸軍首脳部は、急に本土周辺の安全を気にかけるようになり、山本のミッドウェー作戦実行を承認した。

山本とその参謀たちは、六月初旬のミッドウェー攻撃に向けた準備を始め、残存しているアメリカ艦隊との交戦のための予行演習を実施した。そのあいだも山本は、オーストラリア北東地域に焦点を定めた、太平洋上での各種作戦の進行状況を把握しようと努めた。作戦のなかには、ソロモン諸島のガダルカナルを占領して、そこに航空基地をつくるという計画も含まれている。なかでも、山本がもっとも注視していたのは「MO作戦」と呼ばれるもので、五月初旬に計画されたニューギニア南岸のポート・モレスビーを攻略する作戦だった。ポート・モレスビーを攻略すれば、日本の爆撃機や戦闘機は、珊瑚海を挟んだオーストラリアに短時間で飛んでいくことができる。この作戦は、周囲の珊瑚海にいる自国の戦艦の援護を受けながら、占領部隊が島を奪取するというものだった。山本は、高度な訓練を受けた海軍の戦闘機パイロットを乗せた巨大空母二隻を、援軍の一環として送り込んだ。

しかし、「MO作戦」は期待どおりの展開を見せなかった。日本軍は、おもにアメリカとオーストラリアの戦艦や戦闘機からなる連合国軍の抵抗を受けたのだ。日本の軍隊輸送船は、近くの空母から飛び立ったアメリカの戦闘機から執拗な爆撃を受け、続く五月七日と八日の二日間にわたって、両海軍は洋上での戦闘を続けた。「珊瑚海海戦」として知られるこの戦いは、交戦中の両艦隊が敵艦を視界に入れず、直接砲撃し合うこともない最初の空海戦となった。[33] また、それぞれの空母から出撃した爆撃機による空爆合戦でもあった。アメリカの抵抗が予想以上に激しかったために、日本の指揮官は後退を余儀なくされ、空母が占領部隊に必要な援護を提供できないと知った山本は、五月一八日に侵略を打ち切った。もはや別の機会を探すしかなかった。

山本と司令官たちは困惑していた。戦術的には日本が勝っていたと言えるだろう——日本の爆撃機は、空母〈レキシントン〉を撃沈し、空母〈ヨークタウン〉に重大な損害を与え、駆逐艦を沈め、給油船を損壊させたからだ。だが、日本の侵攻ははねのけられ、太平洋における最初の失敗となったのも事実だ。この対戦では、軽空母〈祥鳳（しょうほう）〉が撃沈された。さらに痛手となったのは、大型空母〈翔鶴（しょうかく）〉が甚大なダメージを受け、日本の乾ドックへ曳航されたことだ。ほかにも四三機の戦闘機とその乗組員を失っており、その多くが飛行経験が豊富で補充が困難なパイロットたちだった。迫っていたミッドウェー作戦で活躍するはずだった戦力を、早々に失ってしまったのだ。

　山本は不満を募らせていた。このところの事態の展開によって、ミッドウェーの重要性が高まっていたからだ。山本は自ら陣頭指揮をとることにした。これまでにないことだ。作戦の準備に全神経を傾けていた山本だが、ひとつだけ気になることがあった。敵が準備を整えて珊瑚海で待ち伏せしていたように思えたのだ。日本海軍が攻めてくることを、何らかの方法で事前に察知していたのだろうか？

第九章　ミッドウェー――山本の嘆き

アメリカ太平洋艦隊司令長官のチェスター・W・ニミッツ提督は、一九四二年五月のポート・モレスビーでの山本の行動計画について、実は多くのことを知っていた。それは、ハワイに駐在していたアメリカの暗号解読者によってもたらされた情報に負うところが大きかった。この暗号解読チームは、数週間かけて精度を高めながら日本海軍の通信内容を解読し、軍隊を乗せた戦艦と輸送船が中部太平洋の日本海軍の主要基地であるトラック諸島に集結していることや、その部隊が珊瑚海をめざして南下する準備を進めていることを把握していたのだ。当初の通信内容の多くには、「RZP」という記号が含まれていて、暗号解読者たちはこれを、ポート・モレスビーを示す地理的な符号だと考えていた。だが、暗号解析は常に一筋縄ではいかない。四月二四日、日本の通信文に「MO」という新たな用語が現れたのだ。この用語は、「MO艦隊」

や「ＭＯ占領部隊」といったように、いくつかの文脈で使われていた。暗号解読者たちは、この用語がポート・モレスビーに関連したものか、それとも別の作戦も一緒に指すものかがわからずに困惑していた。

暗号解読班の責任者であるジョー・ロシュフォート中佐は、この謎めいた用語を、もっとも優秀な言語学者であり暗号解読者であるアルヴァ・〝レッド〟・ラスウェル少佐とジョセフ・フィネガン少佐のふたりの手に委ねた。フィネガンは、「ＭＯ」はポート・モレスビーを意味し、その地理的な暗号名「ＲＺＰ」とは違って、ポート・モレスビー侵略作戦を示すコードネームだと主張した。[1] ラスウェルも独自に同じ結論に達したことから、ロシュフォートは山本司令長官の次の動きが読めたと考えた。五日後の四月二九日に、山本から井上成美（いのうえしげよし）中将に送信された作戦指令一号を傍受すると、その確信はさらに強まった。ロシュフォートの部下たちがその指令を解読したところ、近々第四艦隊を率いてポート・モレスビーを攻略する予定の井上中将に、山本が送った激励のメッセージであることがわかったのだ。「日本海軍は、これを完遂するべく総力を挙げてのぞむ」と、山本は書いていた。このメッセージから、「ＭＯ」が「ＲＺＰ」攻略を示す作戦のコードネームであることが明らかになった。暗号解読者たちが、ポート・モレスビーに関するこの発見を大急ぎで報告したおかげで、ニミッツはそれに対応する計画を立てることができた。太平洋で再び大勝すべく、一九四二年五月初旬に奇襲攻撃を計画していた日本海軍は、しかし思いもしない反撃をくらうことになる。ニミッツの部隊は、五月七日と八日の珊瑚海海戦で山本の部隊と対戦し、その進撃を食い止めたのだ。[2]

前年一二月の真珠湾攻撃以来、レッド・ラスウェルは、ハイポ支局として知られる暗号解読班のなかでもっとも貴重で生産性の高い人材となっていた。[3] この薄茶色の髪をもつ細身の男は、アーカンソー州ピゴットの片田舎出身で、言語と数字を扱う能力に長けていたにもかかわらず、高校の卒業証書さえ取得していなかった。大半が海軍将校で占められている暗号解読班でただひとり、ラスウェルは海兵隊幹部候補学校に入学するために、一九二五年に通信教育講座を受けなくてはならなかった。それがいまでは、ハイポ支局で慎重かつ正確な分析官としての地位を確立している。群を抜いた仕事中毒（ワーカホリック）で、蛍光灯のまぶしい光を遮る（さえぎる）ために常に緑色の眉庇（まびさし）をつけ、キューバ産の葉巻やパイプをくわえながら、整頓された灰色の金属机にかじりついていた。司令官のジョー・ロシュフォートは、よくラスウェルを同僚の言語学者であるフィネガンと組ませた。フィネガンは、ボストン出身のヘビースモーカーで、机にはたいてい情報資料が山のように積まれていた。どこに何があるかは本人しかわからない。彼は、日本の通信文の解読にかなり自由奔放な取り組み方をしていて、直感と優れた記憶力を駆使し、過去の通信内容からデータを引き出していた。ロシュフォートは、フィネガンとラスウェルが——ちょうど陽と陰のように――互いに補い合う関係だと考えたのだ。[4]
ふたりの仕事場は、真珠湾にある海軍省の建物のなかの地下室だった。窓のひとつもないその部屋には「地下牢（ダンジョン）」という呼び名がつけられていた。[5] ロシュフォートの机は、教師の机が教室の前に置かれるように、一方の端に据えられていた。その右側の席は傍受無線解析者たちのものだ。彼らの仕事は、外部の無線通信の量や位置や送信者を分析し、その結果に基づいて日本海軍の居場所を突き止めることだった。ロシュフォートの左手には言語担当官のラスウェルとフィネガンが座り、真正面には地図やファイルや本が載った情報専門官の机が置かれていた。部屋のもう一方の端には暗号解読者たちが座り、その優れた数学的技能で、暗号化された数字群を解読して文字列に変換し、それをラスウェルやフィネガンをはじめとする言語担当官たちが英語に翻訳する。暗号解読者と翻訳者は互いに協力しあって仕事をしていたが、ロシュフォートは翻訳者がもっとも重要な役割を担っていると考えていた。「きみたちは正しい変換ができる」。のちにロシュフォートは、暗号解読者が行う第一段階の作業についてそう語った。「だが、その結果がきちんと翻訳されなければ、すべての努力は水の泡だ」[6]
ハイポ支局は、アメリカ軍最大の無線諜報プログラムである海軍暗号解読プログラムを担う支局のひとつだった。先見の明をもっていたアメリカ海軍首脳部は、一九三〇年代の日本の急速な海軍力拡大を遠目に見て、それに対抗するには自分たちの情報収集能力を増強しなければならないと考えた。そのためには、長年にわたって日本帝国海軍のさまざまな暗号を解読してきた経験をもつ、アメリカの暗号解読者たちの強みを生かす必要があった。ハワイをはじめとする太平洋の小さな島々に無線傍受局が網の目のように設置され、日本の無線通信を傍受していた。一〇年間で三つの暗号解読局が稼働し、通信文の解読に取り組んだ。「OP‐20‐G」として知られるワシントンDCにある部局が本部として機能していた。CAST(キャスト)として知られる第二の支局は、フィリピンのルソン島のカヴィテ州にあり、フィリピンが日本に攻略されたときはこの支局をオーストラリアのメルボルンに移転させることになっていた。真珠湾のハイポ支局は、第三の支局だった。時とともに、そしてとくに真珠湾攻撃のあとは、どの局も最初に正確な解読をしてやろうと躍起になり、競争心を募らせていった。[7] さらに一九三〇年代には、海軍の有望な暗号解読者を三年間日本へ派遣していた。日本語を習得し、日本海軍の士官たちとの交流を深め、将来敵となるかもしれない日本の習慣や文化を理解させることが、その目的だった。のちにハイポ支局の司令官となるジョー・ロシュフォートや、ジョー・フィネガンもこのプログラムに参加していた。やがてこのプログラムは、情報をめぐる影の戦争(シャドウ・ウォー)において、日本のそれよりもはるかに優れていたと証明される。[8]

　レッド・ラスウェルもまた、海軍のこの語学集中訓練に参加していた。ラスウェルの上官は、このプログラムには多様な海兵隊員の参加が必要だと説き、学歴のないラスウェルにも志願するよう促したのだ。ラスウェルは一九三六年から一九三八年まで東京で過ごし、すぐに日本語に熟達し、滞在が重なった二年間でフィネガンとの絆を築いていた。「第二次世界大戦中、フィネガンは本当に頼りになった」と、のちにラスウェルは語っている。[9] 一九三〇年代の終わり、ラスウェルはフィネガンに続いてカヴィテ州の支局に配属され、本人が言うには「そこで、戦時中に携わることになる仕事を最初に叩き込まれた」。[10] つまり、本格的に暗号解読者として働きはじめ、単なる翻訳業務だけでなく、暗号化された数字群を解読して言語に変換する暗号解読者としての能力を伸ばしていったのだ。ラスウェルとフィネガンが非常に高く評価されたのはそのためだ。ふたりは、言語の専門家であると同時に解析者でもあった。一九四一年春、ラスウェルは真珠湾に転属となり、正式には太平洋艦隊無線局として知られていたハイポ支局でロシュフォートの部下として働くことになった。

その年の秋、ハイポ支局をはじめとするアメリカの暗号解読者たちは、日本との戦争が迫っていることは感じていたものの、一二月七日に山本がしかけた真珠湾奇襲攻撃に気づいた者はひとりもいなかった。ロシュフォートはのちに、この失敗について冷静に言及した。「情報将校にはひとつの役割、ひとつの仕事、ひとつの任務がある。それは、日本が明日しようとしていることを、今日のうちに司令官に伝えることだ」。[11] 真珠湾が攻撃された朝、ラスウェルは夜勤についていた。「私はオフィスにいて、爆撃機が到来するのを目にした」と、ラスウェルは語った。「攻撃が始まったときは、そこにいた誰もがそうだったように、ただ驚くしかなかった」[12]

一九四二年の春から夏にかけて、ハイポ支局の暗号解読者たちは、真珠湾攻撃の借りを返そうと心に決めていた。日本海軍には保守的なところがあり、新しく普及しはじめた機械技術よりも暗号帳を好んで使った。暗号帳に含まれる単語や情報を数字群に変換し――五桁の数字の組みあわせが合計で五万種類ほどあった――それを通信専門官がつなぎ合わせて暗号化された通信文を作成するのだ。暗号化された数字群は、その後さらにほかの数字群に組み込まれる。この過程は二重暗号化と呼ばれ、連合軍の暗号解読者たちは、どちらの数字群が実際に通信文の作成に使われたのかを突き止めるのに苦労を強いられた。[13] だが暗号解読者たちは、「日本海軍暗号書25」略して「JN－25」と名づけられた、日本海軍の戦略暗号の解読に成功していた。残された課題は、日本が安全のために定期的に行う、単語に相当する数字の変更にどう対応するかだった。しかし、JN－25（b）として知られる最新版への変更に、連合軍の暗号解読者たちが戸惑うことはなかった。その年の冬、ハイポ支局にいたロシュフォートの部下や、連合軍のほかの支局の暗号解読者たちは、すでにJN－25（b）を解読していたからだ。JN－25（b）を使った通信文を首尾よく解読したことで、春の初めには山本のポート・モレスビー攻撃の企てに備えられた。珊瑚海海戦での結果に驚いていた山本は、自ら計画して陣頭指揮をとろうと考えていたミッドウェーの戦いで、さらに大きな衝撃に直面することになる。

一九四二年の五月初旬までに、日本海軍の無線通信量は急激に増加した。その爆発的な増え方は、太平洋に張りめぐらされたアメリカ海軍の無線傍受網を圧倒するほどだった。たとえば中部ハワイにあるワヒアワ局の通信士たちは、気がつくと膨大な量の傍受内容を真珠湾のハイポ支局へ届けるようになっていて、一日に五〇〇から一〇〇〇もの情報が入ってくる地下牢（ダンジョン）の環境は劇的に変化していた。「まるで男子修道院が圧力釜に変わったようなものだ」と、ある歴史学者は指摘している。[14] その量の急増に対処するために、ラスウェルとフィネガンは二交代制を導入して、二四時間はふたりのうちのどちらかが経験の乏しい翻訳者を監督し、残りのひとりが次の二四時間その仕事を引き継ぐようにした。[15] そうすれば、ハイポ支局でもっとも優秀な言語専門家であり暗号解読者であるふたりのうちのどちらかが、常に任務についていることになる。ふたりは無我夢中で働いたが、それでも回ってくるデータをすべて処理するには時間が足りなかった。あるときラスウェルは、机の後ろに折り畳み式のベッドを置いた。「そこで仮眠をとって、少しでも疲れをとってから仕事に戻った」。猛烈な仕事のペースを維持するために、アンフェタミン（覚醒剤の一種）を摂取しはじめる者も多かった。[16]

ひとつ懸念すべきことがあった。一九四二年五月一日をもって、日本海軍は戦略暗号を新しいバージョンに変えることを決め、ＪＮ－25（ｂ）からＪＮ－25（ｃ）への切り換えを予定していたとわかったのだ。暗号解読者にとって、それはよい知らせでもあり、悪い知らせでもあった。通信の保安対策が強化されることで、日本海軍が何か大きな作戦の準備にかかっているのがわかる。一方で、暗号解読者たちが新バージョンの暗号を解読するまでは、これまでのように山本の計画を知ることができないのだ。だが、ロシュフォート、ラスウェル、フィネガンをはじめとする暗号解読者たちは、新しい暗号を導入するにあたって、日本軍がある地理的な障害に直面していることには気づいていなかった。冬のあいだに太平洋全域に勢力の拡大を図った結果、日本海軍の通信士が太平洋全域に散らばることになり、簡単には新しい暗号を普及させられなかったのだ。[17] そのため、一九四二年五月一日の期限を迎えても、日本海軍はJN－25（b）を使わざるをえなかった。その状態がしばらく続き、ようやく新バージョンの暗号が稼働したのは五月末のことだった。

五月一日になっても日本が新しい暗号に切り替えられないことは、ロシュフォートの部下たちにとってはありがたい話だった。彼らだけでなく、オーストラリアやワシントンDCにいた連合軍の暗号解読者たちは、山本が策定していた作戦に関する内部情報を蓄積しつづけた。「山本が太平洋で軍隊を移動させるのを、まるで肩越しに覗き込んでいるようなものだった」。[18] ロシュフォートの伝記を書いた作家は、のちにアメリカの優位をそう表現した。五月初旬、ハイポ支局の暗号解読者たちは、近い将来の軍事作戦に関して繰り返し言及される情報を入手していた。五月五日には、山本の艦隊から日本の海軍省に宛てた、給油ホースの配送を急がせる電文を傍受した。それによってアメリカ側には、山本の攻撃艦隊が近いうちに海での燃料補給を必要とすることがわかったのだ。その後、五月一三日の午後に、山本の第四航空戦隊から輸送船〈五州丸〉に送られたメッセージを解読したことが、きわめて重要な手がかりをもたらした。航空基地を築く装備とその作業にあたる人員を乗せたこの小型の輸送船は、日本の拠点であるサイパンに向かい、そこに集結している空母や戦艦と合流してから「ＡＦ」に向かうよう指令を受けていたのだ。

分析官たちは、「ＲＺＰ」がポート・モレスビーを指すのと同じように、「ＡＦ」も地理的な符号だと認識していた。[19]以前から「ＡＦ」がミッドウェー諸島を示すものと推測はしていたが、少なくともここ二カ月は、日本の無線通信のなかに「ＡＦ」は出てこなかった。傍受したほかの通信文によって、山本が、真珠湾攻撃を統括した司令官である南雲忠一中将に、この攻撃部隊を率いるよう命じていたことが明らかになった（だが暗号解読者たちには、山本が自ら旗艦〈大和〉に座乗して、南雲の空母艦隊のあとを航行するつもりだとはわからなかった）。日本の艦隊が、ミッドウェーへの攻撃に最適と思われる中部太平洋のサイパン島で合流するというのも、いかにもありそうなことだった。ハイポ支局の暗号解読者たちは、解読した暗号を「Ａ」から「ＷＡＧ」のランクに分類していた。[20]最上位のＡランクは、彼らが分析結果に「確信」をもっていることを意味する。「Ａランクは、複数の情報源によって確認されていて、無線通信に何度も出てくるので、疑いようのないものだった」。一方、最下位のＷＡＧランクは、「荒っぽい解釈(ワイルド・アスド・ゲス)」を略したものだ。ロシュフォートとその部下たちは、「ＡＦ」に対する自分たちの解釈を、もっとも信頼性が高いＡランクに分類した。山本の次の標的がミッドウェー諸島であると確信したのだ。

だが、ワシントンの本部にいたＯＰ‐２０‐Ｇのライバルたちは信用しなかった。山本が大規模な作戦を企てていることには、どこの暗号解読局も異論がなかったが、ＯＰ‐２０‐Ｇの暗号解読者たちは、「ＡＦ」がミッドウェー諸島を示すという分析結果を受け入れなかった。ワシントンでは意見がまとまりそうになく、対立は激しさを増すばかりだった。山本の標的はハワイだと言う者もいれば、サンフランシスコだと言う者もいた。なかには、たとえ「ＡＦ」がミッドウェーを指すのだとしても、その暗号は、山本が本当の目的であるハワイや西海岸への攻撃から目を逸らさせるために巧妙にでっちあげたものだという意見まであった。ロシュフォートとその部下たちは、自分たちの解読に自信をもっていて、信用しない人々を「愚か者」だと考えた。敵対意識が最高潮に達したころ、ニミッツ提督は艦隊をどこに配備すべきか頭を悩ませていた。もし判断を間違えば、太平洋戦争において壊滅的な結果を招きかねないからだ。[21]

「アメリカ艦隊が珊瑚海海戦からなんとか戻ってきたのはつい先日のことだった。ニミッツ提督はそんなときに、戦艦の修理や燃料補給、弾薬の再装塡、人員補給に関する決断を下さなければならなかった」と、ラスウェルは語った。

五月一九日、勤務についたラスウェルは、地下牢（ダンジョン）に届いたばかりの傍受電文を調べはじめた。優先度が高そうな五〇かそこらの電文にざっと目を通していたとき、重要と思われるメッセージを見つけた。[22] ラスウェルがそう思った理由はふたつ。ひとつは、それが山本の発した電文だということ。もうひとつは、その宛先だった。電文は、日本の主要な司令官全員に送られていたのだ。

ラスウェルは分析に取りかかった。徹夜で未知の暗号群の識別を行い、翌朝には解読した結果を配った。それは、まさに驚くべき内容だった。日本海軍のミッドウェー攻撃作戦の詳細と、島の北西にいる南雲艦隊の位置までが書かれていた。「日本の空母がどこから戦闘機を出撃させようとしているか、その経度と緯度まで言い当てることができた」と、ラスウェルは語った。ところが、ワシントンはまたしても、「ＡＦ」がミッドウェーを指しているというハイポの結論を受け入れなかった。[23] ラスウェルは激怒した。「私が確信をもって下した判断を、ほかの者たちは間違いだと決めつけたのだ」

いったいどうすればいい？　ハイポ支局のほかのメンバーは、ラスウェルの解読結果を裏づけようとがむしゃらに働いた。一方でロシュフォートは、論争に決着をつけるようにという上層部からの圧力が高まるなか、前日にハイポの少人数のグループと考案した計画を実行に移した。そのアイデアは、ウィルフレッド・J・〝ジャスパー〟・ホームズ少佐が考え出したものだ。情報将校のホームズは、軍人でありながらベテランのエンジニアでもあった。ミッドウェー諸島に行ったことは一度もなかったが、現地の海軍基地で飲料水の不足が懸案事項になっていると知っていた。そこでホームズは、海水の濾過装置が故障したので真水を積んだ船を真珠湾から大至急派遣して欲しいという緊急メッセージを、ミッドウェー基地から発信することを提案する。日本の無線信号班がそのメッセージを受信すれば、すぐに上層部に報告するはずだった。ロシュフォートが必要な手はずを整え、そのアイデアを実行に移した。容易に解読されるように、その偽情報は暗号化されず平文のまま送られた。

数時間後の五月二〇日の朝、ハイポ支局のジョー・フィネガンは、ウエーク島にある日本軍の前哨基地から東京に送られた通信文を解読する。それは「アメリカ海軍基地における飲料水に関する非常事態」についての報告だった。「日本は腹を空かせた大カマスのように餌に食いついた」と、のちにホームズは書いている。[24] もっとも重要だったのは、その通信文のなかで、アメリカの基地がある島を指すのに「ＡＦ」という地理符合が使われていたことだ。[25] 策略はうまくいった。「ＡＦ」が「ミッドウェー島」を意味することが証明されたのだ。五日後の五月二五日、日本帝国海軍はようやく暗号をＪＮ－25（ｃ）に変更した。[26] 「大規模な変更だったので、われわれはまた何もわからない状態に陥った」と、ラスウェルは語った。だが、日本の行動は遅すぎた。アメリカの暗号解読者たちは、すでに欲しい情報を手に入れていたのだから。情報の宝の山を手にしたニミッツ提督は、奇襲を計画している日本軍に反撃を食らわせようと、艦隊を結集させはじめた。

六月一日、山本五十六は、排水量七万二〇〇〇トンの〈大和〉の艦橋に立っていた。〈大和〉は日本がつくった最強の戦艦で、いまや連合艦隊の新たな旗艦となっている。山本は、直接の指揮下においた三三隻の戦艦で構成される大艦隊を従えて、ミッドウェー島に向けて東へと航行していた。艦隊には戦艦〈長門〉と〈陸奥〉の二隻、駆逐艦部隊、巡洋艦部隊、さらに二隻の軽空母も含まれていた。山本は、大海原を見渡していた。艦隊の約一〇〇〇キロ前方には、南雲中将が率いる攻撃部隊がいる。機動部隊として知られる南雲艦隊では、駆逐艦、戦艦、軽巡洋艦が、大切な資産――帝国日本海軍の所有する六隻の大空母のうちの四隻――を囲むように配置されていた。太平洋のどこかでは、三〇〇〇人の陸軍兵士と、二大隊の海軍特別陸戦隊を乗せた輸送船が、機動部隊に合流すべく最終目的地に向かっていた。それらをすべて合わせると、山本たちは、六カ月前の真珠湾攻撃を上回る大規模な軍隊を投入していることになる。

攻撃が始まるのは六月四日。ミッドウェーの米軍基地を攻撃するために、一〇〇機以上の爆撃機が南雲艦隊の空母から出撃することになっている。その二日後には五〇〇〇人の部隊が上陸し、アメリカ軍の防衛力を無力化して、戦闘機が出撃できないようにする計画だった。ミッドウェーを失うことを恐れたアメリカ海軍は、日本の侵略を阻止するために空母を派遣してくるだろう。そうしてやってきた空母を、待ち伏せていた山本の部隊が全滅させる――それがこの作戦のねらいだった。そして山本にとっては、アメリカに早期の和平を迫る二度目のチャンスでもあった。[27]

巨大な艦隊を編成するのには数週間がかかった。五月初旬には、〈大和〉をはじめとする日本の戦艦が広島湾の南に集結しはじめていた。広島湾の柱島泊地は水深が深く、艦隊が集結するにはうってつけの場所だ。山本が真珠湾攻撃の状況を見守ったのも、まさにこの柱島だった。出撃直前の修理と給油が必要だったので、艦隊は柱島泊地を出て、三〇キロ離れた呉へと向かった。五月一三日に山本の旗艦も移動すると、その後の六日間、呉は嵐が来る前の凪のような状態になった。この期間に、将校や海兵隊員は慣習に従って妻や家族を港町の呉に呼び寄せた。山本も例外ではなかった。だが、山本が一緒にいたいと思った相手は妻や家族ではなく、長年の愛人だった。呉に到着する前に、山本は東京にいる千代子に連絡を入れ、一緒に過ごす手はずを整えていた。山本は前月に五八歳になっていて、千代子は三九歳になるところだった。一九三三年の夏に初めて出会ってから、山本と千代子の関係はすでに八年も続いていた。だがふたりは、戦争がもたらす試練――家族であろうがなかろうが誰にでももたらされる「別れ」――のほかにも新たな困難に直面していた。三月中旬以降、千代子が肋膜炎を患い体調を崩していたのだ。[28] この病は、肺の周囲の組織が炎症を起こすもので、患者は激しい胸の痛みと呼吸困難に苦しむことになる。千代子は治療を受けていたが、医者が匙を投げかけたこともあったという。当然ながら、千代子は山本に会いたくてたまらず、はやる思いで電話に出たものの、「咳があまりにもひどくてほとんど話ができず、涙がとまらなかった」と日記に書いている。

それでもふたりは会うことにした。衰弱していたにもかかわらず、千代子は東京から夜行列車に乗り込んだ。付き添いの医師が、何度も抗生物質の注射を打ってくれた。翌日五月一四日の午後、山本は呉駅のプラットフォームで、千代子の到着をいまかいまかと待ちわびていた。軍服は身につけず、背広に眼鏡という姿で変装し、細菌をまき散らしたり吸い込んだりしないように鼻と口を覆うタイプのガーゼのマスクをつけていた。「最愛の人が私を待っていてくれた」と、千代子はのちに書いている。[29]「うれしくてたまらなかった」。山本は衰弱していた千代子を背負うと、外に待たせている車まで連れていき、一緒に旅館へ向かった。「私の震える体をあの人が抱きかかえてくれた。呼吸が苦しくて、何度も注射を打ってもらった。痛かったけど、そのおかげでなんとか会いに行くことができた」と、千代子は語った。

ふたりは、呉の旅館で四晩を一緒に過ごした。山本は、具合の悪い恋人の世話をこまめに焼いた。「日に日に病気を克服していくあなたの精神力の強さは、実に驚くべきものだ」と、山本はのちに千代子に言った。[30] 別れの朝、東京へ戻る千代子を駅まで送った山本は、プラットフォームで見送っていたが、ふいに手を伸ばすと窓越しに千代子の手を握った。千代子はのちにこう書いている。「あまりに体が弱っていたので、あなたの手をしっかり握ることはできなかったけれど、あなたはとても強い力で私の手を握りしめてくれた」。千代子は、新たな痛み――心の痛み――を感じ、別れの挨拶はしたくないと思った。「列車から飛び降りて、あなたのそばにいられたらどんなによかったか。列車が動き出したとき、固く握り合った手を離したくなかった」[31]

山本もまた悲嘆に暮れていた。山本の旗艦は、呉を出て柱島泊地に戻った。ミッドウェー作戦の開始に向けて、本格的に秒読みが始まった。山本は五月二七日に〈大和〉から出した手紙のなかで、戦争と愛情についての思いを千代子に吐露している。「千代子が健康を回復しようと戦っているのだから、私もお国のために力を尽くします」と語り、ミッドウェーについても言及した。「二九日の朝早くに出発して、三週間ばかり洋上で全艦隊の指揮を執ります」。そして、心のどこかではそんなことは全然望んでいないと打ち明けている。「できることなら、世の中のすべてを投げ捨てて、あなたとふたりきりで暮らしたい」。[32] 山本は、「あなたのかわいらしい写真に口づけをしつつ」という、千代子への思いを謳った短い詩で手紙を締めくくった。千代子は少しずつ回復した。山本は、その後の数カ月千代子に手紙を書きつづけ、ときには電話もかけた。だが、呉で過ごした四日間は、ふたりが実際に一緒にいられた最後の時間となった。

手紙のなかで触れていたとおり、山本は五月二九日に広島湾を出発した。それは、南雲中将率いる艦隊が出発してから二日後、そしてハイポ支局の暗号解読者であるレッド・ラスウェルがミッドウェー作戦の詳細について述べたメッセージを解読してから九日後のことだった。出発時は天候もよく、山本の旗艦は陽気な雰囲気に包まれ、最初のうちは海兵が大声で軍歌を歌うほどだった。だが航海が進み、六月四日が近づくと、静かな緊張感がたちこめてきた。艦橋に立つ山本は、愛国的な歌声を耳にして喜んではいたものの、つらそうに顔をしかめることが多くなった。千代子とは比べものにならないとはいえ、山本自身も体調不良に悩まされていたのだ。[33] 腹部の刺すような痛みと下痢に苦しみ、やがて回虫症と診断された。

六月一日に太平洋に出たとき、ミッドウェー作戦は順調に進んでいるように思えた。[34] その一方で、日本海軍の別の空母を含む小規模艦隊がアリューシャン列島を攻撃することになっていた。アリューシャン列島は不毛な極寒の列島で、アメリカのアラスカ州に属していた。辺境の地であるため、どこの国が占有しようと、北太平洋の輸送経路を支配するうえで優位に立てる程度の利点しか得られない。山本と参謀たちは、アメリカ海軍を本命のミッドウェーから遠ざけるための陽動作戦としてこの攻撃を行った——たとえそれが、海軍力を分散させずに集中させるという海軍の慣行に反することだとしても。だが、海軍の艦隊をあまりにも遠くに離してしまったために、艦隊同士が互いを援護することができなくなってしまった。さらに山本は、帝国艦隊の居場所を敵に悟られないように、連合艦隊の大半が西日本の瀬戸内海で演習を実施しているかのように装う偽の通信文を無線通信士につくらせた。とはいえ日本は、「影の戦争（シャドウ・ウォー）」——すなわち情報戦争——でアメリカに大きく後れをとっていた。一〇〇隻近い日本の戦艦がミッドウェーに向かう以上、日本がいかに策を弄しようとも効き目はなかった。山本は知る由もなかったが、ニミッツ提督はすでに何が起こるかを知っており、対抗する海軍力を結集させていたのだ。[35]

山本の攻撃部隊の司令官である南雲中将は、計画どおり六月四日の早朝に攻撃を開始した。南雲は、ミッドウェーを攻撃して地上侵攻をしやすくするために、一〇八機の戦闘機——水平爆撃機と急降下爆撃機、それに護衛を務める零戦——に出撃を命じた。だが、何もかもがうまくいかなかった。ミッドウェーの北西に配置された空母〈赤城〉に乗っていた南雲は、ミッドウェーのアメリカ軍基地から向かってくる戦闘機を目にした。南雲の部隊は、アメリカの最初の反撃はなんとか撃退したものの、徐々に現実が見えてきた。日本艦隊がほとんど抵抗も受けずにアメリカ軍基地に打撃を与えるどころか、敵は攻撃を加えるべく準備を整えて待ちかまえていたのだ。南雲は、もはや地上部隊を上陸させることはできないと悟り、アメリカ軍基地に第二弾の空爆を行うよう急いで指示を出そうとしていた。だがそのとき、新たな情報が入ってきて状況が一変する。日本の偵察機が、南雲艦隊の左方向にある「ポイント・ラック」と呼ばれるミッドウェーの北東地点に、ニミッツの艦隊を発見したのだ。その艦隊には、駆逐艦や巡洋艦に加え、三隻の空母が含まれていた。驚いたのは、そのなかに、隔壁を木製の補強材（ブレース）で補強した〈ヨークタウン〉の姿があったことだ。〈ヨークタウン〉は珊瑚海で破壊されたものと日本軍は思い込んでいたが、実は真珠湾で修理を施され、タイミングよくミッドウェーでアメリカ軍に合流していたのだ。

衝撃的な知らせだった。山本の目的は、一二月の真珠湾で攻撃を逃れたアメリカ軍空母を壊滅させることだったが、その計画を実現するには「ミッドウェー作戦が軌道に乗ってから駆けつけてきたアメリカ軍空母と戦う」必要があった。敵の空母三隻がすでに現地で待機していたのは想定外のことだった。山本の本隊は南雲艦隊から数百キロ離れたところにいたので、援護をするのは不可能だった。そして数分後、三隻のアメリカ軍空母から出撃した何十という爆撃機が南雲の旗艦めがけて急降下爆撃を開始した。直撃を受けた〈赤城〉では、積んでいた爆弾が次々と爆発した。この爆発によって、〈赤城〉は激しく振動し、炎に包まれ、真っ黒な煙が空へ向かって噴き出した。「その光景は、見ていられないほど恐ろしかった」と、ある将校がのちに書いている。[36] 南雲艦隊はあっという間に壊滅した。〈赤城〉とほかの三隻の空母はあまりにも近くに固まっていたために、どうすることもできなかった。敵の格好の標的となってしまったのだ。

南雲の部下から報告を受けると、山本の顔は真っ青になった。「地上および空母から出撃した爆撃機による攻撃を受けた。〈加賀〉〈蒼龍〉〈赤城〉が炎上」。ある報告にはそうあった。[37] 報告は矢継ぎ早に入ってきた。六分もたたないうちに、山本は〈加賀〉が救いようのないほど炎上し、〈蒼龍〉もまた炎に包まれていることを知った。そして驚くべきことに、南雲は〈赤城〉を放棄すると決め、炎から逃れて艦橋の窓を乗り越えようとしていた。攻撃部隊の指令所を、動きのとれなくなった〈赤城〉から軽巡洋艦に移すことにしたのだ。山本と司令官たちは、困惑と不安のなか、艦橋にある小さな指令室に集まって協議をした。一同の目には「言葉では言い表せないような虚しさが浮かんでいた」と、〈大和〉のある乗組員は当時を思い出して言った。[38] 夕方になるまでに、〈加賀〉と〈蒼龍〉はともに沈没し、その後まもなく空母〈飛龍〉が制御不能となったという報告が入った。山本がミッドウェー作戦に送り出した四隻の空母――それまで帝国艦隊が手にしたすべての勝利において中心的な役割を果たしてきた――

が、一斉に失われてしまったのだ。山本は、南雲の旗艦である空母〈赤城〉が、放棄されて傾いてはいたものの、どうにか沈まずに浮いているという知らせを受けた。〈赤城〉がアメリカ本土に曳航され、戦利品として見世物にされるのを恐れた山本は、断腸の思いで〈赤城〉を沈める決断を下した。日本の空母を自ら魚雷で撃沈するという考えに部下は抵抗を示したが、山本の決意は揺らがなかった。[39]

「天皇陛下には私からお詫びをする」

山本は、駆逐艦に命じて〈赤城〉を撃沈させた。南雲に戦闘を続けさせ、地上部隊をミッドウェーに上陸させることで、本隊が追いつく時間を稼ぐことも考えたが、結局は不本意ながらもミッドウェー作戦の中止を決めた。空母による航空支援がなくては、勝てる見込みがないとわかっていたからだ。日本の海軍部隊は、撤退を決めて本国への引き上げを開始した。真夜中近くだった。アメリカ艦隊に圧倒的な勝利を収めるという期待がかかった作戦が、戦闘の開始から二〇時間も経たずに、悪夢のような結末に終わったのだ。

年の初めから続いていた太平洋における日本の快進撃は、この戦闘で阻止されてしまった。山本は、南雲の部隊をけっして責めないよう部下に固く命じ、任務の失敗はすべて自分の責任だと言った。連合艦隊の司令長官である山本は、自室に閉じこもって数日間を過ごした。〈大和〉は、まるで葬儀のような沈黙に包まれていた。その後の数週間における日本海軍の緊喫の課題は、空母部隊の再編だった。また、山本と大本営は、ニューブリテン島のラバウルに築いた拠点に続いて、オーストラリア北東のソロモン諸島に力を注ごうとしていた。六月七日、日本軍はガダルカナル島に上陸した。ミッドウェーでの圧倒的な敗北を機に、ガダルカナルに航空基地を建設することを決めたのだ。ソロモン諸島を支配下におけば、日本の海軍と陸軍はオーストラリアを孤立させられる。そうすれば、オーストラリアを基地として使おうというアメリカの計画を阻止できると考えたのだ。

ミッドウェーで日本軍が相手に打撃を与えなかったかというと、そんなことはない。この海戦では、双方が多大な犠牲を払っていた。一例をあげると、日本軍はアメリカ軍空母〈ヨークタウン〉と駆逐艦、そして一五〇機の戦闘機を撃破していた。だが結果的に、数でも質でも劣っていたニミッツの軍勢が、「ダビデ対ゴリアテ」式の勝利を収めたのだ。山本は、四隻の空母、重巡洋艦〈三隈(みくま)〉、そして二四〇機以上の戦闘機を失っていた。そして三〇〇〇人以上の日本の海兵や航空隊員が命を落とした。そのなかには、撃沈された空母に乗っていた、もっとも経験豊富なパイロットや、同じくらい重要な人員である戦闘機の整備員の多くも含まれていた。山本と日本の軍事指導者たちは、作戦を批判され、その遂行方法を非難され、あれこれと粗探しもされたが、形勢を一変させたひとつの要因は彼らの知らないところにあった。それは、アメリカの暗号解読者たちが果たした役割だった。ニミッツ自身がのちにこう書いている。「ミッドウェーは、本質的に諜報力の勝利だった」[40]
ミッドウェーでの山本の敗北については、日本ではほとんど語られなかった。国民の戦争に対する熱狂と、日本海軍は無敵だという建前を維持するためのプロパガンダを優先するあまり、厳然たる真実が隠蔽されたのだ。[41] 国家主義を標榜する報道機関は、大本営に忠誠心を示して、アメリカ艦隊は二隻の空母と一五〇機の戦闘機を失ったのに対し、日本は巡洋艦一隻と三〇機の戦闘機を失っただけだという嘘の情報を流した。「海軍がまたもや画期的な勝利を収めた」。そんなスローガンが見出しを飾った。情報の漏洩を防ぐために、ミッドウェー作戦に従事した将校、海兵隊員、陸軍兵士のほとんどが、こうした場合の常として帰国して家族と再会するのも許されずに、そのまま太平洋にあるどこか別の基地に派遣された。
一方、アメリカのメディアはまったく違う話を報道した。「ジャップの艦隊は、ミッドウェー海戦で壊滅的な打撃を受けた。戦艦と空母が損壊。奇襲は撃退された」。『ボストン・グローブ』紙の第一面はそう書き立てた。アメリカの主要な日刊紙のすべてが、似たような見出しを掲げた。「これで、真珠湾の恨みを少しは晴らすことができた」[42] と、ニミッツ提督は、ハワイの本部で発表した声明のなかで断言した。「日本の海軍力が使いものにならなくなるまで、報復は終わらないだろう」。しかし、ある新聞記事が、アメリカの軍首脳部を震撼させることになる。『シカゴ・トリビューン』紙が、六月七日の第一面に、「アメリカ海軍は、ジャップの海戦計画を知っていた」と題する記事を掲載したのだ。この記事の小見出しには、「アメリカの司令官たちは、アリューシャン列島での山本の動きが陽動作戦であることも知っていた」と書かれた。[43] この記事を書いたのは、スタンリー・ジョンストンという従軍記者だった。ジョンストンは、珊瑚海から帰還する輸送船に乗っていたときに、山本のミッドウェー攻略計画を知らせるためにニミッツが太平洋にいる司令官たちに送った機密文書を目にしていたのだ。この爆弾記事には具体的な情報が多数掲載されていた。アメリカ海軍当局が、山本の計画の概要だけでなく「どの戦艦が配置されたか」まで知っていたとも報じた。「日本がこの戦争に投入したなかでも『最強』といえるこの艦隊は、三つの部隊に分かれているとわかっていた。第一に攻撃部隊、第二に援護部隊、そして第三に占領部隊だ」

この記事は、明言はしていなかったものの、アメリカの暗号解読者たちが日本海軍の暗号を解読していたことを示唆していた。そうでなければ、ニミッツはいったいどうやって山本の計画を事前に察知できたというのか？　ワシントンでは、海軍作戦本部長のアーネスト・J・キング元帥と軍当局の首脳陣が激怒していた。とくにほかの新聞がこの話題を取り上げるようになってから、その怒りはいっそう強いものになった。彼らは司法省に対し、一九一七年のスパイ活動法に基づいて、情報漏洩に関する捜査と、記者と編集者に対する反逆罪適用の検討を要求した。

アメリカの暗号解読者たちがもたらした情報戦における圧倒的な優位は、突然危うくなったように思われた。ワシントンは一様に息をひそめて、帝国日本海軍が暗号を破られたことに気づいた何らかの兆しが現れるのをじっと待っていた。もし気づいていれば、山本の連合艦隊は、いままでのようにJN－25に定期的な変更を加えるのではなく、JN－25を破棄してまったく新しいものに置きかえるはずだった。ミッドウェーで負った傷を癒やしていた日本の海軍首脳部は、確かに疑いを抱いていた。その一例として山本は、しばらくのあいだ艦隊からは手紙を出さないと千代子に告げている。「作戦行動に関する機密が大衆や諸外国に漏れているようだ」。[44] だが日本軍は、何らかの理由でこの新聞記事を見逃したか、あるいはその傲慢さから「アメリカが暗号を破れるとは思いもしなかった」ようだ。こうして、アメリカの危機は去った。[45] 日本海軍は、アメリカが暗号を解読したことに気づいているようすなど見せずに、JN－25暗号システムの使用を続けた。また、アメリカでは大陪審の調査が打ち切られた。その理由のひとつは、これ以上この漏洩問題に注目が集まるのを防ぐためだった。

ミッドウェーにおける勝利の高揚感は、アメリカ全土、とくに太平洋のいたるところに駐屯していたアメリカ軍のあいだに広がっていった。戦闘の機会を待ちわびながら、フィジーで訓練に励んでいた戦闘機パイロットたちも例外ではなかった。誰もがこのニュースを喜んで祝ったが、ジョン・ミッチェル大尉ほど的確に――あるいは端的に――この勝利について言及した者はいなかった。「アメリカは、日本軍を徹底的に打ち負かした」。[46] ミッドウェー海戦の翌週、ミッチェルはアニー・リーに宛ててそう書いた。「でも、これはまだ始まりにすぎない」

下巻に続く

【表紙写真提供】
共同通信社（山本五十六）
ロイター／共同（真珠湾攻撃）

【著者】ディック・レイア（Dick Lehr）
ボストン大学ジャーナリズム学教授、ジャーナリスト。著書『ブラック・スキャンダル』は『ニューヨーク・タイムズ』紙ベストセラー、エドガー賞を受賞。『ボストン・グローブ』紙の記者時代にピュリッツァー賞最終候補。ハーヴァード大学とコネティカット大学ロースクールで学位を取得。ボストン近郊在住。

【訳者】
芝瑞紀（しば・みずき）
英語翻訳者。青山学院大学総合文化政策学部卒。訳書にエプスタイン『シャンパンの歴史』、ピアス『世界の核被災地で起きたこと』（共訳）などがある。

三宅康雄（みやけ・やすお）
英語翻訳者。早稲田大学商学部卒。広告代理店勤務を経て翻訳に携わる。訳書にハーベイ『１%の生活習慣を変えるだけで人生が輝き出すカイゼン・メソッド』がある。

小金輝彦（こがね・てるひこ）
英語・仏語翻訳者。早稲田大学政治経済学部卒。ラトガース・ニュージャージー州立大学ＭＢＡ。訳書にスキアット『シャドウ・ウォー』などがある。

飯塚久道（いいづか・ひさみち）
英語翻訳者。大阪外国語大学外国語学部卒。

DEAD RECKONING
by Dick Lehr

Published by arrangement with HarperCollins Publishers
through Japan UNI Agency, Inc., Tokyo

アメリカが見た山本五十六

「撃墜計画」の秘められた真実

上

2020年8月5日　第1刷

著者…………ディック・レイア

訳者…………芝瑞紀、三宅康雄、小金輝彦、飯塚久道

装幀…………一瀬錠二（Art of NOISE）

発行者…………成瀬雅人
発行所…………株式会社原書房

〒160-0022 東京都新宿区新宿 1-25-13
電話・代表 03（3354）0685
http://www.harashobo.co.jp
振替・00150-6-151594

印刷…………新灯印刷株式会社
製本…………東京美術紙工協業組合

ISBN978-4-562-05781-8, Printed in Japan